编 委 会

镇江楹联集成

蒋光年　主编

镇江历代楹联精萃

上册

江苏大学出版社
JIANGSU UNIVERSITY PRESS

镇江

图书在版编目（CIP）数据

镇江楹联集成. 上册, 镇江历代楹联精萃 / 蒋光年
主编. -- 镇江：江苏大学出版社，2024. 10. -- ISBN
978-7-5684-2310-6

Ⅰ. Ⅰ269

中国国家版本馆CIP数据核字第2024E63W43号

镇江楹联集成（上册）：镇江历代楹联精萃
Zhenjiang Yinglian Jicheng(Shangce)：Zhenjiang Lidai Yinglian Jingcui

主　　编／蒋光年
责任编辑／任建波
出版发行／江苏大学出版社
地　　址／江苏省镇江市京口区学府路 301 号（邮编：212013）
电　　话／0511-84446464（传真）
网　　址／http：∥press. ujs. edu. cn
排　　版／镇江文苑制版印刷有限责任公司
印　　刷／镇江文苑制版印刷有限责任公司
开　　本／710 mm×1 000 mm　1/16
总 印 张／39　总插页24 面
字　　数／500 千字
版　　次／2024 年10 月第 1 版
印　　次／2024 年10 月第 1 次印刷
书　　号／ISBN 978-7-5684-2310-6
总 定 价／288.00 元

如有印装质量问题请与本社营销部联系（电话：0511-84440882）

中华诗词学会郑欣淼会长、中国楹联学会李培隽会长、
江苏省楹联研究会周游会长等领导来镇考察调研

新华报业传媒集团、镇江市政协等部门联合举办百副春联进高企、央国企等活动

壮因公事少

愁悔读书迟

江上笪重光书

紫鳳蒼龍神奇入畫

清風白日幽雅成圖

丹徒張素居玉書順治辛丑進士官至大學士諡文貞

玉書

得好友来如對月

有奇書讀勝看花

萧梁逝水往蹟猶新聞誰大雅扶輪

再繼元儲柔朽業

辛酉年端陽節後一日

補讀平生未見書

滄溟橫流人間何世趁致餘光炳燭

清楊邦彥撰 樂圖南書

清 杨邦彦 撰 当代 乐图南 书

宜雨宜晴山光水色何多景

如詩如畫兒女英雄共此樓

一千九百八十四年孟夏之月

退翁李宗海識題年八二

当代　李宗海　撰书

高山流水诗千首

明月清风酒一船

一九八一年元旦后二日

金山许图南书于镇江

当代 许图南 书

兮萬道霞矗向青天擎砥柱

周游先生撰聯

当代　周游　撰　宗家顺　书

借一襟翠浮成碧玉抱江流

壬寅金秋　家顺逸山书

筆談在夢溪趙凡一世

題鎮江夢溪園沈括先生像

物格於誠意澤惠衆生

歲次癸卯李培隽攀書

当代　李培隽　撰书

對影婆娑當日曾遮蕭氏宅

煙光縹緲此山長憶米家雲

題南山文心樓

歲次丁酉秋九月於香南居士于文清撰書

三酉堂中五味迎八方佳客

千秋橋畔百花散十里清香

壬寅杏月

杭祝鴻撰聯周文娟書

当代　于文清　撰书

当代　杭祝鸿　撰　周文娟　书

古刹藏春山擎万佛琉璃塔

大江浮玉碑刻六朝瘗鹤铭

岁在壬寅秋九月

五溪居士蒋光年撰联并书于黄鹤山麓友米堂

当代 蒋光年 撰书

山色吞吴翠巘高提尖笔

江声带蜀碧涛大写奇雄

朱思丞撰联

癸卯仲秋京口郑为人正书十幅堂

当代 朱思丞 撰 郑为人 书

序一

文之妙者为诗，诗之精者为联。楹联，又称对联、对子，堪称中国的国粹，是我国文学宝库中的一颗璀璨的明珠，也是中国传统文化的独特艺术形式。作为中华文化的瑰宝之一，楹联文辞精炼、言简意深、内容丰富，又兼具实用性，深具中华美学精神，集中表现了国人的审美情怀，历来深受人们的喜爱。新时代背景下，楹联文化以强大的文化魅力与创新潜力，依然鲜活不已，不断丰富着人民群众的文化生活和精神世界。

镇江作为国家历史文化名城，也是中华诗词之城、中国楹联文化城市，因地处江南吴地最北方，位于长江与京杭大运河交汇处，山水相依，人文荟萃，自古便有"天下第一江山"之美誉。江山清绝，襟吴带楚，得山水形胜，不仅让历代文人墨客接踵而至，留下了无数诗联，也让这片土地培养孕育了一大批优秀的诗人联家，他们留下的诗联作品是镇江宝贵的文化资源，更是连接古今的文化桥梁。然而，作为一门实用性极强的艺术，楹联呈现多以"刻挂"为常态，其依托载体存在的时间非常有限，很多优秀楹联湮没在历史的长河中，以致给人以"鸿飞那复计东西""坏壁无由见旧题"的遗憾。因此，寻访、搜集、整理并编辑出版镇江历代楹联作品，在我看来是一件"功德无量"的工作。把镇江历代优秀的楹联作品呈现出来，让我们在欣赏楹联之美的同时，更能感受到中华文化的博大精深和镇江这座城市的独特风骨。

正是基于这种情怀，蒋光年主编和市诗词楹联协会诗人联家，稽古考实，联事会通，花费大量时间和精力，把镇江籍或在镇江生活工作过的联家联作及散落在镇江各地、各景点及民间场所的历代楹联进行一次系统搜集，整理出版《镇江楹联集成》（上册《镇江历代楹联精萃》、下册《镇江名胜楹联精萃》），收录南朝至当代300余位联家的优秀楹联作品，以及悬挂在镇江各名胜景区的楹联，可谓洋洋大观。虽然未必穷尽镇江历代楹联，但也宏富可观，是一部汇聚镇江地区历代楹联精华的集大成之作，不仅为读者感受镇江丰富的诗词楹联资源提供了方便，同时挖掘、丰富了镇江的历史文化积淀，为楹联研究提供了丰富的资料和案例，对推动镇江文化、文史、文旅事业的发展也不无裨益，其开创之功，难能可贵。

钟灵毓秀，文脉悠长。镇江这片土地是名垂罔极的文化栖居，是栏杆拍遍的江山咏叹，是雨打风吹的千古风流。诗词楹联文化，既能满足人们对美好生活的向往，也可以为经济和社会发展带来新能量。整理镇江诗词楹联文化遗存，深挖诗词楹联文化内涵，可以更好地弘扬优秀传统文化，提高人民生活品质，发挥诗词楹联文化在经济社会发展中的重要作用。我们希望通过《镇江楹联集成》的出版，能够让更多人了解镇江、爱上镇江，同时激发更多人对楹联这一传统文化艺术的兴趣和热爱，共同推动中华文化的繁荣与发展。

是为序。

周文娟（作者系镇江市政协副主席）

序二

　　楹联是中华文化艺术宝库中闪烁着奇光异彩的瑰宝，是中华民族独特的文学艺术形式，是中华民族辉煌璀璨的传统文化遗产的组成部分。楹联，俗称对联。楹联就是张挂或雕刻在楹柱上的一组对仗句。楹联源于对偶，凝聚了中华文化和中国哲学的精髓，其核心是对立统一，其本质是对仗。对仗句用于文章称为骈文，用于诗歌称为律诗，单独使用就是楹联。故楹联是独立使用的对仗句，是一种独立的文体。楹联格调独特，既有诗的意境，又有词的句式，更有赋的铺陈，可谓兼众家之长。作为一种文学艺术形式，楹联和诗歌、散文、小说、戏剧一样，具有以艺术手段反映社会生活和思想感情的共性。作为独特的文学形式，楹联还有自己的特性，那就是民族性、时代性、实用性、对称性等。

　　清代梁章钜认为孟昶的五言联"新年纳余庆；嘉节号长春"最古，是我国第一副春联。"座上客恒满；尊中酒不空。"此联为东汉"建安七子"之一的孔融闲居在家宴请宾客时常吟的"口头禅"。虽是常叹，却流露出自娱、自足、自豪的心态。大概此联为我国第一副口语联，比孟昶的"五言"联要早750多年。"闭门罢庆吊；高卧谢公卿。"为南朝梁著名文学家刘孝绰自题门联，应是我国最早的门联。格律诗在唐代已臻成熟，为楹联文体的形成和进一步的完善提供了极丰富的营养。楹联形成独立的文体，为宋元两代的楹联的发展铺平了道路。宋元两代楹联的品类、内容和应用范围都有了很大发展。不仅有春联、胜迹联、居室联，还出现了寿联、挽联、书斋联、书院联、题赠联、灯联、谐巧联等。如：王安石《元日》诗云："爆竹声中一岁除，春风送暖入屠苏。千门万户曈曈日，总把新桃换旧符。"米芾《题海岳庵联》："神护卫公塔；天留米老庵。"南宋张浚《题小乔墓联》："芳冢吊斜阳，一树女贞长不死；大江流日夜，千秋环佩可归来。"王安石集南朝梁谢贞、王籍诗句联："风定花犹落；鸟鸣山更幽。"王安石集白居易《琵琶行》《长恨歌》诗句联："江州司马青衫湿；梨园子弟白发新。"

楹联经宋元400多年的发展，到了明代进入繁荣期。经"对联天子"朱元璋大力提倡，上行下效，书写楹联蔚然成风。史载太祖都金陵，为阉豕苗者书"双手劈开生死路；一刀割断是非根"。明代楹联的创作吸取诗词曲赋的营养，打破五、七言的格局，联文逐渐增长，作品逐渐灵活自由化。明朝几代皇帝、臣僚及著名文学家、书画家，大都是楹联家。明代楹联的发展走向繁荣，主要表现在它已渗透到社会生活的各个方面，各类楹联品类均已出现，具有相当数量，各行各业都普遍运用。明代科举，以八股文取士，巧于应对排比、对偶形式。

随着楹联自身的演变、发展，日臻完善和成熟，清代以降楹联进入了鼎盛期，发展到登峰造极的程度，成为有清一代文学中的主流文体。清联与汉赋、唐诗、宋词、元曲，并驾齐驱，并列雁行。清代早中期皇帝寄情翰墨，崇尚诗文、书法、楹联艺术，尤其康熙、雍正、乾隆三朝皇帝对楹联情有独钟。在清代将近 300 年的时间里，相继涌现出李渔、郑燮、王文治等一大批对联大师。李渔《金山寺浮屠绝顶联》："仰啸仅高天五尺；俯视恰在水中央。"《题庐山简寂观联》："天下名山僧占多，也该留一二奇峰，栖吾道友；世间好语佛说尽，谁识得五千妙论，出我仙师。"郑燮《焦山自然庵联》："此地从来有修竹；为师真可立梅花。"《焦山海西庵联》："临流口吸西江水；隔岸拳擎北固山。"王文治不仅是清代著名的书法家，还精于诗文、联语、绘画和音律、戏曲。他与袁枚、蒋士铨、赵翼并称清乾隆诗坛四大家，与刘墉、梁同书、翁方纲并称清代四大书法家，与刘墉有"浓墨宰相"和"淡墨探花"之美誉。他是镇江"京江诗坛"和"京江画派"的领军人物，更是楹联书法大家。他的楹联"情感真挚，自然雅切"。他的书法"清新拔俗，秀韵天成"。

从鸦片战争到新中国成立前的 100 多年间，经受着深重灾难的中国人民进行了不屈不挠的顽强斗争。这期间，楹联闪烁着战斗的光芒，为太平天国的斗争，戊戌变法的悲壮、辛亥革命的硝烟、五四运动的飙举、抗日战争和解放战争的胜利，谱写了可歌可泣的壮丽篇章。1984年 11 月，中国楹联学会在北京成立，标志着我国楹联文化事业迈入了一个新的发展时期。

镇江 3000 多年的历史积淀、历史绵延中，无数文人雅士、名流贤达在这里挥毫泼墨、挥洒意气，"江河交汇、城市山林"的每一处都写满了故事，尤其是诗词楹联文化有着厚重的底蕴，在全省乃至全国均名列前茅，在中国文学史上有一定影响的诗人联家大都来过镇江并留下了诗联作品。传承镇江的人文基因，延续镇江的历史文脉，推动传统文化的新时代呈现,是每一个镇江人义不容辞的使命。

为此，我们在镇江已创建成"中华诗词之市"的基础上，决定通过打造"诗词之城"，创建江苏省楹联文化城市、中国楹联文化城市，以便更好地深入挖掘镇江的传统文化、人文底蕴等资源，讲好新时代镇江故事，用文化的力量提升镇江的城市软实力和核心竞争力。

2022 年 6 月 30 日，镇江市召开"中国楹联文化城市"创建领导小组会议暨创建工作推进会，市政协主席、市创建"中国楹联文化城市"领导小组组长郭建，副市长、市创建"中国楹联文化城市"领导小组副组长武鸣出席会议并讲话。此次"中国楹联文化城市"推进会议，贯彻落实了市第八次党代会精神，对创建工作进行了总结和部署，做响镇江"诗词之城"品牌，提升全市高质量发展软实力。会议由市政协副主席、市创建"中国楹联文化城市"领导小组副组长周文娟主持。市政协秘书长、创建领导小组办公室主任张军作创建情况报告和部署。润州区政协、市教育局、镇江城建集团、市文广旅局、市诗词楹联协会等创建领导小组成员单位作表态发言。江苏省楹联研究会会长周游对镇江楹联文化城市建设工作表示肯定，并送上贺联："恰六月嘉时，秉赤诚愿，聚火热情，熏风正起西津渡；播两行国粹，卷大江潮，铸中华梦，联韵高扬北固山。"中国楹联学会李培隽会长虽因疫情等原因未能亲临会议现场，但仍发来热情洋溢的致辞，盛赞镇江文化底蕴，对镇江楹联文化城市建设给予点赞和期许，并为"西津渡楹联文化街区"撰联："百栈相连，古韵风情生蕴藉；西津在望，新潮时尚入凡尘。"

2023 年 5 月 29 日至 30 日，江苏省楹联研究会会长周游，省楹联研究会常务副会长兼秘书长魏艳鸣，省楹联研究会副会长、宿迁市楹联学会会长高树军，省楹联研会常务理事、南通市楹联学会会长黄俊生，省楹联研究会常务理事、太仓市楹联协会名誉会长胡永平一行五人，组成省楹联研究会调研组，就镇江市"江苏省楹联文化城市"创建工作进行了全面调研。

2023 年 11 月 19 日至 21 日，中国楹联学会会长李培隽、常务副会长肖良平、副会长陈伟明、顾问王鹏、会长助理林向阳，江苏省楹联研究会会长周游、常务副会长魏艳鸣等一行来镇调研考察镇江市创建"中国楹联文化城市"工作。李培隽会长高度肯定了镇江市的楹联文化建设和创建工作。他指出，镇江作为国家历史文化名城，有着悠久的历史沉淀、丰富的文化蕴藏、厚重的民风民俗，诗词楹联文化更是底蕴深厚，历代名人辈出，诗词楹联佳句众多，群众基础良好。在传承弘扬楹联等优秀传统文化上，领导高度重视，各地各部门密切配合，社会各方面广泛参与，取得了明显成效。他希望在现有良好的基础上，进一步厚植文化沃土，助推楹联文化繁荣，形成镇江经验，做出镇江特色。中国楹联学会副会长、天津楹联领军人陈伟明鼎力推荐镇江的做法，他在《天津楹联报》上，对"镇江楹联文化现象"和镇江模式作了高度概括和评述。中国楹联学会顾问、山西运城市楹联学会岳民立老会长以江苏联坛崛起"镇江现象"的启示发文，极力推介镇江经验。一时，全国联界大咖纷纷热议江苏联坛崛起"镇江现象"。

自 2022 年 6 月 30 日镇江市召开创建"中国楹联文化城市"推进会以来，经过各级领导、相关部门及镇江市广大诗联作者的共同努力，镇江市已通过省及全国楹联组织的考察验收，成为"中国楹联文化城市"，各辖市区也已全部创建成"中国楹联文化城市、区"，这是继 2016 年镇江市被中华诗词学会命名为"中华诗词之市"后的又一重大成果，更为重要的是通过创建，优化了镇江市的诗联文化环境，扩大了镇江市的诗联创作队伍，提高了镇江市的诗联创作水平。借助此次机会，我们开展了一系列活动，并已编辑出版了《镇江诗词楹联作品集（1949—2022）》，这是继我们编辑出版《当代诗人咏镇江》《镇江诗词作品集（1949—2007）》《镇江名胜楹联精萃》《镇江新咏》《诗联入门》后的又一系统工程。本书新中国成立以来我市第一部集大成的诗词楹联作品集，它对延续镇江文脉、保存地方文献、打造京江诗派和江左联派、创建"中国楹联文化城市"产生了积极的作用。今天，我们把镇江籍或在镇江生活工作过的联家联作及散落在镇江各地、各景点及民间场所的历代楹联进行一次系统整理，汇编成《镇江楹联集成》（分《镇江历代楹联精萃》《镇江名胜楹联精萃》上下两册），并将于 2024 年 11 月 5 日，即中国楹联学会第九次会员代表大会在镇江召开之际出版发行。此项工作不仅能够有效保护和利用好镇江特有的楹联文化，同时必将对宣传镇江、展现镇江悠久的历史文化产生积极的推动作用。

蒋光年（作者系中国楹联学会理事、江苏省楹联研究会副会长）

目　录

刘 勰（465—532）

南朝梁东莞莒人，世居京口，字彦和。早孤，笃志好学，不婚娶，依沙门僧祐，与共居处十余年，遂博通经论。梁武帝天监初，起家奉朝请，后为临川王萧宏记室，任东宫通事舍人，迁步兵校尉。为昭明太子萧统、沈约等所重。晚年出家，改名慧地，未几卒。曾整理定林寺经藏。著有《文心雕龙》。

文心阁

丹青初炳而后渝；
文章岁久而弥光。

抱景咸叩，词章矩范；
怀向毕弹，文理菁华。

储光羲（约707—约760）

唐润州延陵人，祖籍山东兖州。玄宗开元十四年（726）进士，任冯翊、氾水、安宜、下邽等县县尉。后隐居终南山，复出任太祝，世称储太祝，迁监察御史。安禄山陷长安，迫受伪职，后脱身归朝，贬死于岭南。有《储光羲集》。

临江亭

落霞明楚岸；
夕露湿吴台。

潮生建业水；

风散广陵烟。

佛 印（1032—1098）

名了元，字觉老，俗姓林，饶州（今江西景德镇）人。历任江州、庐山及润州金、焦等寺首座、住持，工书能诗，与苏轼等文人交游甚密，金山妙高台、楞伽台为其所建。

半段路，半边山，半溪流水半溪涸；

一块碑，一行字，一句成联一句虚。

米 芾（1051—1107）

名一作黻。宋太原人，后徙襄阳，定居镇江。字元章，号鹿门居士、海岳外史，世称米襄阳。以恩补洽光尉，历知雍丘县、涟水军，以太常博士知无为军。徽宗时召为书画学博士，擢礼部员外郎，出知淮阳军。举止怪异，有洁癖。能诗文，擅书画，精鉴别。书法得王献之笔意，尤工行草。画山水人物多以水墨点染，自成一家。有《宝晋英光集》《书史》《画史》《宝章待访录》等。

海岳庵

神护卫公塔；

天留米老庵。

襄阳米公祠石刻碑

瘦影在窗梅得月；
凉云满地竹笼烟。

秋老洞庭，霜清彭泽；
日观沧海，雨听潇湘。

萨都剌（1272—？）

元色目人，自雁门徙河间，答失蛮氏。字天锡，号直斋。泰定四年（1327）进士，授应奉翰林文字，擢南台御史。以弹劾权贵，左迁镇江录事司达鲁花赤。累迁江南行台侍御史，左迁淮西江北道经历。文辞雄健，诗清新流丽，名冠一时。著有《雁门集》。

地湿厌看天竺雨；
月明来听景阳钟。

杨一清（1454—1530）

字应宁，号邃庵，谥文襄，祖籍云南安宁，丹徒人，明朝政治家、文学家。成化八年（1472）进士，官至吏部尚书兼武英殿大学士、兵部尚书、华盖殿大学士、内阁首辅。有《石淙类稿》《石淙诗钞》等。

巧 对

鸿是江边鸟；
蚕为天下虫。

世上岂无千里马；
人间难得九方皋。

杨花乱落，眼花错认雪花飞；
朱影徐摇，心影误疑云影过。

金盏凝霜成玉盏；
鸡冠缀露变珠冠。

两手并持文武酒，饮文乎，饮武乎？
一心勤读圣贤书，希圣也，希贤也。

眭明永（1582—1645）

字嵩年，丹阳人。明崇祯十五年（1642）中举，为华亭教谕。擅画，亦善楷、草书。著有《经世堂稿》。

落花浮水面；
策杖来渡头。

笪重光（1623—1692）

字在辛，号君宜，又号蟾光、逸叟、江上外史，江苏句容人。顺治九年（1652）进士，官御史，巡按江西，以劾明珠去官。罢官归乡，隐居茅山之麓，学导引，读丹书，潜心于道教。工书善画，精古文辞。有《画筌》《书筏》。

米老癖顽唯拜石；
嵇生疏懒独依琴。

明净致清福；
慷慨有奇思。

竹室依花槛；
松云护草堂。

拙因知事少；
老悔读书迟。

万里初来三世契；
二人相赠一封书。

千树梅花数升酒；
半坛秋水一房书。

南山牌坊

南村烟树重重出；
北郭春潮渺渺流。

王日曾（生卒年不详）

名省斋，江苏溧阳人，康熙十二年（1673）进士，曾任广西乡试正考、川南道副使，驻节嘉州。他曾数次游览峨眉山，题咏颇多。

峨眉山玉液泉

一泉涌地惊龙喷；
万树凌霄断鸟栖。

峨眉山伏虎寺

山色溪声，领略几许禅机，过去未来现在；
花香鸟语，普示无边圆觉，碧莲白象青狮。

李基和（生卒年不详）

字协万，号梅崖，江苏丹徒人。康熙十二年（1673）进士，官至江西巡抚。工诗。著有《梅崖诗意集》。

题雨花堂

云笼夜月元无爱；
鸟宿秋林亦放参。

张玉书（1642—1711）

字素存，号润甫，江苏丹徒人。顺治十八年（1661）进士，历任翰林院编修、国子监司业、侍讲学士。授刑部尚书、兵部尚书、文华殿大学士兼户部尚书。康熙十八年（1679）主持修《明史》，先后出任《平定朔漠方略》《佩文韵府》《康熙字典》的总裁官。著有《张文贞集》。

紫凤苍龙，神奇入画；
清风白日，幽雅成图。

金 山

万顷碧波水晶盘，托起金山寺；
一轮明月珍珠伞，普照书经楼。

戏 台

假戏真情，其中有孝子忠臣，当局莫轻看过；
新腔旧调，即此是晨钟暮鼓，大家只管听来。

巧 对

两村一馆，先生教蒙童七八；
五湖四海，夫子带弟子三千。

头枕经书，千古圣贤托脑后；
手摇玉扇，万里江山纳掌中。

出水蛤蟆穿绿袄；
落汤螃蟹披红袍。

陈鹏年（1662—1723）

湖南湘潭人，字北溟，又字沧洲。康熙三十年（1691）进士，授浙江西安（今浙江衢州）知县。历江南山阳（今江苏淮安）知县，累擢为江宁知府、苏州知府，官至河道总督，卒于任。卒谥恪勤。有《道荣堂文集》《喝月词》《历仕政略》《河工条约》等。

焦　山

千年鹤钵依然立；
万丈龙宫夺得来。

焦山松寥阁

月色如昼；
江流有声。

三山锁京口；
此地镇长江。

余 京（1664—1739）

江苏丹徒人。布衣，工诗，著有《江干诗草》。

北固山

百年戎马三分国；
千古江山一倚楼。

沈德潜（1673—1769）

字确士，号归愚，长洲（今江苏苏州）人，清乾隆进士，曾任内阁学士兼礼部侍郎。工诗，古体法汉魏，近体诗宗盛唐，创诗学之格调说，在当时与王士禛、赵执信、袁枚并峙诗坛。四十四岁那年，沈德潜来到京口住在见山楼，做了三年教馆，在此期间编纂了《古诗源》。选有《唐诗别裁》《明诗别裁》《清诗别裁》等，著有《沈归愚诗文全集》。

焦山海西庵

境以沧江旷；
山因真隐高。

北固山

峰巅片石留三国；
槛外长江咽六朝。

种树乐培佳子弟；
拥书权拜小诸侯。

郑 燮（1693—1766）

字克柔，号板桥，人称板桥先生，江苏兴化人，祖籍苏州，曾在焦山读书隐居。乾隆元年（1736）进士，官至山东范县（今属河南濮阳）、潍县（今山东潍坊）县令，政绩显著。为"扬州八怪"之一。

焦 山

秋老吴霜苍树色；
春融巴雪洗山根。

焦山别峰庵

室雅何须大；
花香不在多。

烹茶活火还温酒；
洗砚余波好灌花。

回看佛国青螺髻；
误入仙人碧玉壶。

焦山海西庵

临流口吸西江水；
隔岸拳擎北固山。

苍茫海水连江水；
罗列他山作我山。

焦山自然庵

此地从来多修竹；
为师真可主梅花。

山光扑面经新雨；
江水回头为晚潮。

汲来江水烹新茗；
买尽青山当画屏。

焦山枕江阁

楚尾吴头，一片青山入座；
淮南江北，半潭秋水烹茶。

焦山夕阳楼

花开花落僧贫富；
云去云来客往还。

鲍 皋（1708—1765）

字步江，号海门，江苏镇江人。一生沉溺于诗，不
事科举。著有《鲍海门集》。

焦山人胜坊

天辟海门容大隐；
人从石室得长生。

吉梦熊（1721—1794）

字毅杨，号渭崖，江苏丹阳人。清乾隆十七年
（1752）进士，曾任广东道监察御史、顺天府尹、太
仆寺卿等。任内阁侍读学士期间，深得乾隆赏识，被
调入值上书房，并曾教诸皇子、皇孙读书，前后三十
余年。担任《四库全书》总阅官。著有《研经堂诗文集》
《丹阳见闻录》等。

丹阳萧氏宗祠

汉则相，唐则元，试问三代下孰出乎右？
齐之高，梁之武，且看六朝中世济其昌。

派衍九龙传世泽；
亭培双桂发天香。

王文治（1730—1802）

字禹卿，号梦楼，江苏丹徒人。清乾隆二十五年
（1760）探花，授翰林院编修。二十九年（1764）出任
云南临安府知府。精于诗文书画和音律，与翁方纲、刘
墉、梁同书齐名，合称"清四家"。著有《梦楼诗集》《快
雨堂题跋》。

自 题

人间岁月闲难得；
天下知交老更亲。

古迹虽陈犹在目；
春风相遇不知年。

修和群品先咸苦；
管领春风日亦长。

崇兰清咏怀贤契；
修竹欣现长茂林。

秋月春花，当前佳句；
书法名画，宿世良朋。

自题门联

槐为奕世承恩树；
杏是春风及第花。

集禊帖

清风遇竹有生趣；
流水娱人无尽期。

赠蒋士铨

前辈典型，秀才风味；
华嵩品格，河海文章。

题绍兴清凉寺

山从西属飞来活；
佛听南无念处灵。

题辉县关庙碑廊

情寄古怀同竹静；
品殊群类契兰修。

题苏州拙政园

林荫清和，兰言曲畅；
流水今日，修竹古时。

题扬州郡署戏台

数点梅花横玉笛；
二分明月落金樽。

题扬州郡署客厅

上客尽知名，杜牧诗才，鲍照赋手；
前贤有遗韵，魏公芍药，永叔荷花。

题楞伽台

窗前沧海凭开眼；
台上楞伽可印心。

题镇江焦山漱石山房

胜地千秋崇大隐；
名山万古仰高贤。

题镇江焦山自然庵

洞门高士迹；
山院古禅心。

北固山

沉戈难得孙刘迹；
载笔犹传颜谢才。

王氏宗祠

教子孙两行正务，秀者勤读，朴者勤耕；
衍祖宗一脉心传，进而尽忠，退而尽孝。

彭元瑞（1731—1803）

　　字掌仍，一字辑五，号芸楣（一作云楣），江西南昌人。乾隆二十二年（1757）进士，改庶吉士，授编修，官至工部尚书、协办大学士。博学强记，时有令誉。为《四库全书》副总裁官之一。与蒋士铨合称"江右两名士"。

题镇江焦山

两点金焦，到山时不如望；
一庵海岳，怀古者见其人。

茅元铭（1752—1828）

字翊衢，号三峰。丹徒人。乾隆五十三年（1788）举人，授翰林院待诏。藏书家。喜诗文，性好博览诸书。著有《香草堂诗集》。

君原黍谷神仙，羡组解黄堂，来看扬州明月；
我是华阳弟子，愿樽携红友，同寻琼岛梅花。

何事尚关心，最难抛满架图书，一庭花木；
而今方撒手，好去寻未游山水，先逝亲朋。

天禄富君家，愿携湖蟹江鲈，共图欢醉；
地仙推老辈，欣值岭梅篱菊，同赋遨游。

亲谊托葭莩，自惭马齿徒加，十年以长；
贤劳笃桑梓，能使鸿泥得所，万户皆春。

潭水映桃花，爱我情深千尺；
灵山采修术，祝君寿比三峰。

吉士瑛（1753—1819）

字伯英，号玮堂，江苏丹阳人。清嘉庆七年（1802）进士。

一门清德忆寅念；
两世贤科值酉年。

潘思牧（1756—1846）

字一樵，一作樵侣，江苏丹徒人。山水远宗黄公望，近法董其昌，笔沉着而墨畦润，画品不在恭寿下。年八十三岁尚作山水扇。亦工写真，有《松溪五友图》（丹徒张铉、茅元铬、张崟、鲍文逵、郭堃以诗文结社，时誉"松溪五友"），今藏上海朵云轩。

南山牌坊

日照河岳云俱色；
春入江城树自花。

曾 燠（1760—1831）

字庶蕃，号宾谷，南城（今属江西）人，清乾隆进士，累官至两淮盐运使，著有《赏雨茅屋集》等。

觞咏风流欣此日；
林亭游览契当年。

尝为咏春闲映竹；
每因临水坐当风。

宝鼎晨涵宵露重；
琼枝春结蕊珠圆。

顾鹤庆（1766—1834）

字子馀，号弢庵。诸生。性格潇洒，工诗文，善行草，好饮酒。因善画柳，人称"顾驿柳"。善作诗词，"京江七子"之一，著有《弢庵诗集》《伟云堂诗钞》。

题剧园

把旧事今朝重提起；
破工夫明日早些来。

烟霞供玉笈；
松竹对冰心。

卷帘花雨滴；
扫石竹阴移。

月上忽看梅影出；
风高时送雁声过。

晚花新笋堪为伴；
湖月林风相与清。

读书众壑归沧海；
下笔微云起泰山。

吉钟颖（1767—1850）

字秋丞，号实轩，又号艻畦，江苏丹阳人。清嘉庆十年（1805）进士，历官四川会理州知州、湖北内帘同考试官等。

丹阳吉氏宗祠

八代两乡贤，馨香俎豆；
一门三太史，黼黻文章。

杨　棨（1787—1862）

字羡门，号蜻庵。江苏丹徒人，道光拔贡生，授徒自给。著有《京口山水志》《蜻庵诗钞》。

江天禅寺大殿

水上立鳌峰，地少天多，一片光明开觉路；
门前对龙窟，安禅听法，万花飞舞渡迷津。

凌云亭

客心洗流水；
荡胸生层云。

帐前义激南雷，忠忱懋著；
门外帆迎西日，利济攸资。

东头西头陆家廨；
蟹眼鱼眼苏公诗。

江口酒楼

不觉春风吹酒醒；
笑看江水拍天流。

赠李承衔之先大夫六十寿辰

分雅良辰，近重九日；
承欢有子，为第一人。

赵　增（1789—1884）

字云涛，号益斋。江苏丹徒人。道光八年（1828）举人，有功，议荐任知府。著有《劫余诗草》《哀江南诗草》《饮渌轩楹联》。

题家谱

奕叶溯同根，纵教枯菀难齐，须共念水源木本；
清芬怀旧德，从此馨香克奉，永无忘春露秋霜。

寿族兄赵玉山年七十

佛宇赖维持，寿同无量；
官桥通利济，德并千秋。

寿友夫妇年六十

桥对千秋，欣夫妇齐眉，都登甲纪；
阁邻斗酒，羡儿孙绕膝，同进庚觚。

王芑泉明伦堂

莫恃才高，此身既列宫墙，当循矩矱；
敢言官冷，凡事有关名教，便要维持。

避粤寇逃亡

劫逢水火刀兵，亿万生灵，无边罪孽；
避到东西南北，大千世界，一种凄凉。

枕江楼

塔影又邀江月上；
钟声遥接海潮来。

哭次女

检生前针线衣裳，我肠断矣；
撇堂上翁姑父母，汝心安乎。

挽孙女

泣血更椎心，噫吾老矣；
生离成死别，曰有恸乎。

挽杨蜨庵师

子侄列门墙，时雨春风，幸我叨陪经四载；
儿孙皆显达，雕龙吐凤，知君含笑入重泉。

赵 楫（1795—1854）

字子舟，道光十六年（1836）进士，钦点翰林院庶吉士，授职编修，充武英殿协修。江苏丹徒人。转山东道监察御史，升天津河间兵备道，授中宁大夫。道光十九年（1839）科考，同考官；道光二十三年（1843）四川乡试副主考。其文词书法，一时推重。著有《律赋新编》。书法初以欧阳询、虞世南为师，继而学米芾，榜书尺幅，得者视为珍宝。

赠杨蜨庵

著作等身，文章寿世；
儿孙绕膝，科第承欢。

赠友人

几净饱看新印史；
壁高亲挂旧山图。

吐纳典谟，文采允集；
校练明理，英华日新。

北固亭

此身不觉出飞鸟；
垂手还堪钓巨鳌。

多景楼

揽胜一登楼，岸阔潮平，金焦两点；
携樽凭吊古，读诗论画，苏米千秋。

严保庸（1796—1854）

字伯常，号问樵。江苏丹徒人。道光九年（1829）进士，入翰林，官山东栖霞知县。笃志好学，善诗联画，尤工曲。著有《问樵集》《奇花鉴》《红楼新曲》等。

自 勉

职在地方，但无忘该管地方，即为尽职；
民呼父母，倘难对自家父母，何以临民。

自 寿

儒为戏，生旦净丑外副末，呼十门脚色，同拜一堂，重道尊师大排场，看破世情都是戏；
学而优，五六工尺上四合，添两字凡乙，共成七调，唱余和汝小伎俩，即论文行已兼优。

自 题

偶缘我作逢场戏；
竞累人为举国狂。

千里而来，徐孺子可容下榻；
一寒至此，严先生尚未披裘。

暗室中自有鬼神，倘鉴余少昧天良，甘为一钱誓死；
公堂上谁非父母，最怜尔难宽国法，苦从三木求生。

愿他十邑诸公清风扇野；

容我一年四季明月锄花。

庙会褚塘，大节一生垂史册；

魂归阳翟，易名千古表文忠。

东土征歌，问表海雄风，今乐何如古乐；

南宫奏曲，听遏云高响，雅音原是乡音。

受天地之中以生，一曰水；

有功德于民则记，谓之神。

百郭风清，揽铜柱高标，定有英魂栖大树；

九重雨泣，痛玉关乍入，不留生面画凌烟。

商彝周鼎，汉印唐碑，上下三千年，公自有情天得度；

酒胆诗肠，文心画手，纵横一万里，我于无佛处称尊。

关心夜雨疏帘，费半盏寒灯，为来日谋朝齑夕韭；

回首春风上苑，剩一枝秃笔，与诸君写近水遥山。

辞家只为稻粱谋，忆老屋湖边，耕读敢忘祖德；

作客剧饶诗酒兴，过平山堂下，典型如见乡贤。

狮岭播椒馨，节生孝，孝生忠，岂独簪缨夸世胄；

鹅湖炊稻熟，子承父，父承祖，但凭耕读作人家。

屈指三秋，天上又逢七夕；
齐眉百岁，人间自有双星。

八体六书生奥妙；
五山十水见精神。

生有自来文信国；
死而后已武乡侯。

不合时宜，惟有朝云能识我；
独弹古调，每逢暮雨倍思卿。

许乃钊（1799—1878）

浙江钱塘人，字贞恒，号信臣，又号讯臣，晚号邃翁。道光十五年（1835）进士。累官江苏巡抚。有《乡守外编辑要》《武备辑要》。

题焦山松寥阁

眼底江山皆净域；
毫端兰竹见灵源。

程祖润（1805—1860）

字鹿樵，一字雨琴，生于河南祥符，祖籍丹徒，道光进士，历官合州知州，先后任过广安、新繁、江津知县，后迁升成绵龙茂道，积劳成疾，卒于任所。有《妙香轩集唐诗》。

退一步看利海名场，奔走出许多魑魅；
在这里听晨钟暮鼓，打破了无限机关。

横阶烟月披名画；
列座尊彝对古香。

赵克宜（1806—1861）

字辅天，号雨农，祖籍丹徒。诸生，附贡生。官阳湖县学训导、江浦县学教谕。喜读古书，精通诗赋，勤于著述，亦热衷刻书，曾聘名流校录刊刻图书十余种，行于海内。诗、赋、文皆有著述，著有《角山楼集》《苏诗评注》《增补类腋》。

欲把此心证湖水；
忍将清恨诉莲花。

李承霖（1808—1891）

字雨人，一字仰严，号果亭。江苏丹徒人。道光二十年（1840）状元，授翰林院修撰。道光二十三年（1843），调任广西学政，后入值上书房。著有《劫余仅存》。

瘦梅一兄世大人政

论事几怀千载上；
读书最爱五更初。

炳光一兄大人属正

半榻茶烟，一帘花雨；
千秋经史，万卷图书。

静岩五哥大人雅鉴

桂苑凝芬，蓝田毓秀；
经畬含润，墨圃浮香。

子吉仁兄大人雅正

文质相合，济以学问；
洁清自守，造于高明。

仲痒二兄大人正

六经为文，布帛菽粟；
十年树木，杞梓梗楠。

翼如一兄大人正

更傍紫微瞻北斗；
还将彩服咏南陔。

锦葵三兄大人雅属

红滴砚池花泻露；
绿藏书榻树凌云。

荣生仁兄雅属

周鼎汤盘见科斗；
深山大泽生龙蛇。

筱舫仁兄雅属

一庭之内，自有至乐；
六经以外，别无文章。

恭祝晓村世大兄大人暨德配潘夫人六旬双寿

花甲偕庄，鸿案兕觥歌寿考；
林壬笃庆，莱衣芝诰焕文章。

朴园一兄大人属正

骏足腾风，志在千里；
鹤声对月，气壮三秋。

林福源（1809—1886）

号诒泉，别号后湖渔人，江苏丹阳人。附监生。书法与束允泰齐名，皆为晚清丹阳"名笔"。

丹阳城隍庙

义利两刺心，须知天道无私，何处可寻蕉覆鹿；
轮回千古事，欲把玄关脱过，几生修到李犹龙。

赵彦修（1812—1882）

字念皋，号季梅、今悔道人，祖籍丹徒。道光二十年（1840）恩科顺天举人。江苏吴江县教谕，直隶通州学正，选江宁府学教授，加内阁中书衔。博学多闻，工诗文，与曾国藩、薛时雨等人诗酒往来。书法学米南宫，名重一时。喜收藏金石书画精品，曾将《周忠毅公遗稿》装潢送焦山定慧寺收藏。著有《三砚斋诗剩》。

题金陵武侯祠

山围故国，潮打空城，在昔吴宫已禾黍；
隔叶黄鹂，映阶碧草，至今丞相有祠堂。

题清远堂

守郡继先人，看江水长流，剩几个当年父老；
析薪绵世泽，愿黄堂少住，留一枝此日甘棠。

挽蔡云峰

秋赋忝齐年，犹忆公车同北道；
春风勤布化，空留德政在西江。

杜文澜（1815—1881）

字小舫。浙江秀水（今浙江嘉兴）人。诸生。精词学。编有《古谣谚》。著有《采香词》《憩园词话》《词律校勘记》《词律补遗》。

北固山

雄镇冠南徐，浪涌潮来，江海无边天外阔；
名山环北固，吴头楚尾，金焦两点望中收。

罗志让（1818?—1890）

字耦廉，江苏丹徒人，曾官知县，工诗。著有《亿堂诗钞》。

楼亦临江，终古与此中兀立；
石如解语，片帆从何处飞来。

丁绍德（生卒年不详）

字懋斋，号稼轩，诸生（丁绍周之兄），曾任宿迁教谕，咸丰末年以知县分浙补用。

自　题

理事若秋风扫样；
爱民如春雨养花。

丁绍周（1821—1873）

字濂甫，江苏丹徒人，道光三十年（1850）进士，官光禄寺卿。工山水，著有《蜀游草》。

金　山

我辈复登临，旧业已随征战尽；
江山留胜迹，天风常送海潮来。

金塔冠金山，直上九重擎日月；
碧涛凌碧汉，还从万里驾风云。

焦　山

适从云水窟中来，山色可人，两袖犹沾巫峡雨；
欲向海天深处住，邮程催我，扁舟又趁浙江潮。

韩弼元（1822—1905）

字叔起，号艮叟，江苏丹徒人。清咸丰二年（1852）进士，官刑部主事。著有《翠岩室诗钞》。

参天松柏老岩壑；
盖代文章教子孙。

蔡逢年（生卒年不详）

江苏丹徒人，咸丰二年（1852）进士，蔡嵩年胞弟。尝入蜀为官，与兄嵩年合著《大清律例便览》。

于氏宗祠

老屋付东流，只剩两三星火；
新居依北固，平分左右金焦。

李承衔（1823—1887）

字云浦，自号支离之叟，人称矍铄之翁，江苏丹徒人。清道光拔贡，同治举人。著有《自怡轩楹联剩话》。

赠赵曾望

学不厌，教不倦，吾先子之所畏也；
有若无，实若虚，今成人者何必然。

六十自寿

两三番屡蹈危机，想当年寇兵入室，天火焚庐，海风飞艇；
六十载幸叨庸福，喜今朝兄弟随肩，儿孙绕膝，夫妇齐眉。

蛾术试虫雕，较乡会朝殿之班，亦云微矣；
龙飞颁凤诏，超拔岁副优而上，何以堪诸。

十载负初心，桂苑秋风，敢叹文词艰一第；
六堂推巨擘，蓿盘朝日，且将章服傲诸生。

村里结朱陈，忆十戴同居，绿水红桥尝胜景；
城中推赵李，见王维诗画，紫微黄道值良辰。

文字因缘，为周柱史；
精神矍铄，是鲁灵光。

得路已鹏抟，多士挥毫，都让涟中三水秀；
望衡申燕贺，老夫拭目，再看日下五云飞。

马蹄秋水行文诀；
虎尾春冰见道心。

礼重周官，掌于媒氏；
诗披郑注，宜其家人。

宸翰焕龙章，如对天颜咫尺近；
诒谋承燕翼，敢忘世德渊源殊。

黄水独分流，想七十日防灾，频岁安澜都让我；
丹梯今选胜，趁三百年行乐，有人把酒最思公。

三偈传心戒定慧；
一声弹指去来今。

舟　联

九曲三湾随舵转；
五湖四海任舟行。

五十初度

不富不贵，不道学，不风流，衮衮诸公，今日知非亦何补；
有儿有孙，有琴书，有诗酒，区区庸福，同人相聚且为欢。

沈秉成（1823—1895）

　　字仲复，自号耦园主人，浙江归安人咸丰六年（1856）进士，授编修，迁侍讲，充武英殿总纂、文渊阁校理等，升常镇通海道（驻地镇江），河南、四川按察使，广西、安徽巡抚，任两江总督等要职，有政声。光绪十六年（1890）创办南京水师学堂、经古书院等教育机构，著有《蚕桑辑要》。

金　山

　　一峰浮玉，十地布金，忆裴头陀江岸披缁，苏内翰山门留带，光阴瞻逝水，谁续胜缘，愿宏开宝宇琳宫，永镇苍崖翠壁；

　　万顷烟涛，千林风籁，想焦仙人幽岩瘗鹤，陆处士中泠品泉，卜筑有芳邻，堪寻陈迹，漫辜负莲花贝叶，同听暮鼓钟声。

绎史诵经思在古昔；
登高望远显于今时。

含冲气于特秀；
援雅范以自绥。

月静月来满地水；
半晴云起一天山。

名高北斗星辰上；
诗在前山烟雨中。

周百鹿壶吉羊寿考；
汉双鱼洗富贵侯王。

抱朴含真躬备淑德；
敦仁蹈义众赖殊勋。

五岳圭棱河气势；
六经根底史波澜。

修竹最宜和月映；
好禽端爱隔叶闻。

呼龙耕烟种瑶草；
招鹤下云眠古松。

赵佑宸（1827—?）

字粹甫，浙江鄞县（今浙江宁波）人，咸丰进士，改庶吉士，授编修，曾任镇江知府、江宁知府、江南盐巡道等职，官至大理寺卿。著有《平安如意室诗钞》等。

北固山石帆楼

槛前碑版留三国；
天下江山第一楼。

北固山宝晋书院

六载守京江，所期寒士欢颜，安得万间广厦；
一庵怀海岳，差幸昔贤遗迹，犹存千古名山。

二月二日土地圣诞演戏

青枝绿叶，向日方荣，趁二月春光，把酒纵观前代事；
白叟黄童，闻风毕至，愿四郊秋赛，吹箫再谱太平歌。

大港赵氏宗祠

虽有周亲，不如我同姓；
谁谓宋远，率乃祖攸行。

八百年聚族于今，宋室同传宗室表；
二千石分符到此，明州来拜润州祠。

上海轮船信局

梅寄一枝来江南春早；
月明千里共海上潮生。

赠金山寺六安上人

福慧双修，瓶花欢喜；
楼台七宝，璧月庄严。

李恩绶（1835—1911）

字丹叔，号亚白，江苏丹徒人，祖籍舒城。副贡生，无意仕进，喜游历。每到一地，辄喜以方志了解胜迹、人物、史事。参与编修《光绪丹徒县志》。著有《讷庵类稿》《读骚阁赋存》《冬心草堂诗选》《缝月轩词》等。

题百尺梧桐阁

大江流日夜；
疏雨滴梧桐。

待其酒力醒茶烟歇；
可以调素琴阅金经。

仍是吃亏同乃父；
且由居敬效先贤。

黄祖络（1837—1903）

字幼农，庐陵（今江西吉安）人。光绪十五年（1889）任镇江道台，筹划恢复北固山名胜。

北固山多景楼

江潮澎湃欲吞海；
山势蜿蜒直跨城。

到此已穷千里目；
谁知才上一层楼。

登楼便欲凌云去；
临水应知得月先。

俯仰有余情，三面云山供啸傲；
簿书时得暇，一楼风月此登临。

北固山房

好景无边，有许多雉蝶参差，螺峰绵亘；
层楼更上，直看到芜城月色，瓜步烟痕。

北固山寺

六朝山色收杯底；
千里江声到枕边。

茅 恒（约 1837—？）

字北山，江苏镇江人，画家茅鹿鸣之子。清末廪贡生，工于书法，学颜体而参以柳体，写的碑版铭志很多，精通音乐，常在酒楼歌榭教唱昆曲。端方曾在南京朝天宫设立"音乐传习所"，聘茅恒为师。著有《乐说》，于乐理多所发明。

草中有楷法；

文还见赋心。

马相伯（1840—1939）

原名建常，又名良，字相伯，江苏丹阳人。著名教育家，复旦大学创始人。蔡元培、于右任、邵力子均为其弟子。他信奉天主教，曾获神学博士学位，著述收入《马相伯先生文集》。

九十自寿

有生可悟长生乐；

今世当知后世因。

赠于右任

古之遗直也；

中国有人焉。

赠救国会诸委员

耻莫太于亡国；

战虽死亦犹生。

自题室

生有自来戚继光；

死无遗憾范希文。

甫里渔樵身尚健；
南村晨夕意何长。

乐天不外知足；
修己自能及人。

天半朱霞云中白鹤；
山间明月江上清风。

考亭半日静坐；
欧阳方夜读书。

书　房

无虑在怀为极乐；
有长可取不虚生。

陆润庠（1841—1915）

字凤石，号云洒、固叟，江苏苏州人。出生于镇江，同治十三年（1874）状元，历任国子监祭酒、山东学政、国子监祭酒。后任工部尚书、吏部尚书，官至太保、东阁大学士、体仁阁大学士。辛亥后，留清宫，任溥仪老师。卒赠太子太傅，谥文端。其书法清华朗润，意近欧阳询、虞世南。

勖厉清惠以全其美；
探综图纬乃寻厥根。

如意珠悬仁寿镜；
称心花霭吉祥云。

养成笔力能扛鼎；
准备梅花要索诗。

厚德承蒙星辰气象；
高情镇俗湖海胸襟。

茧纸静临新获帖；
异书多读胜加餐。

云梦苑囿，橘柚所聚；
德涵玉润，智美珠圆。

陈任旸（约 1841—1911）

字寅谷，号耐叟，江苏宜兴人，清末秀才。30 岁左右起在镇江焦山办理红船救生四十年，为公众所推崇，著有《京口三山志》等。

焦山漱石山房

伊谁鼓棹来游，云移帆影；
试起开窗凭眺，月卧浮图。

何士俊（1842—1908）

字镜轩，号纯夫，扬中历史上唯一的举人，亦称"何举人"。历任奉政大夫、代理宣平知县、代理建德县令等职。

醒 世

峻宇雕梁难保守；
芒鞋竹杖好存留。

谱 牒

辨昭穆，朗如日月；
别世派，晰若星辰。

椒衍瓜瓞，百世可以永传；
麟趾螽斯，千载可以相继。

冯 煦（1843—1927）

字梦华，号蒿庵、蒿隐。江苏金坛人。光绪十二年（1886）进士。授编修。历官凤阳知府、山西按察使、四川按察使、安徽布政使、安徽巡抚。宣统元年（1909）以事罢官。起为查赈大臣，理江淮水灾救济事。入民国，在沪为寓公，以遗老终。出薛时雨、林寿图之门，诗词并工，尤负词名，得涩意，幽咽怨断。编有《宋六十一家词选》。著有《蒿庵类稿》《蒙香室词》《蒿庵词话》。

春服中田秋渭老圃；
东登泰岱南涉天都。

月到中天凝彩光照；
水归大壑清浊自融。

洛下文章徐骑省；
闽中人物蔡端明。

处和履中真道令契；
增荣益誉以礼自闲。

赵曾望（1847—1913）

　　字绍庭，又作芍亭，号姜汀，江苏丹徒人。清同治九年（1870）优贡生，入北京为内阁中书，后去官南归，从事著述。1911年创海门吟社，被推为社长。著有《十三经独断》《字学举隅》《二十一史类聚》《右史新编》《养拙斋印谱》《楹联丛语》《江南赵氏楹联丛话》等。

江天禅寺大殿

　　山月江风闲销尽，万重劫火，除是丰碑泽大、宝鼎光坚，不知玉带长留，许何人齐名传世久。

　　珍楼宝阁莽飞回，一片清秋，依然桴鼓声雄、梵钟响逸，却笑塔铃无语，让我辈乘兴问天来；

焦 山

得瘞鹤铭而拓之，见八法中第一真书，始知翰墨精华，任鬼忌神谋，不及山灵呵护；

问瓜牛庐谁继者，数两汉后无双国士，若论烟霞痼癖，惟公宾我主，庶几水乳交融。

师庵华王殿

颅岂能开，只缘奸贼当诛，欲代雷霆除大患；

臂何须刮，自是圣人无病，幸从日月附余光。

昭忠祠

山水有英灵，骂贼捐生，试看故里扮榆，犹仗青磷森甲盾；

旂常无姓字，褒忠优礼，莫道微臣草莽，长留丹气作波涛。

敢云帼国不英雄，一死却腥膻，请问尺六锦裙，尺五皂纱，到此应如何位置；

自是江山多节烈，孤芳扬俎豆，却忆三生白石，三年碧血，当前谁计及馨香。

集句题关帝庙

博厚所以载，高明所以复，悠久所以成，可以与天地参矣；

富贵不能淫，贫贱不能移，威武不能屈，岂不成大丈夫哉。

北固山清晖亭

为孙刘三分遗迹，径将北府招来，人事几回，红亭白塔皆称古；

受萧梁六字嘉名，仍把南朝送去，我闻一笑，绿水青山无恙不。

北固山石帆楼

返照入江翻石壁；

东风吹雨到青山。

九华山

寻山自此携双履；

听雨何缘卧小楼。

圌　山

壁立千仞；

关封三江。

小码头观音洞

心在塔铃中，直须洞水西流，那日再来谈佛意；

手持杯珓掷，试问大江东去，甚风吹得到仙才。

题镇江都天会

文至于破万卷书，而不共韩柳竞绝世之名，武至于吞万人敌，而不共郭李争绝世之功，其大丈夫不得志于时者乎！然手提岌岌危城，便遮阑狂寇凶锋，所用者南雷好男子耳，竟使安贼、尹贼、贺贼，毒威诡智，莫得而张，致稳接灵武中兴，是直与炼石补天，同符合节，故不独史评有不能赞，即巷议涂歌均难缕赞；

力足以转千艘漕，斯可为金焦泄无端之郁，气足以回千丈澜，斯可为江海遏无端之怒，虽佛菩萨亦望尘而拜焉矣！幸首率泱泱盛会，乃鼓动愚氓诚恟，不然则杨晏敢前驱哉，试观痘神、麻神、痧神，宝盖华幢，居然如戏，忽遥瞻睢阳法像，都不禁焚香伏地，屏息收声，盖非惟士论之所同钦，更宸章睿藻并许长钦。

魁果肃公祠

到此诗情应更远；
动人春色不须多。

气壮江山，人地咸称第一；
名垂宇宙，彭杨鼎峙而三。

文昌宫魁星阁

高处碧霄寒，独挹三台，绝顶占南州冠冕；
中兴文教盛，全包万象，等身储东壁图书。

赵氏宗祠

秩秩斯干，鸟鼠攸去，风雨攸除，于豆于登，修其享祀；

明明我祖，既勤垣塘，既勤朴斯，有典有则，贻厥子孙。

大港赵氏宗祠燕私厅

傧尔笾，柔尔颜，敬慎威仪，云胡不喜；
齐乃位，度乃口，聪听彝训，其永无短。

大港赵氏宗祠文会轩

同入千宗，盖取诸萃；
约我以礼，是谓之文。

庆乐园戏台

歌吹继南朝，试听响遏行云，问玉树当年，盈耳何如新乐府；
江山凌北固，莫羡神游明月，看银花不夜，置身已在广寒宫。

风神庙

九月寒砧催木叶；
暮天新雁起汀洲。

题百尺梧桐阁

遗墨守曾门，践迹三层，自怜心苦分明，想见先人行坐处；
空青招远岫，推窗四顾，顿觉目穷苍莽，感怀故国战争场。

拟悬居所

忧患始于识字；
穷愁然后著书。

题老友朱弁樵精舍

蓬心夫子列御寇；

菜肚老人黄庭坚。

为焦山松寥阁和尚秀东撰

佛眼看花，那堪靠屑漫空，万朵纷投无垢纳；

禅心作絮，何苦沾泥复起，三生原属有情丝。

预制衙门大堂

民莫敢不敬，民莫敢不服，民莫敢不情，如得其情，
哀矜而勿喜；

天下之广居，天下之正位，天下之大道，独行其道，
富贵不能淫。

题京口江干某宾馆

胜友如云，高朋满座；

楼台得月，花木逢春。

题曲楼

世人解听不解赏；

此时无声胜有声。

春 联

人在紫薇天，车辙不劳三日访；

家余红药地，丝纶常带五云归。

杭州岳飞坟

我亦宋王孙，感公报国精忠，怅望千秋，空摩石马；

天遗戎子种，愿此藏山光气，控生再世，突过黄龙。

扬州史公祠

遗札五函存，公死有知，回思血涕斓斑，定悔北堂呈老母；

孤坟三尺峙，我生也晚，却恨衣冠零落，未归南部傍高皇。

华　佗

颅岂能开，只缘奸贼当诛，欲代雷霆除大憝；

臂何须刮，自是圣人无病，幸从日月附余光。

泰　山

涛捧日轮高，我将往第一蓬莱，提笔长吟，先向朝阳鸣彩凤；

石黏云絮合，谁实念大千禾黍？屯膏下逮，遍教霖雨起哀鸿。

挽伯父赵薇亦

偕先君署行义午，予小于虽貌诸孤，每谒公辄闻往事；

惟天下尊爵齿德，我伯父实兼其二，知传世不在文章。

挽胞姐

疟魔方退，痼疾翻增，医药直无灵，弃二老，弃遗孤，顿教远道哀音，飞来岁暮；

夫婿早亡，椿萱并谢，泉台从此去，赋归宁，赋偕老，不道人生乐事，反在幽冥。

吊　妻

平生自有分；
死别已吞声。

戴启文（1844—1919）

字子开，号壶翁，江苏丹徒人，光绪间任温州知府。著有《招隐山房诗钞》。

文信国公祠

孤屿自中川，逝水难消亡国恨；
崇祠足千古，英风犹挟怒涛鸣。

题西湖烟霞洞

四大空中，独留云住；
一峰缺处，还看潮来。

赵光荣（1847—1913）

字子枚，一字芷湄，号稚生、枚叟。江苏丹徒人，附贡生。其"采获经史，文辞长进"。工诗，为南社成员。居家筑"百尺梧桐阁"，喜抄先贤遗集。生亦爱集古钱，为镇江著名钱币收藏家。著有《百尺梧桐阁诗选》《百尺梧桐阁寿言汇录》《赵子枚先生重游泮水寿言》。

题家谱

宗法本洪溪，诵斯干松茂竹苞，须知忠厚传家，共承堂构；
支流分天水，愿此后瓜绵椒衍，尚藉诗书遗泽，永绍箕裘。

挽应简人

投笔走湘湖，问弓刀结束，比前时风雅如何？惟听细柳歌声，万众欢腾，豪兴突过小海唱；

驱车入都会，看冠盖纵横，知几辈英雄已矣，可叹飘萍踪迹，一朝蜕化，归魂应逐大江流。

挽王颂采

少年盟戴笠，阳冰八法，每与详求，惜无端故国言旋，尤感生平知己；

往岁促归帆，夜雪一樽，竟成永诀，痛此后泉台阻隔，惟凭梦里寻君。

挽鲍涪卿

风雨脊鸰哀，叹手足无依，饮恨终耽近市酒；
云霄雏凤出，看羽毛将满，飞鼛重表纳楹书。

挽徐菊生

交易历卅年，从迁移困顿而还，性命相依，待我深情逾骨肉；

病魔缠一载，竟展转呻吟以死，篇章具在，读君遗稿切心脾。

王仁堪（1850—1896）

字可庄，福建闽县（今福建福州）人，清光绪三年（1877）状元，曾任镇江知府，主持兴修中泠泉，创办南泠学舍（今镇江中学）。

自署宅门

西园翰墨；
北府旌旗。

金山方丈室

千古英雄浪淘尽；
天下名山僧占多。

海西庵

委质江山如许国；
寄怀鱼鸟欲忘形。

王芝兰（1851—?　）

山东济南人。光绪六年（1880）进士，曾任丹徒知县。

王公祠

水木湛清华，金焦而外，又益名区，却忆曩岁经营，江左风流贤太守；

春秋多佳日，簿书余闲，偶来游眺，犹记故乡仿佛，济南潇洒大明湖。

赵蓉曾（1852—1924）

字镜芙，系赵伯先之父。博学强记，精通古文，数次乡试未中，遂无意功名，家居教书。

挽　妻

上寿本无庸，纵教百岁夫妻，终成死别；

中年胡可去，试看两行儿女，难以为情。

赵酉彝（生卒年不详）

丹徒人。岁贡生。例授修职郎候选训导；例封奉政大夫五品衔，湖北补用府经历；后曾任镇江府中学堂监。光绪二十九年（1903）参与创办镇江府中学堂。参与纂修《光绪丹徒县志》。著有《送日录七种》《镇江府中学堂甲乙经营录》等。

赠王仁堪

策河者三，命农者三，建学校者三，既复揽英接秀吐握者三，政报三年，公署上上考而公且去；

簪花第一，饮泉第一，守江山第一，故应捍患御灾治平第一，化先一郡，民皆皞皞如而民不庸。

悼亡妻

文章我已老名场，况哀感中年，有恨又挥潘岳泪；

忧患未能同白首，抚凄凉儿女，不堪重咏杜陵诗。

挽蔡守愚

名士有侠烈士风，谈天下事，慷慨激昂，每值引杯看剑，勃勃欲鸣，气节是镇志第一流，勿因艺擅郑虔，转以多能掩硕德；

旧交于贫贱交笃，恤故人家，委曲周挚，甚至破产典裘，殷殷不已，品诣在汉书独行传，倘疑碑刊郭泰，合将私谥阐幽光。

刘 鹗（1857—1909）

原名梦鹏，又名孟鹏，字铁云，别署鸿都百炼生。祖籍江苏丹徒，他学识博杂，精于考古，并在算学、医道、治河等方面均有出类拔萃的成就，被誉为"小说家、诗人、哲学家、音乐家、医生、企业家、数学家、藏书家、古董收藏家、水利专家、慈善家"。所著《铁云藏龟》，第一次将殷墟甲骨公之于世，对我国甲骨的研究起到了开创性作用。著有《老残游记》。

今既见心即见佛；
子安知我不知鱼。

闲翻花谱删非种；
时瀹泉源活细鳞。

康有为（1858—1927）

原名祖诒，字广厦，号长素，又号西樵山人、天游化人，广东南海人，人称"康南海"，清光绪年间进士，官授工部主事。近代著名政治家、思想家、教育家、社会改革家、书法家和学者。曾担任孔教会会长。主要著作有《康子篇》《新学伪经考》。

北固山甘露寺

天入长江生远浪；
风吹落木下清秋。

北固山

江淘日夜东流水；
地耸英雄北固楼。

多景楼

十室之邑畴好学；
三人同行我得师。

华阳洞苍石斋

山中宰相陶弘景；

海外逃臣康有为。

茅山顶宫

龙虎排云出；

玉清炼丹来。

赵臣翼（1860—？）

　　字燕孙，江苏丹徒人。光绪十二年（1886）进士。光绪十三年（1887）出任奉天金州厅海防同知（五品），光绪二十二年（1896）出任奉天海龙厅（今吉林海龙）抚民通判，后出任辽宁宁远知州。光绪二十九年（1903）五月调任铁岭县知县。1908年，赵臣翼任奉天度支局佥事。宣统元年（1909），出任兴风道尹。1913年开始担任本溪湖煤铁公司（今本溪钢铁公司）中方总办。后病逝于沈阳。

题丹东元宝山公园翼然亭

杯底江河容我吸；

座中山色泥人青。

题丹东元宝山公园燕宜亭

清风明月不用一钱买；

天造地设以开百世观。

秋水芙蓉，同文臭味；
春旗杨柳，尚武精神。

为友人题

云程有志终昂首；
翰苑含毫待纪功。

赵臣杰（1861—1923）

字异于，号少琴。清光绪己丑（1889）恩科举人；癸卯会试授如皋县训导，敕授修职佐郎。民国后从事教育。

自题书室

读历代名臣言行录；
考天下郡国利病书。

姚 湘（1862—1937）

字月波，扬中人。秀才，曾任太平县民政长（相当于县长）。撰有《太平洲始末记》。

赠 联

万卷书成经籍古；
百篇诗赋彩毫开。

道为根柢存真学；
韵协宫商正始音。

樽酒几经赔北海；
瓣香久已属南丰。

题谱牒

传诸家乘，增比闾族党之光；
贻厥子孙，笃弓冶箕裘之绪。

程柏堂（1864—1934?）

自称鉴湖烟客，浙江绍兴人，清光绪二十三年（1897）拔贡，任华亭县（今上海松江）知县多年。擅书法，精文学。1934 年在镇江江南印书馆出版《宋词集联》。

斜阳画出南屏，更何必十分梳洗（张翥《多丽》）（姜夔《解连环》）；
春意渐归芳草，暗惹起一掬相思（黄庭坚《逍遥乐》）（史达祖《东风第一枝》）。

竟夕起相思，不是悲秋非干病酒（周邦彦《塞垣春》）（李清照《凤凰台上忆吹箫》）；
清欢那易得，且图径醉莫话销魂（王之道《归朝欢》）（晏几道《两同心》）。

斜日杏花飞，轻掷诗瓢趁流水（寇准《江南春》）（张炎《洞仙歌》）；

孤村芳草远，赠君明月满前溪（寇准《江南春》）（毛滂《烛影摇红》）。

宗　仰（1865—1921）

原名黄浩舜，又名用仁，宗仰是法名，号乌目山僧，别号楞伽小隐，晚年又号印楞禅师，江苏常熟人。1914年为金山江天禅寺首座大和尚，曾参加辛亥革命（参加同盟会和南社，从事反清活动）。

金山首座室

说法宗三论；
印心属二伽。

赠融通法师

尔兄回山，不作此想；
吾弟主席，尽可放心。

李丙荣（1867—1938）

字树人。江苏丹徒人。李恩绶之子，清附贡生，曾以五品衔官安徽候补知县。著有《丹徒县志摭余》《绣春馆词钞》《京江诗钞》等。

增华阁

我辈复登临，地老天荒，喜此山增华阁，同时重建；
元储饶著作，风微人往，与隔江文选楼，并寿千秋。

好学慕青宫，登阁攻书，当怜心苦分明，想见前贤此行坐；
忧时搔白发，凭栏觅句，顿觉目穷苍莽，感怀故国几沧桑。

玉蕊亭

杰构幸重兴，久仰宗风食先德；
仙葩妙何许，长留佳话在名山。

虎泉亭

一勺励清心，酌水谁含出世想；
半生盟素志，听泉我爱在山声。

辉山僧退居

挂锡仰高僧，佛国修成无量寿；
听鹏招隐士，灵山证取未来因。

赵玉森（1868—1945）

字瑞侯，因嗜酒豪饮，遂号"醉侯"。江苏丹徒人，后定居镇江城内月华山下。光绪十九年（1893）入江阴南菁书院读书。光绪二十三年（1897）到上海南洋公学教书。1916年，到北平清华学堂执教，兼授文史两课。曾任上海复旦公学教授。著有《醉侯诗集》。

赠　人

龙头咄咄马相伯；
麟角峥峥赵镜芙。

读书台

妙境快登临，抵许多福地洞天，相对自知招隐乐；
伊人不可见，有无数松风竹籁，我来恍听读书声。

丁传靖（1870—1930）

字修甫，一作秀甫，号闇公，江苏丹徒人。清光绪副贡。修纂。诗文有盛名，尤工戏曲，有《闇公诗存》《宋人轶事汇编》。

赠　人

外直中通是花君子；
春耕秋获为农丈夫。

赠黄菊如

此地幽深结三间屋；
其人汪洋若千顷波。

朱宝鋆（1871—1946）

字元堃，号悟生，扬中人。清末秀才，教育家，社会活动家，曾编写《十二月编韵杂字》等诗文，并为许多家谱题写了序言和传记。

自　叹

可怜黑水三车墨；
那及丹青一点红。

陶径原堪莳舌菊；
毛公何事脱囊锥。

但恨空挥悲国泪；
惟惭辜负读书人。

自　挽

翼翼小心七五年，木讷宁贻讥，惟冀无惭归净土；
昏昏一世两三刻，尘根尽解脱，但求不作再来人。

赵叔孺（1874—1945）

浙江鄞县（今浙江宁波）人。出生于镇江，原名润祥，字叔孺，以字行世。清末诸生，曾任福建同知。民国后，隐居上海。于金石书画、花卉虫草、鞍马翎毛，无不精擅，尤擅画马。与吴湖帆、吴徵、冯超然并为"海上四大家"。又与吴昌硕、黄士陵、齐白石、王福厂并称"民国印坛五大流派"。著有《二弩精舍印谱》《汉印分韵补》等。

深院抄书桐叶雨；
曲阑联句藕花风。

洗砚池香萦墨细；
解巾松月逗眠迟。

文字炳然解从许太尉；
山水工者咸曰李将军。

药石刀圭时奏效；
门墙桃李久成阴。

室因抱水随其曲；
竹为观山不放长。

当楼月半奁，燕子横穿朱阁；
画帘香一缕，蛛丝闲锁晴窗。

毫端已与心机化；
胸次不使俗尘生。

春楼夜月，露华流水寻幽径；
秋阁晴云，芳草霜气入远山。

雪窗快展时晴帖；
山馆闲临欲雨图。

大翼垂天九万里；
长松拔地三千年。

藉甚声华金鼎重；
湛然心迹玉壶清。

赵宗抃（1874—1947）

　　字蜀琴，江苏镇江人。赵曾望之子，曾在镇江府中学任监学。诗词古文造诣精深，兼擅书法篆刻。有《悔庵印存》传世。此外，精通数学、法文，能与法国神甫通信。上海南京路天福南货店招牌、镇江焦山华严阁、伯先公园内绍宗藏书楼的匾额由其手书。

为公谨先生题

论到精微凭识力；
学从真实见功夫。

流水逢源多曲折；
好山入画且登临。

新栗陈盘甚甘美；
好花傍石亦净幽。

碧海游龙观气象；
丹峰仪凤著精神。

深院尘稀书韵雅；
明窗风静墨花香。

河图洛书道传东鲁；
避雒钟敦兆始西京。

挽赵西彝

学问争性道事功，故宗族戚党交游相率噪其名，岂徒酒中圣，诗中伯、文中健将；

教育遍江湖流域，奈普通专门高等皆未竟厥志，是为家之衰，乡之忧、国之不祥。

杨太晚（1875—1953）

安徽人，清末秀才。早岁执教于南京高等师范学校，新中国成立后为江苏省文史馆馆员，晚年定居镇江，擅诗文书画。

赠许图南

图书翰墨分今古；
南北东西识道途。

柏文蔚（1876—1947）

字烈武，安徽寿县人，近代著名革命家，中国有史以来首位第一军军长。后任中央政治委员会委员兼国民政府委员。

伯先祠

忆玄黄未判，与君相遇，共策中原，卅载溯前尘，人往风微，忍泪频看吴季剑；

念苍赤何依，顾我犹存，莫酬初志，四方况多难，马喑戈钝，强颜来拜武乡侯。

苏涧宽（1878—1942）

字硕人，号考槃子、考槃隐者等。江苏镇江人。蒙古族。能诗文，工书法。著有《考槃刻印偶存》《信好轩诗钞》《信好轩印存》等。

贺恒顺酱园成立十七周年

恒产恒心恒发展；
顺情顺理顺财源。

绿绮凤凰梧桐庭院；
青春鹦鹉杨柳楼台。

艺事导源吴道子；
好词方驾白乐天。

庭桂阶兰齐绚彩；
灵椿慈草永敷荣。

颂鼎可徵三觐礼；
虢盘用奉四方维。

无彼此，于人独立故不惧；
思饥溺，繇己易地则习然。

青眼高歌望吾子；
侧身长顾求其群。

南山招隐寺增华阁

柑酒寄闲情，几人结队清游，共仰储君能好学；
沧桑经浩劫，有客登高凭眺，犹思隐士独尊贤。

叶玉森（1880—1933）

字荭渔，号中泠，江苏镇江人。与丁传靖、吴庠并称"铁瓮三子"。精研商卜文，字书亦以甲骨文为主。著有《枫园画友录》，编有《商甲骨文集联》。

唯求有酒，即中山作千日饮；
安得从君，登华麓与大云游。

传三代玉文，曲直方圆能与古会；
共一时樽酒，渊沉中淡自得春和。

土花驳食珍齐镀；
宝气光炎获夏戈。

文若都京上林甘泉，千秋旧作；
地历齐鲁北燕西蜀，三日狂游。

荡一渔舟，得入网鱼贯以柳叶；
比五侯鼎，有下酒物名曰松花。

作月宫游，千凤和鸣传玉宇；
为天花舞，六龙咸伏望金衣。

大云自成海，众石立森天；
抱鹤坐明月，呼龙出古渊。

有一方水函天，安用海山观日；
得三弓地艺竹，且招风雨鸣秋。

阳明有言，心即理知行合一；
华封三祝，圣多子福寿无疆。

天亦无言，春归乎千鸟望；
月犹未出，秋来也一虫鸣。

赵鹏第（生卒年不详）

赵臣翼长子，字孟南，一字梦梅，号犀庵、犀庵旧主、廿石斋主人。毕业于奉天法律讲习所。历任奉天、营口初级审判庭推事，长春县知事，辽宁省政府秘书长，奉天财政厅厅长。1932年，出任奉天省公署民政厅厅长。嗜爱金石书画，家藏颇丰。

丹东元宝山公园翼然亭

堂构欲相承，俯视甘棠存万本；
楳题重拂拭，长留余荫饷千秋。

丹东元宝山公园燕宜亭

是邦为边徼名区，发憩十年前，棠舍追随思旧泽；
此地即山阴胜地，游观三月暮，兰亭重到见先型。

赵贻第（生卒年不详）

字厚徵，一字见吾，祖籍丹徒，赵声族叔。清季曾任桃源县教谕，民国任阜宁孔学会会长。为阜宁之儒宗，在当地有"赵四贤人"之称。曾积极支持赵声革命活动，为其新军推荐优秀青年从军。晚岁设帐授经；课徒之余，寄情诗文。有《十红吟》《赵家吟》《读书一得》《嗜好品》《笔游故里》《笔游西湖》等。

自　题

身居淮北黄沙浦；
家住江南绿水桥。

惜衣惜食，非为惜财原惜福；
求名求利，莫如求己不求人。

柳诒徵（1880—1956）

字翼谋，晚号劬堂，江苏镇江人。著名图书馆学家、历史学家、版本目录学家。辛亥革命时任丹徒县临时议会副议长。历任南京中央图书馆馆长、国史馆纂修，先后执教于南京高等师范学校、清华大学等多所著名高校。1948 年当选中央研究院院士，1950 年任上海文管会委员。曾筹办上海博物馆，为近代南京大学历史系的先驱。著有《中国文化史》《国史要义》《柳诒徵文集》等。

赠沈迈士

清光分石谷；
高格继冬心。

云根岛石牌

天地有正气；
园林无俗情。

自　题

挑灯看剑；
下帷读书。

旷怀凌万古；
倚剑瞰八荒。

虎气思腾上；
河汉湛虚明。

集众思广忠心；
布公道开诚心。

浊酒聊自适；
取琴为我弹。

学而时习之；
文不在兹乎。

天宝文原美；
宣和事可书。

沽心放月至；
墙东新桃开。

言必诵尤雅；
道惟行至诚。

司隶龙门峻；
中书雅乐和。

礼乐本百圣；
桥梁通八荒。

六代江山迷粉黛；
百年松柏挺风霜。

北固山甘露寺

大千世界；
第一江山。

伯先公园

朝晖夕雨，江山第一；
云车风马，国士无双。

挽丁传靖

以竹垞竹汀相期，晚岁恒思论旧学；
继横山东山而逝，江乡共叹失通儒。

挽吴寄尘

嗣统南通，从商场艰苦支持，伟业未隳大生厂；
皈心西上，忆病榻弥留款语，本原炯著绍宗楼。

自题宅门

镜湖元自属闲人，柳外寻春，花边得句；
青笈不妨娱老眼，池香洗砚，山秀藏书。

苗小轩（1880—1966）

名恩培，字孝先，别署辛叟，江苏淮阴人，所学为教育，所长为文学，浮沉转徙于讲坛、戎幕和文秘生涯之间。新中国成立后，供职于镇江市国画室。

凤凰池

剑劈石开，壮丽江山历今古；

池存凤去，英雄事业貌孙刘。

赵 声（1881—1911）

字百先，号伯先，曾用名宋王孙、葛念慈等。江苏丹徒人。1903 年 2 月，东渡日本考察，与黄兴结识，同年夏回国，任南京两江师范教员和长沙实业学堂监督，积极宣传革命思想，曾撰写七字唱本《保国歌》。1909 年 10 月，担任广州起义总指挥，并制订具体计划。1910 年 6 月底，与孙中山、黄兴在南洋商决大举之策。1911 年 3 月 29 日率部赶往广州参加起义。5 月 18 日，怀着壮志未酬的悲愤溘然长逝，年仅 30 岁。追授将军衔。镇江建有伯先公园以示纪念。

题自办阅书报社

纵环海奇观，开普通知识；

藉大江流水，涤腐败心肠。

为友人书

汲古得修绠；

交情脱宝刀。

自 题

差幸头颅犹我戴；

聊持肝胆与君期。

诗 钟

一剪梅成三迭曲；
九回肠断五更钟。

河山一线舆图小；
旗鼓千营上将尊。

恨未剑枭三桂首；
聊将箫答小红情。

河干犹有施全庙；
海上曾逢范蠡舟。

冷 遹（1882—1959）

原名晓岚，字御秋，江苏丹徒人。南社社员，军事家、政治家，中国民主政团同盟（中国民主同盟前身）创始人、民主建国会（中国民主建国会前身）创始人。武昌起义时，是革命军将领，1949 年后曾任江苏省副省长等职。

挽孙中山

三千年帝王本纪，一笔勾销，建中国新纪元，五族共和，旋乾转坤凭赤手；

四百兆人民主权，万邦公认，弃天下如敝屣，九州多难，披肝沥胆为苍生。

马家坟

风景重南郊，荫复松楸，胜境傍竹林禅院；
云耕返西竺，秀贻兰桂，丰碑建葱郁高阡。

陆小波（1882—1973）

名锡庚，江苏镇江人，商界领袖人物，曾任江苏省政协副主席。

挽霜亭和尚

金山寺痛丧一高明老衲；
极乐国又添个大德如来。

赵祖望（1884—1969）

字渭舫，又作苇佛，江苏镇江人，为赵曾望之孙、赵宗抃之侄。曾官内阁中书、四直行走。"性耽史翰，尤嗜宋词"，毕业于京师大学堂译学馆，授举人。辛亥革命后任浙江泰顺、青田县知事。在青田县知事任上，组织青田石雕参加巴拿马世界博览会，使之享誉世界。1953年起任上海市文史馆馆员。学识渊博，擅书法、联语、诗文。著有《宋词集联》。

西湖林和靖放鹤亭

若问梅消息；
须待鹤归来。

集宋诗联

高谈极奇趣；

新诗侑清樽。

汉开通褒斜道刻石集字联

史显杨万里；

世用张永年。

集姜夔词题西湖钱塘春酒馆

忆别庚郎时，但浊酒相呼，问春何在？

回首西湖上，有玉梅几树，嫩约无凭。

为赵万里题集宋词联

满城花柳，也为我相思，奈燕子不曾归去；

几曲笙歌，便揉春为酒，问东风毕竟如何？

集宋词自题联

平生塞北江南，直至如今，自叹多愁更多病；

几处歌云梦雨，为谁教我，时光堪恨也堪怜。

集宋词联

海棠如醉，又是黄昏，更能消几番风雨；

辽鹤归来，都无人管，最可惜一片江山。

听歌窗罅，倚月钩阑，长记曾携手处；

结尽丁香，瘦如杨柳，正是欲断肠时。

暗随流水到天涯，算只有殷勤，相思日暮；
不管桃花依旧笑，奈当时消息，已是春深。

满庭芳草又斜阳，甚杜牧重来，徘徊不语；
万里西风吹客鬓，念渊明归意，惆怅如丝。

自随秋雁南来，几番吟啸，几曲笙歌，知多少时流，
与君游戏；
　　未许英雄老去，满目风尘，满身花影，惟丹青相伴，
不负辛勤。

春尽日，雨余时，数声鹈鸠；
落花深，芳草暗，懒上秋千。

将我意，入新诗，唤莺吟，招蝶拍；
休惆怅，好归去，寻柳眼，觅花须。

重阳过后，好个霜天，知多少时流，愿公更健；
湖海平生，一宵歌酒，且莫辞沉醉，胜友俱来。

漫天飞絮，满地落花，却忆安石风流，一时留住；
画里移舟，诗边就梦，为向东坡传语，此兴谁同？

鸳鸯水宿不知寒，记翠箔张灯，冷香飞上诗句；
锦瑟华年谁与度？听鸣禽按曲，春愁独立阑干。

鸿雁来时，杳然殊无，些个消息；
阑干曲处，又是一番，倚尽斜阳。

海棠开后，燕子来时，因景物牵情，长记得、扁舟寻旧约；
杨柳津头，梨花墙外，奈春风多事，到如今、无处不销魂。

只应明月最相思，千里断魂，怨怀谁寄？
说与杜鹃休唤起，几回无寐，梦意犹疑。

怎生消遣，十里湖边，短棹拟携西子；
却又多情，满身花影，歌声轻度红儿。

儿女古今情，记竹里题诗，花边载酒；
平生江海客，有渔翁共醉，溪友为邻。

束云章（1887—1973）

名士方，字云章，江苏丹阳人。民国实业家，中国纺织事业管理委员会主任委员，中国纺织建设公司总经理，曾回乡开办丹阳纱厂，浚垦练湖农场。

自　题

岂能尽如己意；
还须体贴人情。

陆广谟（1888—1968）

字进之，扬中人。江洲文坛"五虎"之一。

自 挽

待人无诈无欺，处己不卑不亢，溯一生、笑傲风云，利禄功名如粪土；

教子学诗学礼，望孙成凤成龙，喜四代、琴歌书画，端方正直是家声。

王梦仙（1891—1916）

江苏镇江谏壁人，大港赵逸贤之妻，南社女诗人。

大 港

碧水有情环岸曲；

青山无恙耸天空。

秦茂兰（1892—1954）

一名馥，字国香，扬中人。江洲文坛"五虎"之一。从事教育工作，曾任江苏省人民政府文史馆馆员。曾用俚言俗语编成《诗韵对句》，惜已佚。

赠 联

竹荫覆几琴书润；

花气薰窗笔砚香。

嵌 名

恒其德，乃人所景仰；

善为宝，得天之成全。

赠《青年》半月刊

办半月刊，用半月功，后半月当胜前半月；

报一天仇，雪一天耻，这一天莫待那一天。

姜可生（1893—1959）

又名仑，字君西，江苏丹阳人，著名的南社诗人、作家、报人。曾为柳亚子的私人秘书。江苏文史馆、上海文史馆馆员。曾创办与经营镇丹金长途汽车股份有限公司和丹阳肇明电气公司，还一度担任过丹阳县县长和江苏省建设厅厅长等职务。

挽赵声

千里追寻旧日梦；

万花落尽故人魂。

朱 谔（1895—1971）

字贡鲁，谱名锦瑸，江苏扬中人。朱宝鎏长子，教师。

自 挽

诚意正心，慎独克己，七六载，行乎贫贱，行乎患难，战战兢兢，满求不愧不怍，清白耿介全素志；

尊德希学，慕贤从人，八九处，工于墨耕，工于笔耘，勤勤恳恳，勖勉毋怠毋驰，安仁养拙牖群蒙。

张崇兰（生卒年不详）

字猗谷，号悔庐，江苏丹徒人。著有《古文尚书私义》《悔庐文钞》，皆梓行。著有《中声》《粗才》《梦溪棹讴》。

举内行以上达，朝廷自天锡宠；
惟不匮可观型，邦族与日争光。

旷典荷褒赐，留镇山林旌绰楔；
孝思承祖德，增辉谱牒守贞珉。

赵云涛（生卒年不详）

江苏丹徒人。

莫恃才高，此身既列宫墙，当循矩矱；
敢言官冷，凡事有关名教，便要维持。

包祖同（生卒年不详）

字晓村，江苏丹徒人。

梦醒扬州，藉三分水竹仙源，重邀明月；
春回海上，有一带烟萝古寺，相对斜阳。

周恩绶（生卒年不详）

字艾衫，江苏丹徒人。道光乙未（1835）进士，改庶吉士，授编修。有《享帚集》。

赠邹锡纯

瓠子秋风劳使者；
梅花明月属诗人。

赵思伯（1899—1973）

名祥瑗，江苏丹徒人，毕业于南京高等师范学校，后从事教育工作，对古汉语造诣较深，尤擅填词，曾为镇江中学校长、多景诗社首任社长。有《茳溪词集》。

多景楼

蹈腾第一江山，寂寞鱼龙同起舞；
俯仰大千世界，风流人物共讴歌。

陈　直（1901—1980）

原名邦直，字进宧，祖籍镇江，迁居东台。自幼喜治秦汉史，24岁撰成《史汉问答》，26岁时写成《楚辞拾遗》，29岁前刊行《楚辞大义述》《楚辞拾遗》《汉晋木简考略》《汉封泥考略》《列国印制》《周秦诸子述略》《摹庐金石录》等著作，为学人所瞩目。另著有《东坡词话》《慈萱室骈文》《列国币考》《摹庐丛书》等。曾任西北大学教授，并任中国考古学会理事等职。

心持铁石要长久；
胸吞云梦略从容。

主人自是文章伯；
晚岁犹存铁石心。

李宗海（1904—1995）

江苏兴化人，书法家，诗人，长于楹联。曾为中华诗词学会会员，江南诗词学会副会长，中国书法家协会会员，镇江市书协主席，多景诗社社长、名誉社长，镇江市诗词协会、松梅诗社顾问。有《北游诗词草》《甲寅唱酬集》《李宗海先生诗词楹联选》。

镇　江

是山水雄秀之区，有长江浩荡，金焦耸峙，北固巍峨，南郊静幽，堪供游览；

为人文荟萃之地，忆太白英豪，苏米风流，存中健笔，稼轩伟略，足示楷模。

颂长江

发源于青海巴颜喀喇山，跨四川，穿三峡，渟五湖，浩浩汤汤，流经万里；

毓孕乎中华民族文化史，肇两汉，越六朝，沿百代，麟麟炳炳，光耀千秋。

镇江三山三寺

问京口名胜为何，有北固尊严，金山富丽，焦山韶秀；
喜南朝遗踪犹在，看招隐苍郁，鹤林雅静，竹林幽深。

金　山

坡老有遗踪，写经楞伽台，吟咏妙高台，风流万古；
金山多异境，悟佛白龙洞，参禅法海洞，壮丽千秋。

江天禅寺

金佛尊严，法相重光，江月圆明禅院静；
山灵赫奕，神威显示，天花纷坠寺门新。

四宝馆

姬周鼎，诸葛鼓，古物与江山同寿；
东坡带，徵明画，名流共岁月长春。

中泠泉

清茗一杯，洗人尘俗；
高潭万古，豁尔心胸。

北固山

对广陵烟树，望淮海平原，向往京华瞻万里；
听扬子江涛，指金焦胜境，登临北固话三山。

多景楼

金焦二点；
北固一尊。

宜雨宜晴，山光水色何多景；
如诗如画，儿女英雄共此楼。

秋色自西来，红树青山都入画；
大江环北固，抚今追昔一登楼。

烈士陵园

此冈有义士忠魂，是两间正气所钟，三山灵秀所毓；
斯地亦名人古迹，乃西汉荆王之府，南宋辛公之堂。

沈括梦溪园

沈酣于东海西湖南州北国之游，梦里溪山尤壮丽；
括囊乎天象地质人文物理之学，笔端谈论自纵横。

岳飞纪念馆

遗恨千秋，三字狱成莫须有；
垂名万古，百战功隳奈若何。

兴化郑板桥纪念馆

与吾家复堂老人，同为八怪高士；
继乃祖广文先哲，各称三绝奇才。

施耐庵纪念馆

有舍己为人义骨侠肠，却从李逵鲁达武松身上画出；
具掀天揭地深谋远略，乃自晁盖宋江吴用胸中写来。

同兴楼

同在千斯愿百饮；
兴之所至咏三山。

京江饭店

京国豪华在望；
江山壮丽常游。

京侨饭店

望月常倾京口酒；
临风共吐侨胞情。

宴春酒楼

宴开玉宇人皆寿；
春赏琼林花更香。

醉月坐花开雅宴；
吟诗作画赏阳春。

迎五洲四海嘉宾，来兹乐宴；
观一水三山美景，赏此阳春。

畅所邀游，楚水吴山皆可宴；
情之寄寓，江风海日喜同春。

一枝春菜馆

爱山爱水爱名园，常喜闲游双井路；
有色有香有真味，每思大嚼一枝春。

赠茗山法师

拜佛诵经，焚香煮茗；
参禅护法，涉水登山。

赠黄后庵

专业唯精，研艺有如山谷；
潜心少虑，养生得比石公。

赠周广泽

广纳名流，不愧醇醪雅量；
泽沾巨壑，堪称丹碧长才。

赠周斯音

斯曰奇才，泼墨涂丹成妙手；
音为大吕，低吟高唱出新诗。

赠肖流、李琴

颖士学丰，流水高山寄趣；
易安大才，琴声韵语陶情。

赠张信澄

信口有褒有贬；
澄心能画能书。

赠汪玢

浩瀚汪洋叔度量；
琳琅玢珏定庵才。

赠丁观加

高台观画凌云上；
长岑加鞭策马来。

赠王永昌

永和风日羲之迹；
昌谷才华摩诘诗。

赠乐非

只从笔下寻娱乐；
莫向人间管是非。

赠吴宗海

百家荟萃，太白为宗，喜与君同名同字；
川流灏瀚，东坡是海，当和我偕乐偕游。

赠裴伟契友

裴相功存唐社稷；
伟才志在汉文章。

优游书国；
啸傲诗城。

千仞摩天，岱宗岳岳；
万沙流地，渝海茫茫。

前揽古人，后接来者；
左临巨壑，右陟高峰。

天地为怀，以游水游山是务；
诗书取乐，置浮名浮利无闻。

山月江风，取之不尽，用之不竭；
哲人硕士，所过者化，所存者神。

退思进，进思退，进退从容自得；
翁携孙，孙携翁，孙翁康乐相欢。

八千岁为春，八千岁为秋，春秋不老；
五百年种桃，五百年种李，桃李常新。

板桥同乡，复堂同宗，先辈有如此者；
太白大才，东坡大量，吾曹当效法之。

宗唐宋，尊汉魏，攀周秦，高怀逸兴追前古；

海涵容，山耸峙，江奔放，雅量雄才启后人。

冶汉魏六朝于一炉，集古茂、雄强、道丽、超逸之妙；

收金焦北固于两限，揽波涛、潮沙、峰峦、岩壑之奇。

祝乐老图南八十寿

抖擞精神，先我一年登八秩；

优游翰墨，与君百岁醉千觞。

贺慈舟八十寿

慈悲为怀，法相常存臻上寿；

舟楫是务，众生得度仰高僧。

师德高深，庄与谐，悉如佛印；

我才浅薄，诗及书，难及东坡。

挽毛泽东

为桓桓革命导师，四卷宏文光宇宙；

是赫赫人民领袖，一双巨手转乾坤。

挽丁士青

书画常纵谈，每念吴门访费、白下访林、朱方访夏；

友朋痛凋谢，那堪甲寅哭杨、乙卯哭徐、丙辰哭丁。

纪念孙中山诞辰一百二十周年

帝满推翻，共和建成，赫赫功勋，可比美洲华盛顿；
小康境界，大同理想，渊渊学识，克承周代孔仲尼。

纪念毛泽东九十诞辰

硕范名言，为人民服务；
雄才大略，是革命元勋。

茅山抗日斗争纪念馆

气壮山河，韦冈一役垂千古；
心昭日月，句曲群峰驻万军。

集冯子振、赵眘金山诗句

江流吴楚三千里；
雄跨东南二百州。

贺中泠印社成立

石隐一碑，章太炎篆书万古；
涛声数语，邓完白刻印千秋。

镇江图书馆新屋落成书此以赠

镇日悠悠，图籍千秋阅览；
江天昊昊，书城百切邀游。

吕叔湘（1904—1998）

江苏丹阳人。著名语言学家，中国科学院哲学社会科学学部首批学部委员、俄罗斯科学院外籍院士，曾任中国社会科学院语言研究所所长等职，主编《现代汉语词典》。早年在丹阳中学任教。

丹阳市中学图书馆

立定脚跟处世；

放开眼孔读书。

陈辉棣（1906—1996）

江苏泰州人。多景诗社社员。

瘗鹤铭

抚瘗鹤残碑，逝水千年文物古；

际腾龙盛世，中华一统国威扬。

北固山

北固凭栏，天下江山第一；

南徐人画，此间风景无双。

梦溪园

梦里溪山，八年小憩；

胸中宇宙，百代重光。

一枝春菜馆

玉骨庭梅一枝秀；

郊蔬园笋四时春。

京江饭店

京口三珍肴醋面；

江天一览秀雄宽。

宴春酒楼

名庖誉满群贤宴；

美酒香飘四座春。

顾莲村（1908—1993）

江苏射阳人。曾为中国书法家协会会员、丹阳市书法家协会名誉理事长、丹阳正则画院院长。

丹阳正则画院

四序和平；

八方清宴。

潘家麟（1908—1994）

字玉书，江苏淮安人。曾为江南诗词学会理事，多景诗社社员。有《心远庐诗草》。

镇 江

天堑视安流，依旧巍峨称北固；
地灵钟秀气，而今俊杰聚南徐。

金 山

故事说千年，掘地得金，日照波心金万点；
神州歌四化，渡江浮玉，月升山背玉无瑕。

焦 山

偃武修文，墨海腾波，瘗鹤奇碑垂万古；
经天纬地，长江卷雪，隐贤焦洞颂千秋。

题镇江雕刻厂

雕玉作联吟自白，
刻书传世始于隋。

一枝春菜馆

几处亭林双井路；
三层楼阁一枝春。

黄后庵（1909—2003）

江苏兴化人。书家，学人，多景诗社社员。

梦溪园

是科坛巨擘；
开海国先河。

江天禅寺大殿

菩萨现金身，宝相庄严观自在；
梵王说妙法，诸天激荡海潮音。

高禾生（1912—1994）

　　江苏镇江人。新中国成立后以教师为业，曾为中国楹联学会江苏分会常务理事、江南诗词学会理事，多景诗社社员。著有《西湖百咏》《京华揽胜诗草》等。

江天禅寺大殿

骇浪惊涛，送尽了解带诗人，过江名士；
梵宫杰阁，常思到开山佛子，桴鼓蛾眉。

焦　山

山径幽深，老柏森森定慧寺；
浪花澎湃，波涛滚滚吸江楼。

竹林寺

来听钟呗几声定；
为遣浮生半日闲。

修竹万竿，夜月影从篁外落；
斜阳一抹，秋山人在画中行。

鹤林寺

神鹤已飞，寺外犹存米芾墓；
仙葩常在，阶前来赏杜鹃台。

多景楼

岚影波光，吴楚涛声流日月；
铜琶铁板，孙刘霸业唱江山。

梦溪园

脂水泽蒸民，赤县揭开化石史；
笔谈传奕世，朱方争谒梦溪园。

宴春酒楼

宴聚于觞，欢在吴头楚尾；
春还一醉，怕甚李白嵇康。

一枝春菜馆

兴腾一醉琼枝宴；
春望同登花萼楼。

许图南（1912—2001）

名荫鸿，别号舍北，祖籍江苏江宁，中迁兴化，定居镇江。曾为江南诗词学会理事、镇江市诗词协会和松

梅诗社顾问、多景诗社名誉社长。著有《郑板桥事迹考》
《许图南诗词选》等。

镇　江

万里奔腾，无如此水；
高峰掩映，有美三山。

芙蓉楼

楼外烟云连北固；
槛前景物见南朝。

江天禅寺大雄宝殿

宝殿此重修，梵宇宏开，诸方礼赞；
金容今再现，佛光普照，万福来朝。

江天禅寺藏经楼

藏万卷书，琼楼再现；
经百千劫，佛日重光。

梦溪园

梦境迷茫缘卜宅；
溪流堙郁忆高谈。

贺茗山方丈八十寿

茗碗炉香诗供养；
山林古刹佛春秋。

赠慈舟方丈

慈云长护三千界；
舟楫遥通一苇航。

赠光年学棣

光怪陆离开视野；
年华绍秀展思维。

为于文清作嵌字

文采斐然弄词翰；
清扬婉兮茂风华。

挽陆小波先生

抗战着忠贞，大节无亏传定论；
奉身爱乡国，寸心可以慨生平。

挽乐图南先生

生平为教界献身，育秀培英，才艺允推多面手；
劫后列书坛前导，挥毫泼墨，辛勤永忆拓荒人。

挽李宗海先生

常记东城任教，忆年时风华正茂，每晨夕相过，笑言与共，往者不磨留契谊；
永怀山馆登云，念余生壮心未已，把诗书奉献，福寿全归，浩然仙去足安怡。

徐砚农（1914—1989）

字公豪，后以字行，浙江嘉兴人，寄居上海。幼承家学，工诗词，精研篆刻，与朱其石等交善。

金 山

浮玉著江天，佳话千秋，玉局曾经留玉带；
掘金稽稗史，神州四化，金鳌长共固金瓯。

焦 山

云影波光天上下；
瀛洲蓬岛水中央。

北固山

左右拥金焦，东去大江流日夜；
乾坤容俯仰，我来多景倚栏杆。

茗 山（1914—2001）

法名大鑫，俗名钱延龄，江苏盐城人。19岁出家。1949年以后任焦山定慧寺、南京栖霞寺、句容隆昌寺住持。长期担任中国佛教协会副会长、江苏省佛教协会名誉会长、镇江市诗词楹联协会顾问、多景诗社顾问。工书法、诗词、楹联。有《茗山文集》传世。

定慧寺山门殿

戒定如山，智慧如海；
慈悲为室，方便为门。

定慧寺山门牌楼

云影波光天接地；
风平浪静月沉江。

泉声鸟声钟鼓声，声声是幻；
山色云色草木色，色色皆空。

定慧寺大殿

从东汉开山，经一千八百载，利生弘法；
自初唐建殿，历五代十朝人，不变随缘。

茗公亭

真平等待人如己；
大丈夫以国为家。

焦公亭

焦公隐居，三诏不起；
静老追远，千里而来。

海云堂

海涌莲花花涌佛；
云笼宝树树笼山。

定慧寺伽蓝殿

随缘饮食起居，座客莫嫌斋饭淡；
疏略应酬交际，山僧未识世情浓。

祖　堂

梵刹峙中流，禅净双修，道风永振；
祖灯悬千古，圣贤辈出，慧炬常明。

万佛塔

一塔摩霄邻北斗；
双峰如柱砥中流。

小码头观音洞

具无缘慈随类化身，紫竹林中观自在；
运同体悲寻声救苦，普陀岩上见如来。

贺慈舟八十寿

兴无缘慈，乘般若舟，普渡群生登彼岸；
建大雄殿，筑藏经楼，喜逢耄耋庆高龄。

凌云超（1915—1985）

江苏扬中人，印尼籍华人，企业家、书法家，撰《中国书法三千年》。

赠李名方

墨海书城育后秀；
云山远水思故乡。

心慕周秦两汉字；
手追魏晋六朝书。

赠扬中县中学

欣闻江岛重书法；
喜见芳原多艺文。

朱　诉（1915—1998）

谱名锦璐，江苏扬中人。朱宝鎏第三子，曾投笔从戎抗日。

自　挽

抗日寇，救中华，功名不计，满腔热血洒大地；
怨内战，盼和平，骨肉离散，遗恨终生赴黄泉。

慈　舟（1915—2003）

俗姓史，名源，13岁出家，法号月济，江苏兴化人。曾为镇江市佛教协会会长、金山江天禅寺方丈、宝华山隆昌寺住持等。

江天禅寺

江水滔滔，洗尽千秋人物，阅沧桑，因缘聚散悟空性；
天风浩浩，吹开大地尘氛，倚圣教，禅静止观觉有情。

天王殿

诸恶莫作，众善奉行，三藏圣言演真谛；
四大本空，五蕴非有，翰林玉带镇山门。

绍隆寺法华楼

法轮常转，是盛世昌明景象；
华藏庄严，乃佛日永亘古今。

小码头观音洞

二水江流，慈航普渡，江宽当有岸；
一洞钟灵，悲心慧眼，法行自无边。

黎遇航（1916—2002）

道名顺吉，江苏金坛人。曾任全国政协常委、全国政协宗教委员会副主任、中国道教协会会长、中国道教学院院长、《中国道教》主编。

三天门石坊

修真句曲三峰顶；
得道华阳八洞天。

沙曼翁（1916—2011）

满族，祖姓爱新觉罗，原名古痕，1916年生于江苏镇江，长期寓居苏州。曾任中国书法家协会会员、江苏省文史研究馆馆员、苏州市书法家协会顾问、东吴印社名誉社长，新加坡中华书学会评议委员、菲律宾中华书学会学术顾问。2009年，因其在书画篆刻艺术领域的突出成就和影响，中国书法家协会授予其第三届中国书法兰亭奖终身成就奖。

净水浇花亦于物有济；
埽窗设几在予以小安。

少年唯饮莫相问九月；
黄花又开时癸未春月。

唯有秋风共明月；
好与名山作主人。

名花未落如相待；
佳客能来不费招。

陶令秫肥初酿酒；
谢公屐新好游山。

烟云日变百千态；
猿鹤时闻三两声。

流水四时鸣古乐；
夕阳一角导归舟。

禽鸣花底不如我；
鱼乐渊深即是天。

懒思身外无穷事；
且读人间未见书。

残石临丞相臣斯字；
名山续司马子长文。

沙一鸥（1916—2013）

江苏丹徒人。中医专家，曾任江苏省中医学会理事，多景诗社社员。著有《芜诗存稿》。

颂镇江

金焦北固，漕运南郊，胜水名山，时代更新增靓丽；
港澳台胞，工农商贾，推心置腹，协调同步显妖娆。

贺多景诗社四十五周年

情联咏友吟俦，历届传承，再五周年半世纪；
喜值和风丽日，群科邃密，正十七大始航程。

润扬大桥建成通车

润燥荣枯，万物东风含绿意；
扬清激浊，一江春水泛青波。

庆神舟六号升空与全国十运会召开

喜长假漫游，中秋团聚；
庆六神奏凯，十运欢歌。

赞武警官兵抗震救灾艰苦卓绝精神

地动山摇，土崩瓦裂，不能将人类真情撼倒；
扶伤救死，舍己忘身，只因有心灵博爱支撑。

孙 甫（1918—）

江苏扬中人。离休干部。中华诗词学会会员。

荷仙姑，住荷香居，荷香十里；
铁拐李，仗铁手杖，铁手千钧。

国土公园观鱼台

乘长风破万里浪；
迎晓日唱千支歌。

临清流以垂钓；
觉羽化而登仙。

国土公园荷香居

阵阵荷香飘客座；
幽幽草色入莲池。

赵过之（1920—2000）

赵宗抃子。会计专家。善诗。

挽友人

五十年深交，历尽风风雨雨，晚晴福荫；
千万卷饱学，欣看子子孙孙，叶茂枝繁。

陆济舟（1920—）

江苏扬中人。退休教师。

国土公园盘古雕像

力劈鸿蒙，开天地山河锦绣；
轻撕云幕，展星辰日月光华。

朱庚成（1922—2002）

江苏宝应人。多景诗社创始人之一。曾为镇江中国画院院长、中华诗词学会会员、江苏省诗词协会理事、镇江市诗词协会副会长、多景诗社名誉社长、松梅诗社顾问、美国纽约四海诗社名誉顾问。

镇　江

粉本遍南郊，烟雨鹤林颠老画；
名区称北固，风光满眼稼轩词。

北固山多景楼

天堑安澜，听铜琶铁板，唱折戟沉沙，往事云烟，任史册三分天下；

此楼多景，看雪浪红旗，忆雄师飞渡，今朝景物，是人民一统河山。

梦溪园

老退深居，一笔岂期惊后世；
高风亮节，小园何幸得先生。

田向珊（1922—）

江苏扬中人。退休教师。

国土公园乐水亭

桨摇云水经天曲；
笔写风雷动地诗。

国土公园揽江楼

大江浮白日；
明镜动芳洲。

余沛森（1922—2010）

一名斐，别号枕流。江苏丹阳人。中学高级教师。中国民主同盟盟员。丹阳市诗词楹联学会会员。

万善公园步云轩

静爱赏花清赏月；
闲常听鸟雅听泉。

江慰庐（1922—2009）

原名江福瑞，江苏镇江人。著有《红楼梦·曹雪芹种种》《西辽文化史略》等。

镇江三老嵌字联

江海小波能惠宇；
山城御寇惯防秋。

戴　曙（1923—？）

江苏扬中人。离休干部。中华诗词学会会员。

国土公园碑亭

大风歌壮二南美；
辟地人珍寸土金。

国土公园临波厅

数雨留珠炫异彩；
临波泼墨溢清香。

祝扬中建市

新市建成，已放心花卅万朵；
小康初现，再增大厦一千层。

祝扬中长江大桥建成

彩练束长江，车绕地球八万里；
明珠辉绿岛，光飞天阙九千重。

轻捉烽烟抛大海；
闲携日月驻长江。

国土公园揽江楼

揽江楼外，浩渺烟波，水天一色低吴楚；
国土园中，琳琅翰墨，雅歌同工比宋唐。

笪昌隆（1923—2018）

江苏句容人。江南诗词学会发起人之一，曾任理事。多景诗社社员，《三国演义》学会会员，晚霞诗社社员。有《钝公诗草》。

挽许图南老先生

文理殊科，联席讲堂，曾惜松挠雪压；
诗词同好，加盟学会，应欣天霁风熏。

挽施旺溪老先生

乐育英才，鞠躬尽瘁；
永传薪火，启发入微。

挽黄后庵老先生

长寿唯仁，籀书犹仰期颐叟；
多文为富，腹笥堪比千顷堂。

陈达夫（1923—2020）

江苏镇江人。中华诗词学会会员，曾任镇江市松梅诗社常务副社长、顾问，兼《松梅诗词》常务副主编。诗联作品被选入《中华诗词学会人名辞典》《龙吟诗词选集》《当代诗词类编》《江苏老年诗书画大观》《镇江诗词作品集》等。著有《艺海一叶》。

邓小平百年诞辰纪念

半生戎马，百战驰骋，帷幄运筹，揭地掀天操胜算，建国殊勋铭史册；

一世忠良，三番起落，乾坤扭转，励精图治策良谋，兴邦伟业耀瀛寰。

歌北京奥运

五环旗舞，万国健儿，并肩竞技，龙腾虎跃频传捷报；
百载梦圆，九州英杰，协力争雄，吐气扬眉连夺冠军。

南徐北固悼英烈

南徐境域钟灵毓秀，雄风长在，传承浴血光荣史，
诞生如许成仁志士；
北固山头翠柏苍松，浩气永存，彰显舍生卓越功，
安卧惹多卫国英灵。

贺儿搬迁大市口新居

德为修养本，安居福地春光满；
阶乃陟高楼，平步青云曙色浓。

王　坚 (1923—?)

原名张维正，江苏扬中人。离休干部，河北人民出版社原总编辑。

民穷哪得江山稳；
国富方期社稷安。

常春园（1925—2002）

名芳、馨斋，号彭城叟，又号养正室主，江苏徐州人。江苏省诗词协会会员，曾任丹阳市沁芳诗社主编、丹阳市书协副理事长。著有《春园流芳》。

丹阳文化城

季子封疆，物华天宝；
齐梁故里，人杰地灵。

万善公园万善堂

碧树斜阳，十里青山迎客座；
朱帘疏雨，一弯绿水绕名园。

江水东流，浪淘尽千古英雄人物；
茅峰西屹，孕育出万幢烟雨楼台。

万善公园寻踪舫

隔岸莺啼垂柳绿；
临池鱼唼落花红。

萃秀桥

塔影钟声，寺前银杏，重叙昭明话梓情；
桥头朗月，湖上清风，曾传李白歌佳酿。

汪 玢（1925—2011）

字玢如。徽州婺源（今江西婺源）人。江苏工学院（今江苏大学）教授，多景诗社顾问。有《南窗韵语》《诗词散曲典藻例解》等数十种著作、译作行于世。

题镇江古城

北水滔滔，挟一地吴云，九天楚雨，上国鱼龙往东去；
南山郁郁，出千竿翠竹，百斛珠泉，高僧衣钵自西来。

题金山泽心寺

老矣金山，昔昔今今，看白水东流，青烟幂地；
美哉泽寺，朝朝暮暮，仰法轮西运，梵呗浮天。

题北固山多景楼

北固临江，挹万里洪波，天低吴楚；
南姬去国，奠三分世业，功在孙刘。

游南山

两脚登山，竹韵鸟音真雅淡；
三杯下肚，词锋诗吻互纵横。

题沈括纪念馆

数卷奇文，物态天心匀翠墨；
一钩初月，南航北驾为苍生。

白鹭洲

烟暖秦淮，一水中分为二；
名高白鹭，孤飞倒映成双。

黄河碑林

衣冠开上国；
河岳壮中原。

施耐庵纪念馆

风走雷鸣，百色龙蛇生沼泽；
灯昏月冷，一编血火是春秋。

黄鹤楼重建志庆

拔地起高楼，黄鹤飞飞，曾留胜迹；
连江开晓雾，春波滟滟，再下扬州。

鸦片战争一百五十周年纪念

四亿多民众起来，大夜沉沉兵气合；
一个半世纪过去，中天荡荡月轮高。

志士墓园

长戈交短剑，苦月照寒霜，叱咤暗呜，往古戎衣皆腐草；
白骨枕苍岑，丹心传翠烛，嵚奇磊落，志士于今有佳城。

居室补壁

青灯磨古剑；
缘墨写蒲词。

为居室作

青门种瓜学士；
白社采菊诗人。

海天副刊

寄怀于海岱以外；
立身在天地之间。

南　社

周南言切乎情，桃花灼灼；
复社人游于艺，公子翩翩。

赠乐老图南

河洛出图版；
脂粉浣南东。

黄山归来撰赠李老宗海

南宗北宗皆入眼；
东海西海各飞云。

赠朱庚成

谦以待人，诚以律己，不偏左更不偏右；
精于塑像，长于属文，喜谈古亦喜谈今。

赠光年

光华冉冉，天道恒新；
年月骎骎，自强不息。

挽乐老图南

两道清光，在世纵观世态；
一支健笔，回天大写天书。

挽李老宗海

文采错地；
光华在天。

挽许老图南

尘世讲经来，几辈时贤称后学；
西天礼佛去，一程花雨送先生。

挽乐非

父子相传，大笔一支人争说；
诗书并茂，丰碑三尺我来题。

张家春（1925—2024）

原名陈明春，字及人，别号天涯浪客。江苏扬中人。曾任绿洲诗社秘书长、副社长，以及《扬中诗词》主编、镇江市诗词协会理事。为中华诗词学会会员、中国老年书画研究会会员、江苏省诗词协会会员。有《浪客诗文集》《论语新读》《容斋选读》。

扬　中

宝岛歌大有；
江洲乐太平。

题国土公园舞厅

花影轻摇人影伴；
歌声激越乐声悠。

题国土公园揽江楼

万里长江呼日出；
千年绿岛应潮生。

南京阅江楼应征联

狮子山山势嵯峨，金陵北钥雄千古；
玄武湖湖光潋滟，华国南都丽十朝。

金　陵

朱雀桥边，乌衣巷侧，看锦袖飘飘，紫衣赫赫，金马玉堂，钟鸣鼎食。方其策幕府，卧东山，乾坤力挽，国祚危存，丰功载史册。诚然乎？君不见青垄葱葱，白杨瑟瑟，燕剪西风，飞入寻常百姓宅；

秦淮河畔，玄武湖中，听琴弦促促，鼓乐咚咚，娇娃粉黛，甲护文从。讵料饿台城，沉胭井，辞庙仓皇，牵机饮恨，衰草泣寒蛩。俱往矣！众皆呼繁花簇簇，渌水淙淙，莺歌丽日，迎来灿烂五星红。

题邓小平遗像

德润八方乐土；
功铭百姓心碑。

香港回归

金鼓齐鸣，港澳扬眉吐气；
埙篪合奏，台澎携手同心。

贺《家族简史》面世

孝义振家声百年衍庆；
诗书传世泽六代其昌。

为亡友遗孀题遗像

梦里呼君君不应；
灯前顾影影谁怜。

挽黄寿彭医师

论人品，论气质，论道德文章，十载相从，窃自心仪景慕；
仰修身，仰风范，仰医仁济世，一朝永诀，宁不涕泗滂沱。

杨积庆（1926—2000）

笔名柳向春，江苏镇江人，镇江师范专科学校教授，从事清诗研究及镇江地方古籍的校注。有《吴嘉纪诗笺校》。

寄奴居

寿丘山下，漕水似争西津渡；
刘裕宅边，松涛疑演北府军。

躬耕垄亩，伤药久传寄奴草；
亲执末耜，遗教曾贮丹徒宫。

郭维庚（1927—2005）

笔名韦根，安徽亳州人。长期从事文化艺术领导工作，民间文学专家，曾任镇江市文化局局长，镇江市诗词楹联协会、多景诗社顾问。有《脸谱故事》。

西津渡

十丈狂涛奔北固；
一江残月渡西津。

一枝春菜馆

一席琼枝宜劝酒；
四时嘉客恰逢春。

钱璱之（1927—2013）

江苏常州人，曾为镇江师范专科学校中文系主任、常州教育学院副院长，中华诗词学会会员，常州舣舟诗社副社长兼《舣舟诗荟》主编。有《槛外集》等。

赠镇江师专

京口泉甘，梦溪水暖；
鸾凰啸远，雏凤声清。

赠蒋文野老师

小试牛刀搜野史；
精研马氏著文通。

赠杨积庆老师

积健为雄，青灯无恙；
逢春有庆，翠柳多情。

寿王骧老九秩

矍铄依然，九秩笑看堂燕舞；
期颐在望，三春喜庆屋筹添。

寿宋潜深兄八秩

教苑长春，潜德幽光早相识；
书林独秀，深根固柢足成家。

张仁里（1927—）

江苏扬中人。退休干部。中华诗词学会会员。

国土公园揽江楼

水阔千寻，万顷烟波收眼底；
楼高百尺，八方胜景纳心田。

水引瑶池，琼波玉液；
莲移南海，绝色天姿。

王汝斌（1929—2023）

镇江人。丹徒县教师进修学校退休，曾为镇江市诗词楹联协会常务理事。著有《养怡斋诗钞》。

米 芾

阵马风樯，纬地经天侔日月；
呼石戏墨，启今鉴古绘春秋。

敏成小学演艺室

道署楼台，羽商激越；
敏成别墅，歌舞婆娑。

明　志

腹无点墨，岂舞文辞惊四座？
胸有红心，甘挥汗水话千秋！

庆润扬大桥通车

问铁瓮南徐，千古江流永隔，能有几回穿越？
看广陵北固，一朝玉带相连，已无半点阻拦！

赞镇江南山北水

塔影婆娑，北湖水天无有二！
鹂声婉转，南山柑酒竟成双。

赞杨靖宇将军

胸藏精兵，壮烈丹心光日月，名闻四海；
腹充野草，精忠赤胆镇魔妖，誉享千秋。

孙春华（1929—）

江苏扬中人。退休干部。中华诗词学会会员。

扬　中

千年岛积三生幸；
万古江流一洗愁。

海阔天高，江流万古；
地灵人杰，岛积千秋。

桥跨长江，心连天下；

塔居峻岭，目极神州。

颂太平

处太平盛世，即兴赋诗，每当酒暖茶香，佳句吟成登雅境；

颂华夏新声，抒情达志，正值风和日丽，弦歌奏起遏行云。

陈伟远（1930—）

江苏宜兴人。曾任江苏省诗词协会顾问，镇江市诗词楹联协会会长，镇江市毛泽东诗词研究会会长。有《笔耕录——陈伟远诗文选》。

北固山

金焦成一线，北固新姿昭日月；

吴楚接两端，南徐古迹话沧桑。

三山四塔

金山，焦山，北固山，三山竞秀；

铁塔，石塔，砖木塔，四塔争雄。

题鸦片战争镇江保卫战北固山忠烈祠碑

眼前忽现群雄影；

耳际犹闻杀敌声。

纪念新四军创建茅山抗日根据地六十周年

思往昔，茅山竖战戟，锄奸抗日惊敌胆；

看今朝，老区换新颜，改革开放暖人心。

烈士陵园

北固有幸埋忠骨，忆昔腥风血雨力挽狂澜，抚今追昔歌豪杰；

长城无恙慰英灵，而今国泰民安再展宏图，继往开来赞英雄。

贺无锡碧山吟社成立二十周年

碧玉如丝，妆成一水千般景；

山峰似笔，写就百家万首诗。

悼念许图南先生

笔走龙蛇，警世诗文惊四座；

心萦兰竹，诲人美德誉三山。

风景城邦

十里长山开画屏，近看先贤米芾，仰天泼墨挥毫，今日家家好风景；

一泓湖水亮菱镜，远眺生态丹徒，遍地琼楼玉宇，来年处处是城邦。

法中航线对联广告词

鹏程万里远，稳似泰山，亚欧来往飞银燕；
客运当天还，情如亲友，中法交流架鹊桥。

伟远清华

伟业维艰，任重道远；
清新刚健，秋实春华。

卞祖玉（1930—）

江苏丹徒人。江苏省诗词协会会员、镇江市诗词楹联协会顾问。有作品入选《当代江苏千家诗》《当代诗人咏镇江》《当代中华诗词集成·镇江卷》等。

招隐寺

高阁怀萧，书台忆统，谛观壁画君犹健；
红花绣地，碧树封山，伫听鹂声我自闲。

润扬长江大桥

千年梦想成真，科技兴邦，一桥飞架，南来北往，熙熙攘攘承泽润；

万里长江浩瀚，交通强国，百舸争流，西楚东吴，灼灼蒸蒸正眉扬。

题江苏省大港中学梦溪亭

千秋说梦溪，笔谈垂范；
卅卷开渊赜，科学坐标。

题江苏省大港中学汲泉亭

为人常修美德；
掘井必及清泉。

大港赵伯先将军立像

大港变新城，辛亥先驱欣国立；
洪溪成福地，炎黄后裔感恩来。

题杭州秋瑾立像

昂首挺胸眦欲裂；
扬眉按剑恨难消。

病后题

鬼域招魂魂不去；
人间爱我我当留。

庆祝建党一百周年

志士仁人，历尽艰辛一百年，红星闪闪人间换；
专家巨匠，钻研科技万千种，紫气腾腾家国新。

陈秋平（1931—）

江苏扬中人。退休教师。

五峰山侧落长虹，天堑已成往事；
扬子江中镶碧玉，绿洲遍耸高楼。

柳曾符（1932—2005）

字申耆，江苏镇江人，柳诒徵长孙。复旦大学教授，中国书法家协会会员。

传家文字学；
硕德大宗师。

涧松寒转直；
碧海阔逾澄。

知音在霄汉；
高步涉嵩华。

大哉霜雪干；
得之烟山春。

王玉凤（1933—）

女，祖籍山东，现居镇江。中华诗词学会会员、江苏省诗词协会会员、镇江市诗词楹联协会特邀研究员。镇江市松梅诗社社员，镇江市老年大学壮心诗社社员。

抗　疫

天使逆行，忘死舍身除大疬；
红旗高举，忠诚赤胆践初心。

润　州

吴头楚尾，京杭重镇，诗书词画流芳，自古人文荟萃；
江左海门，东南要津，阁榭湖山载誉，如今城市山林。

云台邀月

飞阁望长江，万里烟波浮皓月；
云台邀雅士，千篇诗赋诉衷情。

翠阁云台，举头触手拈星月；
儒仙妙笔，流韵生花咏国风。

教　师

启智润心，须因材施教；
培根育骨，要爱字当头。

冬奥会

四季春风，迎五洲宾客；
五环圣火，聚四海精英。

新　居

左倚南山，携一身瑞气；
右临碧水，拥千载祥光。

钱永波（1934—）

江苏靖江人。曾任邗江、泰兴县委书记，扬州副市长及市委副书记，镇江市委副书记、市长、市委书记、市人大常委会主任，镇江市历史文化研究会会长等职。主编《中国历史文化名城镇江研究丛书》《镇江历史文化大辞典》《民国江苏省会镇江》等。

古城公园

东晋城垣，长使花山添壮色；
北府军威，更为京口振雄风。

李名方（1934—2007）

江苏扬中人。曾任扬中市副市长，中华诗词学会理事、扬中市诗词学会常务副会长、扬中市诗词协会顾问。出版有《李名方文集》《历代帝王诗词选》等。

贺家父五十寿

年临半百，方为事业开始；
路达中途，可算成功起头。

贺田向珊先生八十寿

田头翁八十生辰我来贺；
牛背老期颐华宴君作陪。

挽胞弟李名全

手足情深，同胞义重，兄来声声犹在耳；
儿孙品正，老母身强，弟去事事可宽心。

挽家父李友之

几度风吹雨打，犹培得桃李千树布海内；
三年心旷神怡，始写成文章数篇留人间。

国土公园牌楼

国土唯珍，不论东南西北；
公园胜境，无分春夏秋冬。

扬中烈士纪念馆

争民族独立，争工农解放，奋战沙场，抒英雄壮志；
为世界和平，为祖国富强，缅怀先烈，谱华夏新篇。

吴祥懋（1937—）

江苏镇江人。松梅诗社、壮心诗社社员。

善　园

心装家国闲愁少；
怀抱仁慈善举多。

行路九州，牢记来时路；
读书万卷，莫忘无字书。

周春仑（1938—）

安徽天长人。中华诗词学会会员，江苏省诗词协会理事，镇江市诗词楹联协会原副会长，松梅诗社原社长、名誉社长。《松梅诗词》原主编。

题遛马涧

登千阶北固，惊坡陡岩危，哪堪遛马；

看万里长江，喜水深风顺，正好扬帆。

敬贺双亲九十华诞

人间二老同庚，年庚甲半，子孝孙贤承祖德；

玉宇双星共寿，福寿两全，枝繁叶茂赖根深。

纪念夫人（孙琪）逝世一周年

宁可生离，还有重逢日；

不堪死别，再无见面时。

赠陈达夫吟长

流金岁月无寒暑，几旬若始，三尺讲台育桃李；

白发年华有暖凉，廿载如初，一腔热血辅松梅。

张锁善（1938—）

江苏丹阳人。中国楹联学会会员，丹阳市前艾中学原校长，曾被授予"全国联坛百杰"称号。

人民公园后山亭

墨客约来宽论世；
骚人相聚品吟诗。

词牌名联

丹阳《堪画看》，运河越境《南乡子》，放眼《满庭芳》，翠《柳含烟》，古树清溪《深院月》。东郭观奇：齐梁石刻《眼儿媚》；

城市《念奴娇》，宝塔披霞《金缕衣》，赏花《如意令》，红《梅弄影》，小桥流水《沁园春》。南郊览胜：珥葛吴遗《神凤歌》。

乐　非（1939—2009）

别号图南传人，江苏镇江人。曾为正则画院特聘画师、多景诗社社员。

乐扬独帜；
非类群芳。

风雨春秋洗；
乾坤日月磨。

春泥肥劲草；
秋树瘦空山。

落花老树连心艳；
野火残阳得意骄。

由我楚狂歌凤调；
任它夜月乱乌啼。

眼中日月都朝我；
笔下风云不让人。

常趋灯火效蛾翅；
时踞书城作蠹鱼。

心至海涵成笑佛；
眼空棋局到灵山。

人求腹饱腰先折；
牛供农耕鼻已穿。

多心自有烟霞趣；
无物何来市井尘。

孙 中（1940—）

江苏镇江人。中华诗词学会会员，江苏省楹联研究会会员，镇江市诗词楹联协会特聘研究员，江苏大学梦溪诗社学生辅导员。曾任晚霞诗社社长、《润州诗词》副主编。著有《岁月留痕》《诗路情怀》等。

励　志

少年不屑风和雨；
老壮何忧夏与冬。

眼望五洲万里；
胸怀四海千秋。

诗　教

执教鞭，南徐踏遍，桃李莘莘垂满树；
挥词笔，北固倾怀，烟云缕缕化千章。

镇　江

方圆百里，堪称江东胜地；
上下千年，无愧华夏明珠。

金山湖

寺裹金山扬子秀；
浪淘北固楚天悠。

文宗阁

纵横精选，聚九州通略；
浩瀚博闻，成四库全书。

北固山

峰呈半壁雄江左；
楼唱一诗誉古今。

南　山

步漫芳阶诗伴画；
风摇翠竹凤求凰。

恒顺醋坊

味美香醇，扬名五湖四海；
坊新座雅，迎客九鼎八方。

扬中村居

柳绿桃红花苑里；
墅幽水秀画楼中。

茅　山

无双福地，赏万壑清光，黄花红叶流泉畅；
第八洞天，仰九峰秀色，紫气白云薄雾轻。

黄　异（1940—）

　　江苏丹徒人。江苏大学绿野诗社副秘书长、润州区诗词楹联协会特聘研究员、润州区"银发生辉"诗教分队成员。

题润州诗协

歌颂九州，心系北斗千年灿；
耕耘十载，眼瞩南天万里霞。

金山寺

塔璨云端里；
山巍佛殿前。

南　山

野草方生天地外；
闲花初绽雾云间。

北固楼

粉蝶徘徊花卉茂；
黄莺缭绕彩虹妍。

冷　城（1940—）

江苏丹徒人。镇江市诗词楹联协会会员。

华山村券门

华山畿旧日传歌凄美；
仙女冢故园化蝶叹奇。

故园一曲，华山畿蜂飞蝶恋；
净地千年，龙脊街燕舞莺歌。

绍隆寺

五峰山下龙泉润宜地；
绍隆寺中佛子佑庶民。

姚进恒（1940—）

江苏扬中人。扬中市丰裕中心小学退休教师，中华诗词学会会员。著有《农家诗文集》。

家　居

一树桃红迎墨客；
半窗竹绿解诗囊。

陈宏嘉（1941—2021）

江苏镇江人。中学高级教师。中华诗词学会会员，曾为镇江市诗词楹联协会特聘研究员、润州区诗教指导教师、《润州诗词》副主编、晚霞诗社社长。著有《家在江南》《北固览胜》等。

云台邀月

曼舞轻歌邀霁月；
浅吟低唱贺中秋。

春 联

国泰民安，百姓歌盛世；
年丰人寿，万家庆新春。

潘圣仪（1941—）

江苏扬中人。退休干部。中华诗词学会会员。

国土公园雁来塔

秋月何须怜落雁；
春光未必效沉鱼。

对水吟诗，心随浪涌；
凭栏论古，意逐云飞。

祝荣中（1941—）

江苏扬中人。中学退休教师。江苏省诗词协会会员，
扬中市诗词学会理事。著有诗联书画集《笔墨情怀》。

赞扬中

水上花园皆锦绣；
江中宝岛尽朝晖。

自　勉

处世和为贵；
修身德在先。

根深枝叶茂；
德劭子孙贤。

张开良（1942—）

江苏扬中人。于镇江煤矿医院退休，爱好诗词。

宝晋诗社

润池亭阁迎宾客；
宝晋诗词育后人。

陆纪生（1942—）

江苏丹阳人。丹阳市诗词楹联学会会员，退休教师。

万善公园逍遥亭

临风把酒谈天地；
数典开怀说古今。

人民公园京剧社

品茗戏侃听仙曲；
昂首扬眉看幻云。

卜积祥（1943—）

江苏镇江人。蒙古族。江苏省诗词协会员、镇江市诗词楹联协会特聘研究员、润州区诗协诗词研究员、润州区"银发生辉"诗教分队成员。著有《铁马秋风》《铁马秋声》。

多景楼

落日楼头，断鸿声里，何辜负韶光？曾是栋才抒旧恨；
升平时刻，脱兔梦中，正踌躇满志，应来骚客唱高吟。

南岳衡山

桂粤赣黔，同仰一柱；
松云泉石，独步三湘。

司马迁祠

句准辞公，青冥为笺挥翰墨；
身残气正，丹心作意著春秋。

孟尝君墓

纵有九州，列国唯公能买义；
了无一技，诸君何处养闲人？

李白墓

听雄唱天鸡，一樽明月乌栖曲；
嗟慨歌剑客，万里长风蜀道难。

伯先公园

兴尽悲生，痛烈士随鸿声北去；
天高地迥，欣大江共紫气东来。

中山陵

心系民族，情系民权，行系民生，志系民主，松杉护寝群峰翠；

身为国尊，言为国粹，威为国父，死为国魂，肝胆留人万载师。

悼陈宏嘉先生

玉润珠圆，一方诗圣称师表；
鹤归凤去，七月文星入夜台。

邬芳扬（1943—）

浙江奉化人，定居镇江。镇江市诗词楹联协会会员、松梅诗社社员、壮心诗社社员。

句容茅山风景区

福地洞天，道家胜境神仙府；
老区新貌，陈粟铁军东进林。

贺康复医院百岁华诞

救死扶伤，看百年康复；
立功树德，拥万众口碑。

江苏索普集团

拥管网塔林，化学靓妆生活；
走自家道路，创新引领潮头。

江苏吉贝尔药业

铸诚信品牌，创一流高企；
以名优良药，佑大众健康。

军营春色

瑞雪扮高原兵站；
红梅妆海岛哨房。

祭北固英烈

求解放，掷头颅，血红北固；
奔小康，谋共富，情慰先驱。

古城公园

六朝古邑，城坚如铁瓮；
百姓公园，景秀在花山。

常 征（1943—）

江苏扬中人，中华诗词学会会员。

察民情，达民意，顺民心，执政为基础；
办实事，出实招，收实效，秉公是遗风。

宝晋文昌，赓续春秋百载；
诗书雅韵，传承曲赋千章。

郑叔裔（1943—）

江苏扬中人。中华诗词学会会员。著有《诗蕴冰心》《江洲草》。

扬 中

宝岛风光迷万客；
长江活水壮三鲜。

扬中二墩港闸站

坐镇江边如虎踞；
横蹲港上似龙盘。

港联社区党群议事亭

党群商议，民生热点心中事；
骚客光临，家国情怀笔下诗。

文化自信

诗文千古秀；
名利一时荣。

肖奇光（1944—）

湖南湘乡人。中华诗词学会会员、中国楹联学会会员。曾任首届"中国百诗百联大赛"楹联初评委、第三届和第四届楹联评委。

文宗阁

高文既集成，四库能存缘往在；
杰构还新制，千端复得任从兹。

白娘子爱情文化园

遥念法曾施，水漫金山推实景；
近闻仙也羡，桥通白岛领新潮。

西津渡

一眼看千年，隆显美高，初心参验景区古；
三春撩万象，懋扬强富，实力定凭时代新。

云台阁

放览蒜山津，瑞应昭关，嘉景正春仙也羡；
殊称金矿印，昌熙集市，采徽全福众皆宜。

焦山大门

狮山护海门，行宫影带江中玉；
佛塔臻仙境，字祖光连月里花。

焦山廿四景·碧玉浮江

海不扬波，固缘中立镇江石；
山偏裹寺，兼有内存稀世碑。

焦山廿四景·佛塔齐云

空界净因，真际景观山裹寺；
法师宏愿，集成功德塔擎天。

焦山廿四景·鹤铭探古

拓片符文，石坠难猜谁走笔；
摩岩肇迹，风传可悟鹤存神。

焦山廿四景·三诏访仙

定验焦公，捉鼻纶言宁抱瓮；
虚恭汉帝，持筹处士舍称臣。

北固山

溜马迹居间，系念孙吴，尔等英雄图霸业；
放歌声在耳，敷宣楚越，吾家故邑布新风。

北固山门

凭第一江山，塔从甘露涉龙凤；
侑无双器道，楼接庆霄紫古今。

北固湾广场

圻埒涉金陵，鼎足三分由觅迹；
渚汀牵锦埭，波烝万汇自乘风。

南山风景区

容士隐幽林，遴典述全篇，但借修辞留翰藻；
涉臣潜胜境，撰章描巨著，都凭论道溢希声。

桓王亭

使杞梓神威，亲民乃策；
教江山盛势，舍我其谁。

古城公园

卓瓮托鸿泥，岂忍吴关归废垒；
虬龙抟小景，攸宜楚社带灵山。

宗泽纪念园

忠简举廉能，累官深悉世情苦；
义荣宣谨愿，奔马奋呼功德殊。

镇江新区银山公园昌平阁

天下顺通，千船竞发镇江港；
市头殷阜，一派纷腾扬子潮。

辛丰大圣寺

拥善果圆通，大圣功行，佛德庄严敦净域；

开香台定慧，真常法宝，慈恩信顺指迷津。

王忠东（1944— ）

江苏涟水人，居镇江。中华诗词学会会员、中国楹联学会会员、红枫诗社社长。作品发表于《中华诗词》《中国诗赋》等，著有《润涟吟》《风雅韵》《春光曲》《江山吟》等。

贺润州建区四十周年

三千载古润州，流芳百世；

四十年新城邑，惠泽千秋。

胡益润（1945— ）

江苏扬州人，居镇江。江苏省楹联研究会会员，镇江市诗词楹联协会会员，润州区"银发生辉"诗教分队成员。有《不倒翁诗词选》。

官塘宝平法治文化广场

瑞气氤氲官塘驿；

清风煦拂秀山村。

拜谒镇江烈士陵园

杜鹃啼血，青山耸立埋忠骨；
桃李吐芳，绿水环回慰英灵。

朱玉海（1945—）

江苏扬中人。中华诗词学会会员，中国楹联协会
会员。

金　山

暮鼓晨钟，法海不怜多善女；
山僧俗客，慈舟多渡有缘人。

百曲青阶，瑞气千寻慈寿塔；
一泓碧水，荷风十里金山湖。

焦　山

古碑出水，馆藏国宝山增色；
华木参天，寺入金秋桂吐香。

北固山

甘露流芳，铁马金戈成玉帛；
稼轩遗韵，雄词翰墨壮神州。

招隐寺

幽谷清泉，万竹常荫招隐寺；
盛春丽日，一山竞放杜鹃花。

十里长山

雪伴梅香，十里长山留海岳；
碑凝墨韵，千秋神笔誉人间。

长江大桥

一桥飞架，横空修出通天路；
九派汇流，顺水开来出海轮。

镇江味道

一品名牌，美味当称恒顺醋；
百年老店，佳肴不负宴春楼。

扬中建设桥银杏联

四百载风霜雨雪，物换星移，枝枝叶叶皆绿洲历史；
几多回影象诗文，源思景觅，字字篇篇见赤子情怀。

张贤荣（1945—）

江苏丹徒人。江苏省诗词协会会员，镇江市诗词楹联协会会员，丹徒区老干部诗协副会长。

长　山

妙笔丹青描愿景；
慧心巧手雕垄畴。

教师节

粉笔一支，点种芬芳桃李；
讲台三尺，铺描锦绣前程。

槐荫村

百日仙缘，七女董郎牵巧手；
千年神话，人间天上结情怀。

东岳庙

宝殿壮观，座座青山携手拜；
黉门盛誉，莘莘学子圆梦飞。

家乡大桥

破雾穿云，五峰襟挽长空路；
跨江越岭，三水齐背天堑桥。

绍隆寺

半抔黄土，仙气氤氲，地神遂愿流年献；
一座哑钟，佛光灵动，方丈随心应时鸣。

笪远毅（1946—）

江苏镇江人。江苏大学副教授。毕业于复旦大学中文系。历任镇江师范专科学校中文系主任、副校长，江苏大学教师教育学院书记兼院长，人文社会科学学院书记兼院长，江苏省语言学会副会长，镇江市历史文化名城研究会副会长。

金山文宗阁

宛委垂文，千秋沐德；
琅嬛遗泽，万汇朝宗。

镇江古城公园

雉堞缘冈环四合；
城池护瓮锁三重。

放舟北固，击楫中流但指北；
勒马南徐，挥鞭两翼且图南。

京口桓王亭

业创东吴擒白虎；
志凌中夏射青狼。

大港银山公园

地接沪宁，鹰扬海外，八万里恭迎宾客；
天分吴楚，虎镇江东，三千年阅尽沧桑。

银湖水榭

鱼戏银湖波漾绿；
凤鸣大港日熔金。

赠晓风兄云南行

横刀南国，壮士裂眦驱倭寇；
立马松山，英雄喋血写丹青。

赠远怀兄南海行

小别北京，心涌慈悲，望空礼佛人增寿；
远游南海，胸怀天下，博鳌伏魔四海宁。

许国其（1946—）

江苏常州人。镇江市诗词楹联协会特聘研究员、松梅诗社社员、镇江市老年大学壮心诗社成员。

挽抗疫烈士

斗疫驱魔，济世安邦，江城留爱兆民敬；
舍生忘死，怀仁施义，荆楚捐躯举国哀。

庆祝中国共产党建党一百周年

百年建党，政畅人和强国路；
七秩兴邦，海晏河清大同天。

润州跑马山诗联文化园

水接海门铺远色；
山连钟阜识春风。

大市口广场

树茂花繁，闹中取静；
人来车往，幽处放怀。

文心楼

十里南山开卷画；
千年文脉启新篇。

句容茅山景区

仙峰草木留君醉；
灵境云霞可自怡。

刘育正（1946—）

江苏镇江人。镇江市老年大学壮心诗社成员、镇江市诗词楹联协会特聘研究员。

"2021庆党·百年"江苏楹联协会征联

灿灿中华，千载文明留史册；
泱泱大国，百年梦想造乾坤。

润州区 2021 年"展望十四五，开启新征程"楹联

倚南山，千古风流，迤逦楼台趋胜境；
临扬子，万重浩荡，轩昂伟略涌春潮。

贺《中国楹联报》创刊三十五周年

楹帖美江山，卅五丰年花果盛；
联书昭日月，万千妙笔岁华遒。

鼓楼岗革命烈士陵园

苍松翠柏，永驻韶华凝铁血；
峻岭丰碑，长存天地耀神州。

宗泽纪念公园

一柱擎天，大义凛然昭日月；
三呼动地，精忠凄绝感神灵。

文心楼

文如镂玉，尽嵌楼台流古韵；
心欲雕龙，高吟形胜赋新图。

致空军将士

振翅雄鹰，引领东风昭日月；
飞天勇士，倾心北斗卫江山。

致海军将士

战旗猎猎，舰犁险域壮三海；
逆浪滔滔，剑指深蓝巡四疆。

致边关将士

险峭雪山，铁铸军魂枪映日；
孤悬海岛，胸怀家国爱生春。

镇江船厂

江海横流，敢立潮头迎晓日；
蛟龙吟啸，豪游寰宇领东风。

中国邮政储蓄镇江分行

沃土生根，血脉连通梦想；
和风播雨，春潮共享金融。

龙　舟

江河竞渡，龙舟凝聚千钧力；
父老争雄，天道昂扬万众心。

余　忠（1947—2022）

号云阳逍遥子，网名诗坛沧浪客，江苏丹阳人。中华诗词学会会员、中国楹联学会会员、丹阳市诗词楹联学会第一至三届副会长、第四届顾问。著有《余忠诗文集》等。

云阳楼

龙腾古邑，云阳福地千重秀；
凤翥新城，风美仙乡万户春。

万善公园石舫

棹橹穿波欣碾浪；

凝神骋目乐观鱼。

人民公园钟亭

钟铭盛世千秋乐；

政布春风万福来。

人民公园观鱼石渚

石渚星罗临碧水；

春波影叠萃红花。

季子庙

九里清风习习，十字穹碑凛凛，看七星塘畔，八卦潭边，古邑芳菲遗雅韵；

千秋圣泽绵绵，万家暖阁巍巍，喜四铢座前，三圈桥塊，新城玉藻续鸿篇。

韩景琦（生卒年不详）

江苏丹阳人。马相伯秘书，民国上海丹阳同乡会骨干成员之一。

贺马相伯寿联

天下有达尊三，惟吾丈得兼，况乃文章行谊，比日月以常辉，视香山九老，商山四皓，同资表率；

世间之上寿百，在常人犹罕，最难德业事功，并华嵩而不朽，合麟阁群英，凤池诸彦，共立门墙。

施毓霖（生卒年不详）

江苏丹阳人。著有《二曲轩诗联编》。

万善公园万善堂

碧树斜阳，十里青山迎客座；
朱帘疏雨，一弯绿水绕名园。

万善公园寻踪舫

问乾隆今在何处；
看御舫仍留码头。

万善公园茗香苑

啜新茗、览山色、听水声，悠然自得；
聚亲朋、叙友情、谈古今，乐在其中。

水陆俱陈，飞觞醉月；
杯盘交错，谈笑风生。

萃秀桥

茅峰横郭，练水近垣，千载古城钟秀色；
绿树迎风，浮屠耀日，万家楼阁沐朝阳。

鞠万和（生卒年不详）

江苏丹阳人。

季子庙

吴地有胜迹，千秋不泯；
宣圣书丰碑，十字永辉。

丁小玲（1947—）

女，浙江嵊州人，定居镇江。曾为镇江市诗词楹联
协会副会长，多景诗社副社长。有《半丁集》。

金山湖

八百亩湖山，竟多名士气；
三千行桃杏，俱是美人魂。

题金山湖

塔影空悬，鼓几响，钟几响；
湖烟青起，吴半边，楚半边。

北固楼

苏子南归，辛公北去，研新墨小楼更待；
江声隐蜀，山势吞吴，拂苍云我辈重来。

西津渡需亭

山一拳，虽小声名亦星聚；
亭百尺，无多人物自风流。

招隐山飞云阁

入阁开轩，第一江山先到眼；
流莺啭翠，六朝风物尽含情。

招隐山云锦草亭

云林鸟啭辛夷紫；
锦里人归踯躅红。

鹤林寺

十三松影当门，记黄鹤来朝，凤凰结集；
数杵钟声绕水，过东坡竹院，茂叔莲池。

杜鹃楼

鹃红也醉，蛙鼓也诗，楼起潜龙处；
云聚者山，墨翻者海，风来隐士家。

竹绿绕楼，飞玉笛，春来山亦笑；
花红照眼，揽鹃台，风起室俱香。

祖冲之

持将玉尺，度量天地；
推演些微，辨证古今。

萧 统

披书明道，但使民氓归教化；
聚墨留云，且凭山鸟啭清明。

许浑别墅

吟湿一湾风月；
归耕半尺砚云。

许浑宴客厅

江左云山，名流座上；
许家风色，碧玉樽中。

古城公园遗址

连营霜角，拍舰芦涛，空留剩千年残堞；
立阵群楼，联珠夜火，尽来朝百丈花山。

古城公园幽径

花开茶供养，自多清趣；
山润客去来，尽得古风。

大港银山公园

群岭西来，隔水邀圌山入座；
大江东去，披襟共明月传杯。

鄂州怡亭

对花间三盏，人皆李白；
舞台上一轮，我亦苏仙。

望楚亭

望噫，危涕飘天，高昊从来难问；
楚些，香兰沉水，幽人何以独醒。

读书堂

禹寸陶分，惜取方能折桂；
山三岳五，敢登便可扪天。

季子堂

季子高风，十丈芙蕖开异代；
晴峰空翠，一陂兰芷有遗香。

玉

白璧无言，矜怀有梦；
闲云供养，娲氏补遗。

夜　读

短剑有声，矮纸警人霜满地；
清鸡无恙，大江流月夜三更。

句容四牌楼牌坊

声名今古，灯火鱼龙来河汉；
藻思东西，文光宝气接斗牛。

东门牌坊

雨霁仙湖，龙跃明时承日近；
凤鸣句曲，花香飞处得春多。

鲜鱼巷牌坊

鱼羊留客，市声响杂花梢雨；
麟凤向人，春酿香连麦浪烟。

致远门牌坊

利乐群生，稼穑美华阳福地；
功行万象，诗书香句曲人家。

眭　涛（1947—）

江苏丹阳人，中华诗词学会会员，多景诗社社员。

润　州

雨隐鹤林钟磬远；
云横桃坞夕阳迟。

焦山古渡

潮涨山痕小；
日沉钟磬长。

焦山观澜亭

江水一心奔海去；
云光无意扑人来。

焦山吸江楼

万古江声萦枕侧；
六朝风月到窗前。

北固楼

第一江山第一楼，振衣拂浮云，漫嗟吴蜀；
无边水木无边月，倾酒挥妙墨，酣写米苏。

北固楼

峙势江山称第一，登斯楼也，凭栏好唱南乡子；
休光日月鉴无边，得尔雅焉，扶棹且过北固湾。

南　山

雪沍江南听鹏去；
酒醒竹隐待人来。

安吉竹海

溪琴漫响三千涧；
竹海凉侵百二峰。

雁荡山泉瀑

小瀑有期，一念将归大海；
青山无语，四时不改真容。

鄂西天生桥

如歌如笑山溪水；
时雨时晴洞壑云。

张月兰（1947—）

女，江苏南京人。中华诗词学会会员，中国楹联学会会员，丹阳市诗词楹联学会理事。

依仁兴国；
执政为民。

丹阳市实验小学文蔚楼

矢志读书，满腹文章传正道；
拳心报国，一腔意气守家邦。

曲阿九里沸井

千年清浊，一时一尺，满而不溢，世人任索，何闻尽取；
六口沉浮，常浅常深，枯而未竭，琼液随分，莫见空流。

张英来（1947—）

江苏丹阳人。中国楹联学会会员，江苏省诗词协会会员，丹阳市诗词楹联学会会员，诗联作品入选几十部典集。

云阳楼

楼瞻吴楚蓝天下；
梭织江河碧水间。

山东潍坊市九龙景区

五月槐间疑挂雪；
九龙景里醉闻香。

湿地之都·人文盘锦

芦花邀雪舞，白绒铺地；
蓬草引霞栖，红毯映天。

宗 齐（1947—）

女，江苏镇江人。镇江市诗词楹联协会会员，壮心诗社社员。

京岘山宗泽公园

松青柏翠汝霖滋，剑气马嘶回京岘；
雾紫苔斑余泽厚，梦随帆挂渡黄河。

文心楼

画境探幽，登楼放眼怀千古；
文心作客，把盏置身望九州。

田云龙（1947—）

江苏扬中人。中华诗词学会会员、中国楹联学会会员、江苏省楹联研究会会员。

村两委办公区

同担使命，为人民服务；
牢记初心，谋村组振兴。

村百姓大舞台

歌喉婉转，唱青山绿水；
舞态盘旋，欢金谷蓝天。

永平村状元林

一湾碧水朱家埭；
千树浓荫状元林。

题润池宝晋阁

半池柳曳三秋月；
一阁波连十里诗。

题润池宝晋阁

宝晋遗风萦雅阁；
润池秀色入新村。

题扬中新治村文旅景点

游博物馆，惊观博物；
过栏杆桥，忆拍栏杆。

弘扬国粹，村夫敲古韵；
舒啸诗乡，俚语咏新歌。

盘古神开天辟地，万千笔墨、历朝历代，有谁能解决苍生温饱？古今惯见褴衣饥腹；

共产党革故鼎新，四十春秋，逐户逐人，以自力根除僻壤贫穷，中外堪称奇绩丰功。

陈 杰（1948—）

江苏扬中人。中华诗词学会会员，中国楹联学会会员，江苏省楹联研究会会员。

庆祝党的二十大召开

群贤擘画，壮美蓝图惊世界；
舵手领航，光辉思想耀江山。

新治村宝晋阁

伏案沉吟风皱水；
倚窗远眺柳成诗。

新治村宝晋阁

润池梦绕梅花月；
诗阁心驰柳絮风。

新治村乡贤亭

涵养仁心懿德，助力乡村崛起；
弘扬正道高风，共谋闾里振兴。

新治村乡贤长廊

愿借贤能襄新治；
共修礼法迪民彝。

联合中心小学

携手敬修追远梦；
虚怀诚信蔚高风。

元宵节

春风烂漫芳洲醉；
旭日辉煌花县新。

自　勉

水静风云现；
心宁智慧生。

戴通妹（1948—）

女，江苏丹阳人。丹阳市诗词楹联学会会员。

万善塔

千里运河，细说齐梁荣盛事；
百年善塔，聆听风美变迁诗。

古敬群（1948—）

　　江西赣州人。镇江市诗词楹联协会、老年大学作家协会会员，松梅诗社、壮心诗社社员。

西津渡救生会

仁心善策领先世界；
救难拯灾示范江河。

镇江船厂

入海穿江浮巨舰；
劈波斩浪展雄风。

益友世家

菌好益生益世友；
信诚利国利家人。

朱祥生（1948—）

　　江苏镇江市人。现为江苏省诗词协会会员、镇江市诗词协会会员、镇江市松梅诗社成员、镇江老年大学壮心诗社成员。

金山湖

扬子入平湖，水泊三山成鼎势；
清风摇塔影，舟行万里出风流。

古城公园

四季风情，看日月光辉谷阳景象；
千秋胜迹，品诗词趣味江左华章。

西津渡

看北固风光，卉树沿江花隐渡；
借云台手笔，金焦合影水藏图。

周文齐（1948—）

江苏镇江人。镇江新区大港中学退休教师。镇江市诗词楹联协会会员。

古柏为邻，淡利唯空离杂俗；
新篁作伴，忘筌得易乐诗章。

银山公园

泰伯奔吴，大道无私宜国是；
魏降语妙，师碑有字润华阳。

云台邀月

西津古渡，莺歌燕舞呈诗地；
玉兔新辉，叠翠流丹不夜天。

北固楼

青松翠柏映南徐，叹试剑孙刘，滚滚长江依旧在。
休论他呈龙祥凤，甘露流芳。到头来铁马金戈，吴楚多成千古恨；

丹鹤白鸥绕北固，见离楼燕雀，茫茫世事付东流。且任俺舞榭歌台，香酽入画。放眼去山林城市，金焦犹是六朝春。

陈智勇（1949—2012）

字若愚，江苏丹阳人。中华诗词学会会员，中国楹联学会会员，江苏省诗词协会理事，丹阳市诗词楹联学会第一届、第二届会长。编有《历代诗人咏丹阳》《少阳集注》《叶金斋诗词钞》等。

题丹阳季子庙季河

清溪碧带千年润；
德水灵源九里风。

季子庙

三让两家社稷；
一悬万世春秋。

丹阳文化城

逃耕梅里，世家第一，句吴史册传至德；
避乱延陵，让国有三，尼父鞭书赞遗风。

丹阳博物馆

褒季札三吴祠，一代嘉贤，来自延州人物，让位逊耕，高德清风，穷碑载史册；

列齐梁十二帝，六朝胜景，尽出故国山河，藏龙卧虎，英雄文采，宏制撼春秋。

丹阳春风阁

故国翠烟千里路；
娇莺红雨一帘春。

丹阳万善塔

七层驰玉海，登临穷千里，一水涛影卷青罗，三峰烟痕凝碧阁；

八角落金飘，弹指奏九霄，五弦凤音传窈渺，六曲麟韵颂清平。

丹阳市柳茹村

千秋史册，颂孤忠盛德；
万古湖山，扬儒将遗风。

丹阳柳茹贡氏宗祠

湖山万古颂匿孤盛德；
史册千秋传儒将遗风。

丹阳柳茹贡祖文墓

扶宋室勒轩南渡，全心正国，秣陵偃月横刀，移孝作忠，大节留青史；

慰岳公投传东迁，一诺披肝，柳茹救孤匿幼，周仁行义，清风励后人。

新四军纪念馆陈毅铜像

弯弓射日，梅岭雄风，儒将传嘉名，戈横赣南惊鬼神，厉霜劲节当千秋典范；

壮志凌云，茅峰毅魂，英才伴浩气，马跃江左动天地，砥柱中流正一代伟人。

范 然（1949-）

江苏扬中人。曾任江苏省楹联研究会顾问、镇江市历史文化名城研究会副会长、市诗词楹联协会会长等。著有《中国古渡博物馆西津渡》等，《江苏地方文化史·镇江卷》主要撰稿人之一。

北固楼

峻壁冠崇楼，万里江山，纵目如读元章画；
雄图开绝顶，千秋风月，骋怀每诵稼轩词。

鲁肃墓

友亮亲瑜，千秋佳话；
拒操联备，一代奇才。

北固湾东吴文化长廊

往昔三分天下，东吴开霸业；
而今千古江山，北固展雄图。

威震东方，吴王业奠三分鼎；
城雄北固，华夏春回一统天。

吴王何在，千古龙争留胜迹；
美景长新，一朝虎跃谱华章。

鉴古知今，远瞩高瞻观大局；
开来继往，雄才伟略建奇功。

慈善公园"大爱镇江"牌坊

善德薪传，昭美千年史乘；
爱心律动，馨香万世风标。

弘慈融爱，铭石旌厚德；
抱义戴仁，惠化蔚新风。

西津渡云台阁

杰阁俯苍溟，观九万里鹍运鹏抟，四海云澜生眼底；
大江横古渡，听三千年龙吟虎啸，五湖风月入胸怀。

瓜埠滩头旧时月；
金陵渡口来去潮。

南山鹤林景区

胜地画图开，是仲若丹青、米家山水；
灵山诗文曜，有东坡绝唱、周子爱莲。

南山鹤林阁

杰阁飞楼，地踞雄州焕吴楚；
金戈铁马，天留壮气振山河。

招隐寺

戴颙曲曾闻，听鹂几曾创新调；
米老庵不远，泼墨终日写云山。

高卧悟禅，吟月揽风，放浪逍遥谢冠盖；
鼓琴听鹂，选文清辩，谈尚玄远对青山。

画楼临泉湖，无数云山供点笔；
皓月出林杪，万千梅雪动吟魂。

运河广场"大运千秋"牌坊

万里洪涛，营成漕舸埭桥，波光帆影皆诗画；
千秋胜迹，缮就园林台榭，文采风流越晋唐。

秦凿京岘山，润溢周乎万世；
今治运河水，泽濡及于兆民。

丁卯阁

山雨发吟啸；
烟波得性情。

西津渡东坡碑廊

大江流墨韵；
古渡涌诗情。

铁柱宫

伟绩著镇城，敷德流芳民载福；

神功昭铁柱，御灾捍患泽安澜。

镇江江西会馆

此地江河自千古交汇，曾华洋辐辏，舳舻相衔，丝路通寰球，商贸开拓新天地；

梓里庐蠡于九州冠绝，忆神仙修合，鹿洞规总，人文昭华夏，酒阑重话旧家山。

救生会

扶危拯溺，德昭天地；

行善救生，功配山河。

西津渡观音洞

一隙有灵通地脉；

千岩无雨滴天浆。

观以目为，目前便是西天，祇树宝莲成胜界；

音由心起，心向何须南海，紫竹净土即普陀。

广肇公所门厅

众水会京口，成九省通衢，百业兴商都，孙文方略动天地；

广肇合乡心，恰一堂兄弟，群力筹公会，英杰精诚壮古今。

蒜山楼

春水绿连瓜埠树；
夕阳红映蒜山楼。

金陵渡

尺五山楼，诗韵扬四海；
二三星火，丝路达九州。

紫阳洞

炼丹为济世；
采药欲救人。

谏壁公园

园环绿水，足豁胸襟；
地拥碧山，饶有风华。

援琴轩

高山流水抒壮志；
明月春风赋好诗。

丁卯桥畔南园

北榭联吟，骚客忆千秋词赋；
南园纵览，游子对六代江山。

兰　舫

兰坞一舫映溪水；
梅圃千花照乾坤。

咸来阁

群贤毕至作文酒佳会；
少长咸集效兰亭优游。

慈母九十七寿辰

天护慈萱松不老；
云弥寿树岁长春。

赠赵亚夫

一条背袋，两片干粮，越七坎八沟，助百姓种摇钱树；
满腔热忱，十分心志，进千家万户，为兆民浇幸福花。

呕心沥血，培养新型农民，岂止七十二贤，三千弟子；
栉雨沐风，传授现代科技，竟献半百余载，一世青春。

贺陈伟远夫妇九十寿暨钻石婚

并耄并耋并期颐，人瑞同称，唯仁者寿；
且福且康且好德，天龄永享，真古来稀。

石淙精舍

石耸千丈如志抱；
淙悬万仞若德操。

第一泉茶坊

汲来一泉水；
同饮五洲茶。

胜友如云，品茗论道话盛世；
高朋满座，悦性怡情醉春光。

戴仲若别业

何妙携琴书，笔砚柑酒棋，雅集骚人墨客；
相契对风月，烟云花草木，闲话古往今来。

苏米二公祠

创妙高佳制与妙高等妙；
著多景名篇较多景弥多。

李克俭（1949—）

笔名李北，安徽界首人，居镇江。中华诗词学会会员，江苏省楹联研究会会员，镇江市诗词楹联协会特聘研究员，江苏大学梦溪诗社学生辅导员，《润州诗词》主编。有《望云斋存稿》等。

题新时代

万里大中华，碧水蓝天，玉景纷呈千卷画；
百年新世纪，富民强国，蓝图擘画满园春。

"奋进新征程，喜迎二十大"主题联

虎势惊天，挥毫大写丰碑句；
龙旌束浪，驾海高歌圆梦人。

镇江文脉

分置金山，藏万卷文宗，阅千年往事；
啸吟北固，蕴满城风物，引无数英雄。

北固楼

吟江天胜境，龙埂枕涛声，壁影松音扬气韵；
观古道琼楼，青池凝剑气，风云人物数枭雄。

文心楼

传道凭厚德深仁，播绿耕莘，何惜青丝添雪色；
立身即苍松翠竹，挺山驻水，可教明月鉴文心。

润　州

云台呈画卷，欣叹胜地明珠，风光不尽；
江壁起春潮，独举新图远景，魅力无穷。

镇江高新企业

江河连势，纳贤聚力创新路；
商贾同心，合鼓扬帆唱大风。

中国农民丰收节征联

看金穗嘘天，今又欢歌，囤满丰年安社稷；
引人家放歌，时逢盛世，情浓善政壮乾坤。

云台邀月

千载西津，举佛塔云楼，通衢南北；
一轮明月，映山林城市，感应江潮。

贺《中国楹联报》创刊三十五周年

承一脉人文，襟抱独家传国粹；
绘千期翰墨，情牵万众喜联华。

南　通

阆苑依江，无点诗心难到此；
通州傍海，有些道意自可游。

黄鹏飞（1949—）

字翼然，号半坡，别署坡公佛一，江苏镇江人。华东石油地质局退休干部。中华诗词学会会员、中国楹联学会会员、中华辞赋社社员。有诗联赋选集《半坡拾叶》。

恒　顺

抒沧海豪情，岁月恒香，招来太白不呼酒；
酿小康特色，人民顺美，引得渊明犹叹神。

焦　山

郑燮不糊涂，留取清风扶竹影；
焦光真放逸，借来浮玉枕江涛。

北固山

六朝旷达人，将天下万里江山，尽收眼底；
三国风流事，凭贯中千秋演义，常话楼头。

北固楼

借三千年古韵齐天，北顾青云，枕楚犹追中国梦；
牵一万里长江入海，东临紫气，跨吴正领五洲风。

伯先祠

南徐月有情，长风犹载黄花梦；
北府兵无敌，浩气直扶赤县天。

桓王亭

山不在高，汝山可酹长沙酒；
世尤称烈，当世皆呼小霸王。

大圣寺山门

有圣斯为大；
无邪尔自雄。

五台山碧山寺念佛堂

经声常伴三更月；
色相不迷百衲心。

陕西凤县三清殿

老子出关，常来歇脚；
天尊落座，俱是办公。

天下第一牡丹

问鼎中原，洛阳逊色；

留芳古县，菏泽输香。

题王俊先生《罗汉诸相册》

落籍沙门，曾经东海降龙，南山射虎；

同堂罗汉，恰好曹衣出水，吴带当风。

长沙杜甫江阁

名都铺锦开，我辈来寻湘水春，可凭江阁；

广厦排云起，先生再问长沙酒，尽醉楚天。

"神农茶都"全球征联大赛

倾八百里洞庭煮乾坤，三湘气魄；

效五千年茶祖尝甘苦，中国精神。

天目山海内外征联

师为礼佛往来，推两壁青山，开天有眼；

我欲乘风归去，挽一溪绿水，入海无涯。

鹳雀楼

黄河入海流，天下英雄知多少；

白鹳偕云舞，晋南形胜冠古今。

客家小镇

云卷云舒，登台携酒追仙去；
潮生潮落，觅渡放舟捉月归。

任弼时百年诞辰

天降大任于公，千秋事业多著绩，何其煌也！
国需弼才与世，一代江山未留时，不亦惜乎？

第三届杏花节诗联大赛

燕岭踏青，载酒载歌，又是一年春草绿；
妫川惊艳，倾城倾国，皆因三月杏花红。

天下第一牡丹

天赐雍容，唯古县能倾国；
地铺锦绣，引英雄尽折腰。

"迎奥运"全国征联

祥云绕环球，肤表无论黄黑白；
好运同一梦，心中更向快高强。

"金猴杯"春联

人不分东西，汉藏蒙维回，共祈统一大中国；
地无论南北，亚非欧美澳，同创和平新猴年。

南京夫子庙聚星亭

一水好凭，舒张九派脉搏；
明星群聚，吞吐六朝烟云。

西安城门挂春联·朱雀门

朱雀当先，大道康庄，莺啼序、传春天故事；
古都继盛，和风骀荡，蝶恋花、赏玉树繁英。

徐 徐（1949—）

字西隅，号若木，江苏镇江人。多景诗社副社长，曾任镇江市诗词楹联协会副会长、秘书长。有《犹贤斋诗》《镇江小史》。

北固楼

气吞吴楚，看六代枭雄，此处曾留霸业；
浪涌乾坤，叹千秋骚客，斯楼独望神州。

登北固楼，指顾天下江山第一；
问东逝水，淘尽风流人物几多？

连沧观

连江暮雨，挟云以去；
沧海早潮，伴月而来。

算　山

东坡之后，蒜山有闲田几亩？
赤壁以来，天下已鼎足三分。

云台山

画栋凌空，看一水横陈，三山雄秀；
澄波拂曙，任西津帆去，东海潮回。

云台阁

朱甍临水，画阁摩云，再现旧时胜迹；
白浪绕城，青峰横廓，何如此处江山。

六艺馆射馆

檀司马量沙，兵机了得；
祖豫州击楫，士气如何？

鹤林寺苏公竹院

有千万新篁，何处可逢僧话？
约二三旧雨，此间得以偷闲。

南山文心楼

文章留慧业，有一管春风词笔；
心迹自和平，看六朝无语青山。

石淙精舍

南来北往，经宦海腥风，沙场血雨；
秋夕春朝，有石淙烟月，鸿鹤晴岚。

丁卯别业

流水小桥招隐士；

清风明月属诗人。

丁卯别业宴客堂

飞觞京口酒；

吟兴海门潮。

贺朱方画廊三十周年大庆

朱碧可怜，振京江余绪，笔成吴画；

方圆有度，鼓艺海新潮，心许庙廊。

题王氏宗祠

兰亭一序，翰墨风流承奕世；

槐树三株，清门甲第坐春风。

题梨墨斋

梨木化为通宝地；

墨香溢出大罗天。

赠应向东、马亚华伉俪

向阳野菊，凌霜谁亚？

东阁官梅，斗雪自华。

贺多景诗社结社六十周年

白社初周花甲，多仰前贤，吟心画手，宏开诗气象；

良辰又际重阳，景从大雅，秋菊春兰，扬挖玉精神。

吴诚龙（1949—）

江苏镇江人。中华诗词学会会员、诗刊子曰诗社社员、闻捷研究会会员、镇江市诗联协会特聘研究员、松梅诗社社员、壮心诗社社员、市作家协会会员。有《吴诚龙诗词散文集》。

金山白娘子公园荷池

风动芙蓉，一派清音迦陵鸟；
花开菡萏，百年祥瑞并蒂莲。

赠蒋光年老师

才见诗书画，京口堪为名士；
德涵礼义仁，杏坛实是先生。

梅和清（1949—）

江苏镇江人。中华诗词学会、中华诗词家联谊会会员，江苏省诗词楹联协会会员，镇江市诗词楹联协会常务理事、特邀研究员，丹徒区诗协常务理事，老干部诗词协会副会长兼秘书长。著有《梅和清诗词集》《书斋吟稿》《京润吟草》。

儒里街市

十里繁华，诚信和谐兴市；
一方锦绣，慈悲孝道传家。

儒里水阁凉亭

水汇凉亭，七彩霞光迎俊杰；
楼栖紫燕，三千学子沐春晖。

儒里读书台

修篁郁郁，曾走出百千学子；
乔木森森，共承传千古风流。

镇江长江运河景观

长江港埠，千年漕运延华夏；
古邑文明，五塔擎天耀古今。

华山神女冢

痛失姻缘，棺上泪珠满；
深悲世事，坟前草木愁。

闻捷诗歌馆

闻韶起舞，人物牧歌京口；
捷足临风，文光红日海门。

杜秋娘

才女进宫，避乱四朝归故里；
缕衣成曲，流传千载慰诗魂。

长山米芾书法公园

精舍保存前世墨；
画廊重现旧时光。

虞兴谦（1949—）

江苏扬中人。中华诗词学会会员。著有《小沙清歌》《丁香结》。

圌　山

万古江山，临水圌峰藏瑞气；
千年宝塔，报恩情愫润芳洲。

焦　山

绿水环山，碑林字俊，炮台永证抗英史；
大江浮玉，万佛塔高，道院常思归隐人。

京口三山

三山相望，纵观京口英雄事；
百舸争流，横渡春江碧浪舟。

南　山

茂林古苑，太子书房文选著，流芳百世；
修竹清泉，增华楼阁丽章书，载誉千秋。

西津渡

车辙老街存雅韵；
雕楼古渡送凡夫。

诗书画一条街

人文街道呈佳景；
画意诗情上碧霄。

宝岛扬中

扬子江中浮碧玉；
圌山岭下出芳洲。

徐建荣（1949—）

江苏扬中人。中华诗词学会会员。

登五指山

山峦起伏形如掌；
路径盘旋道若梯。

诗乡扬中

清风明月诗千首；
绿岛人文福万家。

题扬中

揽圌山紫气千年生绿岛；
携扬子银涛万代润江洲。

陈履生博物馆

馆内宝藏千种；
门前竹艺一家。

题新治村乡贤走廊

乐善好施润沃土；
求真崇德延新风。

圌山绍隆寺

翠竹丛中，暮鼓惊醒名利客；
山峦深处，晨钟唤回梦游人。

张桂生（1949—）

江苏扬中人。中华诗词学会会员、江苏省楹联研究会会员、镇江市诗词楹联协会会员。著有《张桂生诗文选》。

宝晋阁

一脉儒风流古韵；
三江碧水起新声。

侨怡亭

岛邑千年成岛市；
乡关万里寄乡愁。

文旅新治

文旅兴村，头枕一池柳色；
诗章生色，眼观六合风情。

三江湾驿站

看三江分水，涨成宝晋新洲，从此造田筑坝，繁衍生息，长虹飞跨，天堑变通途，圌峰塔影，风光无限；

听群馆抒情，筹办吟坛诗会，而今建社兴文，作赋吟诗，雅韵长存，池水映青莲，埭尾圩头，宝晋添香。

新治村道德文化园乡贤墙

踞此南望圌峰，北临扬子，东接双桥，西倚五凤，扼三吴而雄峙江中。治安、治联、永治，携手强强，真乃物华天宝也；

概之春传故事，夏讲文昌，秋收宝晋，冬纳贤良，创一流以名闻遐迩。展馆、栈道、公园，出新岁岁，岂非人杰地灵乎？

扬中新坝中心小学

百载校园，沐雨栉风培桃育李彰特色；
千秋大业，重文育德播雨收秋铸辉煌。

句容茅山风景区

要冲山踞，岭峙四方，真乃洞天佛地；
龙柱云盘，道分三界，堪临朗月清风。

雅　居

庭前静看一泓秋水十分秀色；
室内厚存万卷藏书满腹经纶。

庆祝抗日战争胜利

剑指雄关，斩断豺狼魔爪，投降历史不容翻案；
船巡东海，冷观右翼阴招，扑火飞蛾必定灭亡。

赵家驹（1949—）

江苏镇江人，现居扬州。

题　图

穷途逢炙热；
斑影送阴凉。

银　山

松径幽幽常照月；
琴音渺渺可临风。

山林流韵

七鼓金声鸣北固；
三杯醇酿醉南台。

感 悟

借得他山磨砺出；
修来瑞世和鸣歌。

自 励

格物行藏凭己度；
和谐发展岂能忘。

元 宵

一炬心灯思射虎；
千家愿景庆元宵。

蒋金兰（1949—）

江苏丹阳人。江苏省诗词协会会员，丹阳市诗词楹联学会顾问。著有《兰子诗词》等。

临池塔影，胜文吟季子；
乐水溪声，和韵觅知音。

智造名城，孵化投资热土；
凤鸣古邑，催生耀眼明珠。

钟振振（1950—）

江苏南京人。曾在镇江师范专科学校任教。现为南京师范大学教授、博导，中国韵文学会会长，中华诗词学会副会长，中华诗词创作培训中心导师，江苏省诗词协会副会长，春华诗社顾问。有《贺铸词集校注》等多种。

哭恩师唐圭璋先生

无语江河中有泪；
不言桃李下成蹊。

南京阅江楼

千古江声流夕照；
九天楼影俯朝飞。

南京静海寺警钟亭

南京条约于此胁成，寺颜静海，百年间，瀛海何曾一日静；
东亚纪元自今更始，亭翼鸣钟，千载后，警钟应亦中宵鸣。

浙东天姥山

水眼山眉，元丰逐客偏神往；
月湖日海，天宝谪仙曾梦游。

杭州西溪湿地秋雪庵

秋声最后到芦荻；
雪色争先入苇庵。

采石矶翠螺峰三台阁

放舟可掬江心月；
倚阁欲扪天外星。

亡父灵堂

师之子，师之婿，师之夫，师之父，师亦其终身事业；
贵在清，贵在勤，贵在让，贵在群，贵非所刻意经营。

挽李汝伦先生

异军旗帜张吾辈；
短剑锋芒李汝伦。

南京师范大学一百一十周年校庆

南邻东大，东邻南大；
师以道存，道以师存。

张纪龙（1950—）

江苏扬中人。退休教师。中华诗词学会会员，中国楹联学会会员，中国民间文艺家协会会员，镇江市作家协会会员。主编《扬中诗词》《三茅诗词》《弄潮诗刊》《文博港联》。

扬 中

五桥飞架，连通世界；
六镇筹谋，共创瀛洲。

伟人毛泽东

空前伟略，毛笔一支惊魑魅；
旷世奇才，雄文五卷定乾坤。

曲径通幽，鸟语花香人艳丽；
柔波垂柳，歌声乐奏舞婆娑。

悠悠史籍，难俦为国计；
浩浩苍旻，最重是民生。

禹甸呈祥，地尽头银花火树；
桂酒盈卮，云端上玉液琼浆。

岱宗绝壁，留盎溢千年意趣；
风月无边，赏磅礴万里江山。

孙 红 (1950—)

女，江苏镇江人。镇江市老年大学壮心诗社社员。

镇江市诗词楹联协会换届

七届风华，文脉传承扬国粹；
三山锦绣，杏坛吟诵耀华章。

赵俊梧（1950—）

江苏镇江人。

看《最美的青春》（新韵）

鸿鹄志抱持，荣禄宁抛无怨悔；
锦绣图呈现，青春甘献尽欢欣。

魏福英（1951—）

女，江苏镇江人。镇江市诗词楹联协会会员，老年大学壮心诗社成员。

江苏省小康主题楹联

青山绿水，鸟鸣花发千家富；
紫气丹霞，鱼跃果香五谷丰。

贺宁镇扬三市楹联盛会召开

雅集瓜洲，锦绣词章，春江碧浪岁华共醉；
相逢扬子，芳香翰墨，花月清风诗笔同吟。

"展望'十四五'开启新征程"润州区楹联创作大赛

花园城市，神州紫气，得南山福寿，全民砥砺鹏程锦绣；
月榭田畴，古渡春光，拥北水澄清，万里松筠鹤舞云霄。

"风雨百年，同心筑梦"，镇江市政协庆祝建党一百周年诗书画印联展

建言献策，同德一心，担当尽职篇章新谱，耀和谐社会；
监督协调，至诚万事，谋利为民科学共攀，兴盛世江山。

北固楼

北固嵯峨，龙埂雄姿龙昂首；
南徐璀璨，楼台胜迹楼拂星。

赞亚夫

论文写大地，只为乡村致富；
讲学传万家，都缘父老脱贫。

拥军春联

长城利剑，龙吟虎啸江山固；
阆苑春风，鸟语花香社稷宁。

康震陵（1951—）

湖南人，现居镇江。镇江市老年大学壮心诗社成员，镇江市诗词楹联协会会员。

贺《润州诗词》创刊十周年

汗水涔涔，十载耕耘收硕果。
晨星冉冉，今朝风采耀诗坛。

清明缅怀先烈

祭先烈，浩气长留天地；
看后人，同心擘画河山。

冯广友（1951—）

江苏扬中人，毕业于南京师范大学中文系，扬中市检察院退休干部，中华诗词学会会员。

南京仪凤门

仪韶解放诗，雄师北至新天曙色；
凤曲建康赋，紫气东来丽日春光。

西津渡钟楼

朝暮钟声洪北固；
古今楼影胜西津。

扬中新治村润池情侣亭

夜寂无声闻脉动；
月弯有意拥云欢。

梅　花

花开伴松竹，凌寒斗雪风光无限；
子结陪李桃，浴暖迎春琴瑟有声。

冰封犹见梅开俏；
雪化能听竹报安。

扬中新治村宝晋诗社

润池流水联生趣；
宝晋清风诗溢情。

扬中新治村乡贤墙

哺育于斯，梦绕情牵桑梓厚；
玉成凡此，恩环德泽故乡贤。

李兴保（1952—）

江苏扬中人。退休职工。中华诗词学会会员。

新治村

十里风光独秀江南岸；
千年文物争奇新治村。

宝晋诗社

文苑国风兴宝晋；
润池乡语写春秋。

庆祝宝晋诗社成立十周年

润池十载，清诗雅韵歌山水；
高阁九章，曲赋和风承古今。

联合中心小学

心系校园培桃李；
胸怀家国作人梯。

元宵诗友聚会

骚坛邀客元宵雅集诗潮涌；
南苑逢君新岁联吟家国怀。

陈文华（1953—）

江苏扬中人。退休职工。

癸卯元宵

闹元夕，宿将新兵，清歌蔚起；
点华灯，生花妙笔，逸兴遄飞。

癸卯初春题镇江

金山献瑞，玉兔报春凝紫气；
甘露流芳，红梅舒萼耀银光。

宝晋诗社润池

水上清风移皓影；
园中翰墨递幽香。

退休生活

读书写字种花草；

垂钓吟诗品酒茶。

勉儿孙

创业难，守业难，须在难中存志节；

挣钱乐，花钱乐，最深乐处立仁心。

周锦凤（1953—）

江苏扬中人，退休职工。中华诗词学会会员。

梓阳园

梓阳园里贤才聚；

蒲草塘边俊鸟飞。

春　联

龙腾兔跃，鸾箫凤管歌盛世；

月皎灯明，火树银花闹元宵。

润　池

润池波卷霞光灿；

宝晋阁开瑞气腾。

乡贤亭

乡贤功德流芳远；

孝悌家风继世长。

韩永军（1953—）

女，江苏镇江人。中华诗词学会会员，江苏省诗词协会会员，江苏省楹联研究会会员，曾为镇江市诗词楹联协会副会长，多景诗社社员。

云台阁

古渡扬帆，山楼斜月，清宵甄妙计；

青螺滴翠，玉带横天，朝日替繁星。

尚清古戏台

天光云影，咸来看戏；

鸟啭风鸣，争往和声。

西津渡玉山

遗石怀山，起池拟水，至草淡苇疏，一袭好风方成就；

闻琴涤耳，移步清心，向花菲桥曲，满笺新句已吟安。

西津渡蒜山怀古

算亭双羽扇，秋浦一钗裙，看白云苍狗去来，纤蒜千株山不语；

战火起通津，声闻传广宇，任青舰旌旄上下，大江万里水长东。

西津渡·一眼看千年

百把步徜徉而上，访遍王朝，恍在时空隧道，看焚香礼佛吟歌，元相行事；

千余年邂逅之间，窥穿规制，已过巷陌井梧，逢贵胄贫夫商女，各自有姿。

五十三坡

昔天生求道童，涉沧海遍参大德，曾以虔心宣智慧；

今地有度人石，临烟陂横列灵阶，亦将本体证法门。

南山六艺馆游弦亭

轻拢慢捻，弦中清调宗于古；

斗酒双柑，竹外黄鹂唱到今。

南山六艺馆丹徒宫

能金戈铁马方为虎；

起竹寺茅庐也是龙。

丁卯桥村舍

故里迹犹在；

远山晴更多。

丹阳延陵季子庙

香草水无分昼夜，护高冢贤祠安九里；

君子风不辍古今，凭许心让国载千秋。

悼袁隆平院士

欲慰神农，禾下乘凉当指日；
颙祈苍帝，云中驾鹤有归时。

追思王步高先生

年谱得谙，傲为同里，竟清泪盈眶，却恨相知于纸上；

世途多舛，勇作至人，终名山勒石，深疑游学到星空。

杨正宏（1953—）

江苏镇江人。现为镇江市诗词楹联协会理事，市老年大学作协理事，壮心诗社成员。

南山文心楼

文心立十载，太子书香藏万卷；
绮阁听三山，广陵天籁动千江。

癸卯端午

莫近瑶台，天问楚风怀故国；
且浮桂棹，九歌湘月共千江。

贺镇江市诗词联协会七代会召开

七届韵坛，骚客芸芸怀北固；
千年文脉，碧流浩浩唱苏辛。

贺八一建军节

于绝处求生，宁邦胜绩万民仰；
遇不平开路，护国雄姿四海安。

闻宁镇扬三市诗协瓜洲茶叙迎春

梅隐瑶台，风满烟霞铺绿野；
茗香芳甸，梦催日月唤春山。

癸卯中秋

三山横笛醉，湖影摇天千里月；
万户绮楼吟，笙歌动地九州圆。

应征"恒顺杯"诗词楹联大赛联

依和风十里，方家醇酿，初心不负百年约；
聚骏业三千，醋邑佳传，鸿绩长酬万世春。

应润州诗协迎牛年征联

金山金水金桥，听振鼓金牛耘大地；
绿浦绿风绿岸，喜降霖绿野润芳州。

夜过西津渡

西津潮远，樽前犹忆斜江月；
石塔霜清，客里自怜待渡人。

庆贺教师节

云风浩荡，春催桃李江山志；
雨露殷勤，花发诗书日月香。

袁德新（1953—）

江苏泗洪人，居镇江。润州区诗词协会会员，润州区"银发生辉"词教分队成员。

迎　春

清风明月衔春近；
火树银花接岁新。

北固山

铁塔庄严擎北固；
大江浩荡锁朱方。

朱爱林（1953—）

江苏泗洪人，居镇江。江苏省楹联研究会会员，江苏省、镇江市、润州区诗词楹联协会会员，润州区"银发生辉"诗教分队成员。著有《红盾诗雨》。

建党百年

百年大道，百姓同心，喜看党旗红映日；
全面小康，全民共惠，赢来天下赞如潮。

蒋定之（1954—）

江苏溧阳人。现任全国政协提案委副主任，中华诗词学会常务理事，江苏省诗词协会会长。曾任江苏省政协主席，海南省省长，镇江市委副秘书长兼市委办公室主任、扬中市委书记等。著有《垂袖归来》《以诗词养性情》。

溧水李巷陈毅旧居

白马红村藏故事；
江南岭下忆元戎。

溧阳小东荡初心堂

千秋厚植，尤需守初心二字；
百世昌平，怎能忘懿范三公。

庆祝建党一百周年，
为一老同志六十年党龄撰联

世昭丹心，集万里春风，绘就河山秀色，百龄再入新时代；
旗擎党性，观八方紫气，唯期国运昌隆，六秩犹怀大目标。

黄绍山（1954—）

山东烟台人，居镇江。中华诗词学会会员，江苏省楹联研究会会员，镇江市作家协会会员，洛阳诗词学会副会长，镇江市诗词楹联协会特聘研究员、润州区诗词楹联协会诗词研究员。

镇江跑马山稼轩亭

剪疆春水，的卢难洗归槽愤；
弓月秋霜，龙匣不消挂壁鸣。

禁渔后新金江暮眺

一脉苍江，过尽云帆无唱晚；
两行白鹭，已衔渔火逐流霞。

宝塔路街道廉洁文化长廊

宝塔，镇古今邪气；
长廊，拥天地清风。

西津渡钟楼

辙过，留隋唐气象；
钟鸣，传贾市繁华。

葛仙湖公园

鲤过书院即生角，
君到灵湖自是仙。

鸣皋南岳庙

收南国一隅，五岳自成雄势；
取东风三尺，千年已著盛名。

京口经济开发区

举翼凌风，自有冲霄壮志；
投资热土，且彰报国初心。

大禹山数字文创区

壮志凌高，大禹凭华为助力；
雄图致远，镇江由数字赋能。

中国邮政储蓄银行镇江分行

历数沧桑，初心为国族；
无多薄利，一粲化春风。

江苏山水集团

移山水三分，已获江南气象；
取洞天一角，先迎福地东风。

镇江癸卯春联

万户浮香，云携雁字传花信；
三山分翠，潮带春声到镇江。

深圳 2023 春联·春天的故事

风雨始开，北斗涵辉，明月一轮昭萱户；
莲花初显，梧桐分翠，东风万丈进鹏城。

官塘桥法治文化广场

一入广场，顿觉秋风凛冽；
纷飞桐叶，已知剑气峥嵘。

韦岗战地

分翠泰山，移至韦岗堪勒石；
泓茫东海，洒于高丽可听松。

贺建军九十六周年

风雪卧边关，萧萧鸣匣剑；
江山升旭日，闪闪是军徽。

渔村中学

明月窗前，寒灯案上，共浪鸥迎旭日；
竹梅摇雪，桃李含苞，随灵鹊舞东风。

赠镇江学子

与明月为盟，自有斗牛指路；
同青风作伴，岂无桃李争春。

镇江科技新城实验学校校训

授子以渔，直趋江海任施展；
修身至美，不负芳华当奋强。

以德育人，名校出英杰；
从心向善，荆门有栋梁。

贺《润州诗词》创刊十周年

文纂一宵，半壁清光耀牛斗；
笔耕十载，满襟热汗化春风。

贺润州建区四十周年

由改革催生，负重登攀，未忘初志，凭高大展拿云手；
以科新崛起，图强赶超，不惑之年，致远更如过隙驹。

尹桂英（1954—）

女，江苏镇江人。镇江市诗词楹联协会会员、镇江市作家协会会员、镇江市老年大学壮心诗社成员。

教师节

二尺教鞭，培桃育李三千树；
一支粉笔，写字留痕两鬓霜。

田云鹤（1954—）

江苏扬中人。中华诗词学会会员。

阑珊夜景依然美；
绮丽风光总是情。

赋颂文昌阁；
诗题宝晋洲。

想当年辟一方净土，诗联宝晋生色；
看今日来八面飞鸿，墨韵文昌增辉。

柳梢拂水钓明月；
菡萏擎盘捧翠珠。

家藏万卷诗书画；
人有一身精气神。

孙亚非（1955—）

女，江苏镇江人。现为镇江市诗词楹联协会理事，多景诗社、松梅诗社、壮心诗社社员。

北固山

第一江山，千秋词赋；
气吞吴楚，客诵苏辛。

京岘山

郁郁苍松，腾腾紫气，曾惊霸主；
三呼动地，千古悲风，尽悼英雄。

古运河

一水穿城，上接大江东到海；
三山入画，回望古塔远浮天。

芙蓉楼

塔影湖边，阵阵荷风，犹诵龙标句；
云根岛畔，声声松语，似传郭璞书。

文心楼

隐秀藏真，门接米家山水；
文心诗兴，风传太子书声。

二翁亭

骚人坐说算山月；
霸业长遗赤壁风。

长江路

临古水，江声车笛，俱说渡头故事；
对青螺，月色珠灯，竟呈京口奇观。

城市客厅

坐春风闲说家山人事；
迎朝日醉看京口画图。

万古一人巷

苍苍北固，黛瓦苔痕，一人巷陌剩清韵；
莽莽南徐，楼台烟雨，万古江涛倍有情。

句容葛仙湖小亭

湖天一色，坐听春水流诗韵；
心迹双清，来看云山入画图。

镇江京江路

广衢漫漫，轻车十万出京口；
古水悠悠，大舰一行过海门。

题淮安镇淮楼

坐拥楚州，关楼控扼纵横水；
俯看淮甸，河邑萦迴南北衢。

题句容农林职业学院百年

百载岁华，志远真成牛耳；
万千学子，技高敢摘天星。

丹阳邮政储蓄银行

普惠城乡，丹日圆人梦；
扶贫纾难，阳春融客愁。

贺《润州诗词》创刊十周年

润物催诗，二水吟成千百首；
州人风雅，三山更忆几多情。

镇江华润燃气有限公司

播火传薪，燃气源源入户；
驱寒送暖，真情处处留春。

甲辰春联

龙腾盛世，第一江山春在望；
雪兆丰年，九州风物尽含情。

建华建材

建瓴旭日，程开鹏翅八千里；
华构春风，名继龙头第一流。

卞美岗（1955—）

江苏丹徒人。曾为江苏省诗词协会理事，镇江市丹徒区诗词协会秘书长。现为镇江市丹徒区美术家协会主席，创办《丹徒诗书画报》，著有《卞美岗诗画集》。

创 作

澄怀观道，笔秃千冢易；
写照传神，图修一昧难。

感 悟

境由心造，春风拂柳犹能大自在；
情随景移，秋雨催花未免真如来。

微　信

线连数据通世界，能知大小天下事；
开启银屏接心田，可解多少人间情。

长　山

江左多风流，翰墨妙辞润后代；
南宫一姣兔，丹青高手越千年。

中国米芾书法公园

天开海岳，雨中惊现元章妙笔；
风起宜城，心底长萦米氏云山。

咏丰收

远近纵横，千重稻浪尽收眼底；
高低错落，满院果香皆入画图。

中远稀土江苏海雷德蒙能源

稀土健儿，精心献出一腔热血；
矿山能手，铁臂采来千古乌金。

中国邮政储蓄银行

邮通天下万里无碍；
普惠乡村六合有情。

孙小敏（1955—）

江苏扬中人。镇江通信企业退休人员。中华诗词学会会员、中国楹联学会会员。

癸卯春联

从风缓步，漫天雄气存寥廓；
随杵清声，遍野丹香润太平。

廉　思

千山彩叶尘中目；
一杵清钟陌上心。

扬　中

天生江岛依扬子；
风送海门播太平。

镇江水泽远东公司

水云连远日；
泽雨载东风。

柳竹餐馆

柳拂和风春满面；
竹衔甘泽客盈门。

刘朝宽（1955—）

江苏镇江人。中华诗词学会会员，江苏省楹联研究会会员，润州区民间文艺家协会副主席兼秘书长，镇江市诗词楹联协会理事，润州区诗词楹联协会副会长。著有《蒋乔民间故事》《家乡丝雨》诗词集等。

润州名胜

待渡小山楼，且登觉路上云台，览大江风貌；
听鹂招隐寺，堪洗文心游鸟外，书古润新奇。

冬赈局

冬助棉衣，慈怀孤苦三春暖；
赈盈高义，善结平安五福缘。

长山小学节水楼

滴水源头，八千里外雪山顶；
少年起步，三两语中师教前。

燕子窝

燕子呢春偏有山歌应；
韦岗射日当然狮舞欢。

北固山

三国英雄，曾向青坡遛马；
一时豪杰，尽凭白浪放怀。

春顺和包子铺

皮里乾坤，总是人间烟火；
杯中灵秀，堪将事道顺和。

二翁亭

白浪登临，二翁叹赏水世界；
沧桑阅过，千古惯看风月天。

贾征华（1955—）

江苏镇江人。

马迹山

大禹疏洪留马迹；
东坡吊古赞江风。

儒里朱氏祠堂

注四书，儒师助政，程朱理学创新说；
居江岸，品第荣乡，孔孟家风育后人。

圌山报恩塔

傲视三江，虎踞东乡，护佑宜民宜老境；
隆恩百里，龙盘故地，腾飞助企助新区。

厚角贾氏祠堂

太傅英年，浮湘吊屈重民生，积贮施仁佐主公，文
成骚体赋；

后人百世，越水翻山宜地驻，开枝散叶怀先祖，族聚水乡祠。

李培隽（1956—）

祖籍扬州，出生于镇江。中国文联国内联络部原巡视员，中国楹联学会会长，中国书法家协会会员，中国书法家协会硬笔艺术部委员。出版《中国古代圣贤箴言系列硬笔碑版字帖·事业篇》等硬笔书法字帖30多种，著有《文履墨痕——李培隽诗词联墨集》。

题名城镇江

三国东吴古邑；
长江锁钥新城。

扬子涛声犹在耳；
润州风韵常萦怀。

山水钟情，多情山水地；
镇江有爱，大爱镇江人。

焦　山

天外横云，东吴雄踞；
江中浮玉，紫气逢迎。

梦溪园

笔谈在梦溪，超凡一世；
物格于诚意，泽惠众生。

西津渡老街古韵

百栈相连，古韵风情生蕴藉；
西津在望，新潮时尚入凡尘。

溧水李巷江渭清旧居

驰骋江南唯马骏；
炳煌苏地有渭清。

南京玄武湖荷花节

金陵紫气，吹度钟山淮水沧桑变；
玄武红莲，扮来十景五洲绰约新。

玄武湖

霞飞玄武，波泛紫金，菡萏长舒标史乘；
胜揽梁洲，幽探明廓，梅英独擅写风流。

湖州明学长老故居

至境至为明月界；
唯贤唯圣佛心人。

绍兴古城

骚人墨客鉴湖风，兰亭大雅；
文脉弦歌崇德地，古越永和。

浙江省杭州市临安区昌化坡仙桥

横空飞架卧龙，迎红日，跨紫溪，巍耸一廊高阁；
坐浪闲看过客，继风流，存文脉，长怀千古东坡。

河北石家庄藁城兴华公园

风云寄意，燕赵萦怀，启开百卷诗书画；
山水涵珍，林泉藏宝，构造千年天地人。

龙王宫

龙相昭昭，行云施雨呈膏泽；
光华灿灿，观瀑临泉焕帔霞。

《光明日报》

光明启智怀风致；
文化润心焕物华。

中国楹联馆

菁华以萃，日月而光，博物典藏呈大美；
薪火相传，箕裘为继，楹联涵蕴焕新风。

禹藏坊

诗酿三春酒；
联藏一片心。

读　书

集思广益；
博览群书。

咏 茶

龙腾云海飞青剪；

雀跃茶山泛翠微。

五一寄怀

远志高怀，初心不改；

先忧后乐，劳者为尊。

游 春

听花雨，唤春风，三阳开淑气；

沐烟岚，涵水韵，一梦到江南。

祝瑞洪（1956—）

江苏扬中人。1982年毕业于南京大学哲学系，先后在镇江市宣传广播电视及城建部门工作，近二十年一直从事镇江市历史文街区保护修缮和文史研究工作。

救生会

普陀岩下，潮升潮落，义士乐施怀善德；

银岭峰前，帆去帆来，红船拯溺济苍生。

大江济困，此舟传载利川德；

千古救生，斯馆留存义士名。

京口救生，千古传奇第一善；

大江济渡，万民称颂本初心。

云台阁

来大码头，修道修儒修释，一生平安幸福；
登云台阁，乐山乐水乐城，满眼盛世风光。

周祥贵（1956—）

江苏扬中人。爱好文学与体育。

议事亭

邻里亲仁兴伟业；
党群议事为民生。

孙立权（1956—）

江苏扬中人。中学退休教师。中华诗词学会会员，江苏省楹联研究会会员，镇江市诗词楹联协会特聘研究员。

大全集团

诗赋大全梦，雄鹰振翼翔千里；
联吟广福心，骏马嘶鸣跃九州。

新治村图书阅览室

漫步书林明事理；
遨游学海著文章。

贺镇江市诗词楹联协会第七次会员代表大会召开

三山谱曲，歌唱西津渡；
一路追光，月明多景楼。

献礼党的二十大

百载蓝图，强军富国江山固；
千秋伟业，足食丰衣百姓安。

荷　花

玉叶随风掀碧浪；
红蕖带韵绽清溪。

芦　苇

风里吟诗，竿直虚心立；
雨中泼墨，枝丰劲节生。

元宵节

观烟火，赋诗迎胜日；
猜字谜，祈福闹元宵。

圌　山

报恩塔，紫气祥云来丽岛；
扬子江，青龙伟岸抱明珠。

新治村

文昌净土，人才辈出铭功绩；
宝晋灵心，薪火传承立潮头。

赵金柏（1956—）

江苏镇江人。江苏省谱牒与家族研究会理事，江苏省美术家协会会员，镇江市历史文化名城研究会会员，《圌山诗联》执行主编。著有《赵声年谱长编》。

银山公园

青篁铭文，白银传说，层层叠叠幽山阁；
黄公故事，靓女诗心，瑟瑟粼粼映水天。

大港高桥

五峰山下高桥，横空出世；
扬子江边大港，吞吐乾坤。

宜侯矢簋

石破天惊，矢簋金文明史记；
云开雾散，吴侯故邑现烟墩。

吴文化发祥地

瑞气绕圌山，问方国分封甚处？
铭文涵大港，知润东肇始江南。

圖山东霞寺

唐记褒亲，宋记乘龙，此后更为庙宇；
中呈土地，上呈宝塔，当前焕发霞光。

有意烧香，何须北地朝南海？
诚心礼佛，此即东霞拜西天。

王思武（1957—）

祖籍安徽南陵，出生于镇江。1976 年高中毕业下放农村任民办教师，1978 年考入重庆航校，1980 年分配到交通部二航局四公司工作，1991 年调入镇江港务局从事人事教育工作。

致高考学子

寒窗十载跃骐骥；
穷巷一朝飞凤凰。

焦山胜境

香火腾腾，招募游人朝圣地；
碑林灿灿，醉迷墨客忘归程。

凭栏望月，婵娟羡慕人间美；
对酒当歌，墨客钟情雅室幽。

镇　江

人文光大，醋香熏染滋都市；
国粹传承，墨韵含情醉故乡。

王玉鸣（1957—）

江苏句容人。松梅诗社副秘书长，镇江市"三国演义学会"副秘书长，黑龙江古体诗六社社长。红枫诗社、镇江市诗楹协会特约研究员，扬州诗协、江苏省诗词协会、中华诗词学会、中国楹联学会会员。《镇江广电有线网络志》执行主编，有《高中同窗诗文集》《鹤林吟竹》格律诗集等。

韦岗战斗纪念馆

铁军浩气垂青史；
将士丹心荐轩辕。

南徐小学少年军校暨国防教育馆

崇文尚武，黉门树立凌云志；
建业依仁，学子常萦报国恩。

镇江古城公园

凭栏吊古孙吴霸业发祥地；
孤鹜落霞东晋罗城寄忆踪。

古韵依稀草花香掩晋陵迹；
新园锦绣水石光邀京口春。

镇江文广集团

秉承历史文明从使命；
传播而今盛乐有担当。

广发银行

聚沙为塔，广辟财源成大业；
溪水汇河，发挥优势利民生。

中国电信

电递千家语，远牵万里乡国梦；
信回两地书，长系三秋故人情。

三五九医院

岐黄有术，红十字精神永在；
医德无私，白求恩气宇常存。

谏壁电厂

乌金锻火，造福为民收日月；
递彩送明，归田强国赖能源。

江苏索普集团

索求科技人才，展千秋图画；
普惠民生福祉，咏万里江山。

北固山

地远天高，千载江山收眼底；
潮吞云卷，六朝烟雨润南徐。

文心楼

宝典衔华佩实，国学齐梁双璧；
昭明章赋经书，文章风骨一宗。

郭明辉（1957—）

江苏镇江人，江苏省楹联研究会会员，镇江市老年书画协会理事，润州区诗词协会会员、润州区"银发生辉"诗教分会成员。

新官塘印象

驿路越千年，山河秀美今非昔；
官塘兴百业，党政勤廉顺则强。

春　联

金牛已奋蹄，北府宜居萦岸绿；
玉虎当添翼，南徐盛业映山红。

章晓兰（1957—）

女，江苏丹阳人。中国楹联学会会员，丹阳市作家协会会员，江苏省镇江旗袍沙龙丹阳分会会长。

苍苔瀑布联

苍苔曲径疑空色；
瀑布幽岩竞妙音。

何海茵（1957—）

女，江苏扬中人，中华诗词学会会员。

贺宝晋成立十周年

绿水如诗滋宝晋；
古风似酒润江村。

新治村

清风宝晋此间美；
雅韵诗坛天下闻。

荷　花

风吹翠盖凝新露；
日照红蕖映晓霞。

朱云深（1957—）

江苏扬中人。中华诗词学会会员。

冷雨敲窗难入梦；
熏风解愠好读书。

雁鸣秋月，欣观碧宇飞云影；
鹤舞轻风，默听翠微起梵音。

题联合中心小学

爱润校园美；
诗连学子情。

题宝晋诗社

阁临润池听诗好；
民居福地观雅风。

戴祖凤（1957—）

江苏扬中人。中华诗词学会会员。

长守初心跟党走；
勇担使命为民来。

富民政策春风化雨；
生态家园瑞气盈门。

身正影方正；
心清行亦清。

钱吕明（1958—）

江苏扬中人。江苏省高中语文特级教师，江苏省作家协会会员。

建党百年

一旗领跑农奴戟；
百载遵循卡尔师。

西津渡避风馆

及门贤士无长夜；
策马凡夫存大心。

西津渡钟楼

西津今韵彰吴韵；
古渡钟声入市声。

西津渡救生会

二百春秋留胜迹；
三千世界仰高风。

宝晋诗社

群贤毕至寻诗趣；
大雅同吟识匠心。

吕从坤（1958—）

江苏响水人。曾任中学语文教师、县委党史办、县方志办副主任，现为中国楹联学会会员，丹阳市诗词楹联学会理事。

总前委旧址纪念馆

一幢砖楼挑日月；
两尊铜像驭风云。

烈士纪念日

丹心永映山河艳；
壮志常随日月雄。

张镇华（1959—）

女，江苏镇江人。镇江市诗词楹联协会理事，壮心诗社社员。

联说联家李渔

喜剧大师，回肠九曲，唱世态人情，婉转声声扬国粹；
笠翁著作，悦耳八音，传天南地北，铿锵对对启联魂。

联说联家孙髯翁

巨笔一挥，今古流芳，道尽滇池盛况；
英才万达，乾坤集萃，撰成文海圣联。

联说联家钟云舫

耿耿丹心，恢宏气势，千字长联，江津居士享高誉；
铮铮铁骨，坎坷生涯，百年巨作，陋室布衣留胜歌。

联说联家郑板桥

清代俊才，一首诗吟，咬定青山留绝唱；
扬州八怪，几行墨染，绘成郑竹逸奇香。

题云台中秋邀月会

江河交汇，恰楚尾吴头，看古渡西津起舞；
日月同辉，正千金一刻，听云台画阁行歌。

题优秀警察金怡

头顶警徽，护国安民，心系这方百姓；
肩担重任，检痕验迹，情倾那抹深蓝。

题古城镇江

梦里家乡，泉流千古墨香，宝盖云霞吟北固；
人间福地，江映一城山色，西津烟雨唱金焦。

兔年春联

一岁新开，三年疫去，看五岳抒怀，欣七星聚相，
九州虎虎生威兔；
二联欢唱，四海春归，烹六肴佐酒，接八福临门，
十岭家家迎吉神。

龙年春联

玉兔回宫，瑞满南山多锦绣；
金龙出海，春盈北固好风光。

净　房

霁月窗间凝佛境；
清风阶下净禅心。

长江文明

风姿旖旎，百折不回，澎湃中华，一水东西连国脉；
气势雄浑，千萦向远，奔流绮梦，万帆今古壮神州。

江苏恒顺集团有限公司工会

恒守金牌，情系百年俊业；
顺开玉局，心萦万户口碑。

江苏索普新材料科技有限公司

勇立潮头，索求科技传佳话；
新于材料，普惠民生留美名。

大运河

南北物流，商贾往来，万帆一夜春风渡；
京杭漕运，江河交汇，两岸千秋绮梦圆。

大运河文明

途经八省，南北通衢，东西水网，京杭飘玉带；
岁转千年，五河航运，两岸农商，华夏汇雄风。

童中杰（1960—）

江苏扬中人。中华诗词学会会员。

镇　江

一水清波流雅韵；
三山妙境蕴词章。

春顺和包子店

顺送江涛萦耳悦；
和迎雅客品包香。

题美丽江洲

水沃沙洲，万里长江衔碧玉；
民逢盛世，千年绿岛焕新姿。

祭屈子

江涌千年流恨怨；
芦香万里慰忠魂。

戴少华（1959—）

江苏扬中市人。中华诗词学会会员，中国书法家协会会员，原扬中市人民政府副市长，扬中市人大常委会副主任。

题扬中太平禅寺太平广场主牌楼

烟霞无尽，江流诵般若；
德善有源，福地臻惠和。

扬中发展促进会赠澳门（江苏）总商会

茉莉花香远；
濠江情谊长。

蒋光年（1961—）

字文光，号丘溪居士，江苏溧阳人，诗联书画家。现为中华诗词学会理事，中国楹联学会理事，江苏省楹联研究会副会长，镇江市诗词楹联协会副会长，镇江诗书画院院长，《多景诗联》主编。有《蒋光年诗书画选集》《蒋光年诗文集》《蒋光年诗联书法作品集》《丘溪吟草》等，主编《诗联入门》《镇江诗词一百首》《当代诗人咏镇江》《镇江诗词楹联作品集（1949—2022）》等。

焦山渡口

古刹藏春，山擎万佛琉璃塔；
大江浮玉，碑刻六朝瘗鹤铭。

多景楼

壁翠山青，远岫西来雄若虎；
潮平风正，大江东去势如龙。

招隐寺飞云阁

云树涵青，飞阁千寻开远势；
江天浮白，琼楼四面入晴岚。

招隐寺云锦茅屋

老树四围招士隐；
好花一路映山红。

竹林寺五观堂

乐施利达众生界；
念想食存五观堂。

竹林寺净业居

竹院风清修净业；
禅林月白绝尘缘。

鹤林烟雨牌坊（集唐李绅诗句）

红照日高，鹤栖峰下青莲宇；
紫凝霞曙，花发江城世界春。

苏公竹院

行歌竹院宜题壁；
坐咏莲池好读书。

杜鹃楼

鹃啼林外数声磬；
花语楼前万木春。

鹤林寺大殿

鹤舞空山，胸罗贝叶三千卷；
龙潜古刹，心有灵犀一点通。

鹤林阁

鹤舞丛林，秋雨一帘苏子竹；
龙腾杰阁，春烟半壁米家山。

莲花洞亲子园

文脉千年，庆丰泉畔莲花洞；
风情万种，游乐场中亲子园。

善园仁爱廊

亲情胜境；
慈善家园。

善园牌坊

乐心向善，乐善和风吹大地；
好物持施，好施青雨润神州。

文心书院

文脉绵延，书声琴韵皆承六艺；
心田芳润，院落门庭毕萃群英。

乐　馆

泉韵清心，何须丝竹吹弹调；
琴声悦耳，犹带鹂莺啼哢音。

文心楼

三面岚光开画本，看花灿翠微、鸟飞亭阁，云树涵青、石泉隐碧，好个仙居境界，城市山林，大道高吟歌胜景；

一湖烟水动文心，喜书香萧寺、曲写广陵，莲塘摇漾、竹院寻幽，几多矩范词章，菁华翰墨，层楼更上赋新诗。

西津渡街

吴楚要津，千年古渡；
江河锁钥，七省通衢。

东券门

觉路同登，白塔晴云浮紫气；
慈航共渡，红船浊浪救苍生。

西券门

飞阁流丹，一眼千年留胜迹；
层峦耸翠，半亭三面有遗风。

小山楼

潮平倚棹数声笛；
月上登楼万里愁。

待渡亭

古渡千秋，难羁归客；
大江万里，好送行舟。

东坡岭

丹崖茅屋宜高隐；
青壁闲田可卜居。

尚清戏台

净丑旦生，扮靓千秋俊杰；
管弦丝竹，奏鸣万种风情。

二翁亭

火烧赤壁，三国英豪藏故事；
诗赋蒜园，六朝帝业竞风流。

需　亭

偕游沧海，三国孙刘藏故事；
重现旧亭，千年津渡诵英雄。

唐老一正斋

唐家老铺，一德一心，悬壶济世；
祖训新规，正人正己，橘井流香。

云台阁

万家灯火，飞阁流丹，天低吴楚无边绿；
满眼风光，层峦耸翠，潮涌金焦太古青。

梦溪园远亭

梦绕远亭宜纵笔；
溪流苍峡好深谈。

王仁堪纪念馆

五岳圭棱，诤言直谏清流映世；
一泉澄澈，慈政仁心循吏留声。

丁卯别墅宴客堂

酣饮多高趣；
醉歌无俗情。

中国醋文化博物馆

中国醋都，百年恒顺；
名驰世界，惠泽众生。

镇江中学民族馆

歌民族忠魂，激活精神力量；
育本真人格，传承红色基因。

私立京江中学旧址

白地红心，至诚无息；
培元固本，明德有为。

润扬大桥

云山飞峙大江畔；
虹影长垂一水间。

五州山净因寺

卧看沧江，妙喜慈云功德院；
坐听空谷，翠崖法雨藏经楼。

净因寺法雨堂

五洲环秀，暮鼓晨钟萦古刹；
一水奔流，慈云法雨济苍生。

净因寺藏经楼

楼耸五州，满眼风光尘世外；
经藏万卷，无穷奥妙梵音中。

杨一清石淙精舍

石淙流韵，诗钞千首奇童子；
精舍藏真，功勋四朝杨一清。

宜　园

宜雨宜晴，真堪高咏；
多姿多彩，大可畅游。

宜　亭

宜人风景何言少；
醉客花香不在多。

宜文书院

宜业宜游文创地；
可觞可咏作家村。

银山公园凤凰阁

古邑宜都，三千年吴文化瑞祥圣地；
新城大港，八百里扬子江璀璨明珠。

新区心湖公园花影长廊

月移花影乱；
波动晚风凉。

留村殷氏宗祠

源远流长，书香府第；
才高德厚，贤达华章。

儒里吟诗亭

半亩方塘千古韵；
无边光景一时新。

闻捷诗歌馆

闻名遐迩，千秋光耀照诗史；
捷报飞扬，万马奔腾唱牧歌。

情满天山，大美新疆拓新境；
名扬四海，新生大地留大诗。

中国米芾书法公园瑞墨轩

瑞气绕轩，碑刻一廊多米帖；
墨香盈室，云烟半壁共长山。

松桂堂

月朗风清，闲云出岫；
松苍竹翠，丹桂飘香。

墨池口

濡墨挥毫，气雄韵胜；
临池书帖，心畅神怡。

群玉堂

群玉满堂，清迈浑然臻妙境；
法书十卷，名贤佳作得天成。

海岳门

天开海岳流诗韵；
情满长山溢墨香。

丹青舫

十日隋花，快霁一天清淑气；
满船米画，健帆千里起宏图。

垂虹亭

远岫万重，一江秋水垂虹影；
断云一片，万里风帆扬碧波。

米帖林

古邑丹徒，龙腾虎跃开新境；
长山米帖，凤骞鸾翔泛墨香。

十里长山采摘园牌坊

采茶品茗农家乐；
摘李尝桃百果香。

十里长山生态园牌坊

旭日东升，云蒸霞蔚；
岚山北顾，竹翠松苍。

句容葛仙湖公园大圣塔

圣塔溢光，塔影波光流日月；
葛仙修道，仙风神道绝尘埃。

赤山湖

雪映赤山，峰峦竞秀三茅地；
云浮绿岛，泉水流清九曲溪。

绛岭樵歌，地接金陵佳气合；
平湖渔唱，天连茅阜白云闲。

丹阳云阳楼

三吴城邑，七省咽喉，丹凤朝阳盈瑞气；
万顷波光，千寻嶂影，金牛焕彩耀神州。

句容茅山风景区

洞天福地，泉水流清，茅阜逶迤腾句曲；
胜境仙都，峰峦竞秀，铁军驰骋树丰碑。

溧阳文昌阁

文运昌隆，堪开胜境；
名家辈出，尽显风流。

溧阳《淳化阁帖》陈列馆

阁帖重辉，法书溢彩；
丰碑永铸，文脉流光。

溧阳菡子纪念馆

菡萏芬芳，香清益远；
文星璀璨，岁久弥光。

溧阳小东荡村初心堂

三径九侯，忠贤霖揖；
一门五牧，贞烈史杨。

天目湖湿地公园双姝亭

水碧天蓝，湖光胜概；
神怡目醉，日月光华。

南山竹海不老泉亭

长萦竹海天堂梦；
闲品南山不老泉。

南京总统府枫桥夜泊亭

月落乌啼，夜泊枫桥成绝唱；
龙盘虎踞，晓看钟阜已春光。

金陵阅江楼

百舸帆樯，涛声天地春雷滚；
一桥虹彩，山色古今王气浮。

栖霞山老街戏楼

杨柳楼头，静听天籁；
桃花扇底，顿悟人生。

溧水红色李巷团史馆

瞻红色青年团史；
歌中华英烈乐章。

扬州文汇阁

典籍千函，大观天地；
名城一阁，盛誉古今。

沭阳吴印咸故居濯缨亭

高趣长存，载清载浊沧浪水；
英名永在，尚艺尚文光影人。

马鞍山采石矶三台阁

三楚江声来足下；

六朝山色到樽前。

杭州西溪隐秀楼

三面山光堪隐秀；

四围花影好藏春。

成都杜甫草堂

春日花潭堪走笔；

秋风茅屋好吟诗。

常德桃花源

三日同辉，山鸟似犹啼往事；

一江北去，桃花依旧笑春风。

少林寺方丈室

岫出祥云飘古刹；

林开禅月照高僧。

洛阳老君山

八百里伏牛，秦岭伊河奔眼底；

三千年老子，文章道德涌心头。

南昌滕王阁

槛外泊归舟，看南浦云蒸霞蔚；

窗前横远岫，望西山雨霁风清。

云南大理

枕苍山，临洱海，三塔巍峨崇圣寺；
览烟岛，泛平湖，一潭澄碧蝴蝶泉。

德州庆云书画馆

书为心画，安德养行，笔挥山水臻书境；
画乃意书，庆云呈瑞，墨泼乾坤入画图。

新疆喀纳斯湖观鱼亭

湖怪有无？且登亭览胜观鱼去；
雪峰在望，快乘艇寻幽踏浪来。

新疆喀纳斯白哈巴村

景色冠边陲，风情诗里风情画；
国界分中哈，第一哨前第一村。

鼓浪屿

浪鼓清音，一岛琴声连海韵；
水围古屿，半天帆影接云涛。

白居易

做司马亦难，且携一壶老酒，浔阳江上听琵琶小曲；
居长安不易，曾邀三五良朋，游仙寺中作长恨悲歌。

苏东坡

月出东山，且乘扁舟一叶赋书赤壁；
家居坡岸，权作诗帖几行歌咏黄州。

吴昌硕

梅溢清香，兰溢幽香，梅兰竹菊四知己；
画开海派，印开浙派，画印诗书一大家。

张大千

师八大学贯古今，不愧百年巨匠；
承半千同宗董巨，终开一代新风。

冰　心

冰清玉洁，小读者名扬天下；
心旷神怡，老作家寿享百年。

为湘西凤凰文化名人沈从文、黄永玉撰联

一代鬼才黄永玉；
三湘情种沈从文。

贺南艺百年校庆

胆大画奇，艺术叛徒刘海粟；（蒋光年）
情深意笃，丹青知己蔡元培。（郭殿崇）

贺溧阳戴埠中学建校七十周年

继善求真，杏坛春满芳华秀；
笃行崇美，学苑书香俊采驰。

贺叔丈钱树伟九十华诞

九十功名，无人不道；
一张铁嘴，有口皆碑。

挽恩师李老宗海

江南一老，诗书二妙，珠联璧合，宗师仙逝悲四海；
伉俪七旬，华诞九秩，夫倡妇随，寿域同臻乐三山。

挽恩师许老图南

紫陌风凄，瑶台此日骑鲸去；
青郊雨泣，蓬岛何年化鹤来。

挽中国楹联学会副会长郭殿崇先生

益友良师，联坛痛失擎旗手；
慈眉善目，心底长留郭殿崇。

挽慈母孙凤仙

杜宇伤春，泣残血泪悲花老；
慈乌失母，啼破哀声叹月寒。

挽岳丈钱福宝

福寿双全，孙贤子孝，慈爱宽怀垂后世；
德才兼备，学富品高，丹心仁术济苍生。

挽岳母陈秀妹

秀外慧中，人勤德厚；
相夫教子，业旺家和。

林惠芳（1961—）

女，江苏常州人，现居镇江。镇江市诗词楹联协会理事，壮心诗社社员。

西津渡

一水横陈，听海风帆影桨声远；
千年遗韵，看楼阁亭台石径深。

古运河

长河澹澹，轴舻万里穿南北；
古韵悠悠，帆影千秋说悲欢。

茅　山

峰萦紫气居洞天，仰观万象；
泉涤清心来福地，俯拾皆春。

焦山东大门

耸翠流丹，秀挹东南山水；
摇波浮玉，闲听吴楚江声。

葛　洪

道学祖师，开三清圣境；
医林神话，传济世良方。

玉兰花

束素婷婷，兰韵绕庭长卧雪；
怡香袅袅，清心伴月好停云。

紫薇花

如火如霞，霓裳独步穿炎海；
如诗如画，妍质高标夺丽华。

贺宿迁诗联协换届

淮水流觞，酒乡自古多豪杰；
古城传捷，诗国从今又鹏程。

淮水流清，孕育地灵人杰；
古城新届，传承锦绣文章。

金山翠芽

碧叶浓香，萃取江南山色秀；
时光慢煮，衔来杯底水云闲。

南山滴翠

滴翠成茶饮，经冬复历春，借得南山雪月；
甘醇入口香，把盏闲听雨，坐看西岭风华。

悼念丁芒先生

革命先驱，战地把缨书碧血；
文章泰斗，诗坛擎帜拥光芒。

为李海篁同学撰联

学海无涯，鲲鹏展翅；
劲篁有志，虚节潜心。

为胡含羽同学撰联

含翠咀华，学海荡舟存远志；
羽飞鹏跃，书山问路作梁才。

迎两会

瑞气挽三山，古邑龙翔开锦色；
春风迎两会，群英荟萃画蓝图。

樱　花

团花锦簇压枝桠，繁华喧闹；
红雨雪飘浮满径，游客追春。

赵亚明（1961—）

江苏丹阳人。中国楹联学会会员，丹阳市诗词楹联学会理事。

丹阳市实验小学

雏凤飞翔，展书生气概；
文心灿烂，耀庠序荣光。

何培树（1962—）

江苏丹徒人。中华诗词学会会员。文章、诗词作品散见《学习时报》《中国政协》《人民政协报》《群众》等。

贺两会召开

关注民生，众贤议妙策；
聚焦发展，两会进良言。

索普集团

石化百强，索用创新，追求高质量；
醋酸翘楚，普施甘露，着力润苍生。

惠龙易通

国际惠龙，行业领军独角兽；
易通货运，物流数字智平台。

威腾电器

威震寰球，品牌响亮；
腾飞江岛，业绩辉煌。

福建商会十年庆

十年风雨，商会贴心服务，众口皆碑；
百业兴荣，闽商勠力拼搏，万家均好。

贺镇江山东商会成立

发端齐鲁，凭进取勇闯经营路；
汇聚江南，赖抱团再掀创业潮。

王祯安（1962—）

江苏镇江人，现任镇江市诗词楹联协会副秘书长、办公室主任，《多景诗联》执行主编。诗词楹联作品先后刊登于《中国楹联报》《对联》《江海诗词》等。

祥利红木

祥蕴万里，凤舞龙飞缘巧匠；
利乐千家，色红香淡合华堂。

贺镇江市第九届人民代表大会第三次会议、政协第九届镇江市委员会第三次会议召开

七地贤才，龙飞凤舞，共绘新年愿景；
千条良策，意笃情真，尽言古邑前途。

五千提案，不论年龄，献策建言谋发展；
三百委员，无分界别，同风共雨话和谐。

贺中国楹联学会成立四十周年

风雨卅年，传承薪火，犹记杏坛培隽；
江山万里，续写荣光，更望椽笔撰联。

沭阳诗联协会成立贺

沭水滔滔，犹闻联苑前朝韵；
阳光煦煦，更照诗旗现代风。

贺南京诗词学会成立三十周年

古韵吟哦卅载，骚客何曾辜负文枢誉；
珍珠采撷百回，清辉却又争光古邑名。

花香卅载，朱雀桥边赋诵前朝事；
笔润百回，乌衣巷口诗吟现代篇。

贺宿迁市诗联协会换届

战场怀旧，项羽名扬，椽笔无疑翻戟笔；
吟岭举新，洋河浪叠，酒花自是幻诗花。

贺宿迁市诗协更名暨换届

经风雨四番，梧桐叶茂凤凰宿；
合诗联一道，楚邑名高才隽迁。

贺南通诗协换届联

乍看新符换旧符，狼山焉改两行韵；
喜闻淡水融咸水，黄海却添万首诗。

贺《润州诗词》创刊十周年

隋珠和璧，六代文华，照耀千秋华夏卷；
宋韵唐风，十年锦雨，遂滋百里润州田。

江苏农林职业技术学院百年校庆撰

凭细雨和风，常耕句曲林田万亩；
赖呕心沥血，广育环球才俊百年。

茅岭旗扬，黉门喜庆百年寿诞；
华阳鼓震，泮水重构万里宏图。

为慧姐谈心屋撰

一缕煦风，能融万里山川雪；
三番心语，可解千般学子愁。

挽陶兴亚老师

吟遗作千篇，难分宋韵和唐韵；
悼归魂一缕，不辨杭州与海州。

挽丁芒先生

风雨百年，育俊培英，诗岭人人尊泰斗；
文心一颗，著书立说，玉珠处处耀光芒。

诸葛亮

自号卧龙，草屋高吟，三顾三分天下计；
官封丞相，庙堂尽瘁，两朝两表老臣心。

联赞王步高先生

埋首韵林，集唐荟宋，传世书香千卷；
献身泮水，种李栽桃，扬名弟子万人。

为王韩同学撰联

地灵人杰，茅山自古神仙地；
王姓韩名，泮水从来桃李枝。

赠颜燕同学

热心既信能燃火；
巧手无疑可摘星。

南山滴翠园

鸟啭青山，林绕云烟堪隐豹；
花香碧水，茶含仙气可回龙。

南山滴翠

倚南山，一树繁枝千滴翠；
凭玉盏，三钱新茗九霄香。

金山翠芽

白浪千重，潮涌金山赓佛理；
翠芽百粒，香飘玉盏续茶经。

拥军春联

虎啸龙吟，三军捷报千家乐；
风和日丽，百树梅花万户欢。

甲辰春联

龙盘铁瓮千家瑞；
潮涌金山万里春。

金龙呈瑞西津渡；
红萼报春北固楼。

江苏银行镇江分行

北固梅开，春笼千家金客户；
西津潮涌，龙盘万锭雪花银。

镇江港务集团有限公司

千面云帆通四海；
一声汽笛响三山。

江苏恒顺集团公司工会

恒以百年，酿得人间一味；
顺乎万里，领先行业几头。

航发优材（镇江）高温合金有限公司

振翮九天，谁锻鲲鹏铁骨；
扬名百业，但看宜地斯家。

招商银行镇江分行

浪涌西津谁兴业；
梅开北固乃招商。

广发银行镇江分行

龙舞京江，财源滚滚一江水；
鹊欢梅树，福气盈盈万户春。

太平洋财产保险镇江中心支公司

三山鼎立望安稳；
四海龙腾保太平。

玄武门

湖涵云影，日照紫金，起伏群山千里马；

树蕴春风，门开玄武，蜿蜒远客万条龙。

中华门

龙腾虎跃，史载此门，曾经拒敌藏兵藏酒；

日丽风和，今逢春节，多是结亲迓客迓宾。

中山门

钟阜盘龙，飘缈祥云诸岭上；

石城奔马，氤氲紫气此门中。

癸卯中秋云台雅集

月挂云台，清辉映照西津古渡；

灯悬市井，骚客吟哦铁瓮新章。

癸卯国庆

普天同庆，万众举杯，醉中华生日；

四海共巡，三军列阵，扬赤县国威。

华夏龙

雨泽九州，风传万里，人心共聚祥龙影；

名扬四海，德润千年，国难常凝华夏魂。

镇江锅盖面

队列长龙，缘因此面名声大；

汤浮锅盖，但得众人胃口香。

教师节

三尺讲台芳草地；
一方黑板碧云天。

粉笔一支，横书世界千般道；
讲台三尺，直播人生万种情。

张耀林（1962—）

江苏溧阳人。中华诗词学会会员，江苏省楹联研究会会员，镇江市诗词楹联协会特聘研究员，江苏大学梦溪诗社学生辅导员，润州区诗词楹联协会常务副会长兼秘书长。

镇江地名妙趣联

一泉二圣三茅宫，四明河净；
五里六圩七摆渡，八叉巷深。

润州建区四十周年

四十载春意习习，绿透江南岸；
卅万颗冰心片片，尽收碧玉壶。

官塘宝平法治文化广场

官山藏法宝；
塘泊映天平。

跑马山诗词楹联文化园

八骏奔腾争作客；
三山邀约去登云。

跑马山瞭望亭

海势无穷，容许三千波浪；
山门有意，释怀十万人家。

西津渡避风馆

三日梦飞天，持江舞彩练；
八圩生湿地，擘土取瓜洲。

西津渡玉山需亭

多少人，揽金银待渡；
无数次，迎江浪当风。

西津渡二翁亭

尊，练三军可都督，曹营听令；
鄙，为一仕值军师，汉胄合吴。

恒顺醋坊

前世不酸，一错成醋；
今生不辣，一厢涌香。

南山莲花洞亲子园

莲花洞前小羊可乐；
石榴枝后老马释怀。

金山社区睦邻廊

知己存海内，
睦邻达天涯。

高记面馆

杠面青葱来一碗；
鲜云香雾罩三江。

吴晓虎（1962—）

江苏镇江人。江苏省楹联研究会会员，江苏省书法家协会会员，镇江市诗词楹联协会会员，润州区诗词楹联协会理事。

北固山

江亭恨石，百年好合甘露寺；
铁塔擎天，千古兴衰北固楼。

金山寺御码头

楞伽诵经，雨徐风徐磬徐，声声悦耳；
信矶留影，山美水美人美，帧帧扬眉。

谢学好（1962—）

江苏扬中人。中华诗词学会会员，江苏省楹联研究会会员。

细雨生时，飞燕穿林疾；
微风起处，野花挟草香。

联合中心小学国学馆

养性自无时俗眼；
读诗端有古人风。

牡丹园

天香许我入禅净；
国色迎人驻足长。

新坝镇新治村悦来亭

闲心行处多临水；
清兴来时只寄诗。

新坝镇新治村文昌阁

向此诗情应得意；
从来文运永延昌。

题赠联合中心小学

传承国粹，激扬文字千秋韵，歌吟万里江山新锦绣；
改革课程，厚养书生八斗才，情注百年事业大华章。

庆祝改革开放四十周年

水润芳洲，岁月流金，四十年潮声演绎春天故事；
龙腾华夏，关河溢彩，八千里云路激扬时代强音。

献礼党的二十大

相看时代新，九州到处披锦绣；
争说蓝图好，万众同心向未来。

题赠扬中市新坝镇新治村

绿水青山，堤外三分野趣；
欢歌笑语，村中一派祥和。

蒋国清（1962—）

江苏丹阳人。中国楹联学会会员。

地雄吴楚，控南北咽喉，四百年高阁揽月；
水接京杭，汇古今文脉，三千里大运通天。

心　澄（1963—）

江苏东台人。现任中国佛教协会副会长、江苏省佛教协会会长、镇江市佛教协会会长、镇江金山寺和焦山定慧寺方丈。著有《浮玉清韵》。

华山古寺

妙澄圆通，随类化身游法界；
静观自在，寻声救苦度群迷。

无锡开原寺法雨堂

放大光明，敢向无生说妙谛；
得真解脱，须从华藏认如来。

慈舟禅师纪念堂

慈悲应生随缘化众，硕德丰功留大地；
舟以载物因圆果满，上品竞升趁圣天。

宝华山大雄宝殿

莲山环宝华，涌现大千世界；
法水绕隆昌，总持止作二门。

山长水远，路转林深，谁识得对境无情比佛道；
草动风吹，云飞月驰，哪知是迷心逐物总归真。

张康伟（1963—）

江苏溧水人，现居扬中。中华诗词学会会员、镇江市作协会员，扬中江洲文学社社长、扬中市长江拥军社社长。出版专著《岁月流沙》。

院深空挽月；
杯浅见流星。

客心怕沐三更月；
钓叟喜迎一汐潮。

门通幽径时闻鸟；
窗对清江偶见舟。

空山听叶落；
响水看帆扬。

柳钓西江月；
人迎北岭风。

雨霁云收千滴泪；
诗成墨染一袖风。

柳拂轻尘观竹语；
舟行澹水溯桃源。

陆洪寿（1963—）

江苏丹阳人。丹阳市食药监局原副局长。

秦王开邑，丹凤朝阳，自古为繁华福地；
季子封疆，白龙侍母，从来是忠孝儒乡。

杨世华（1964—）

江苏句容人。现任中国道教协会副秘书长、世界道教联合会副秘书长、道教协会会长、茅山道院住持，江苏省政协常委、中国道教正一派授箓大师。编著有《茅山道教志》《葛洪研究二集》《茅山道院历代碑铭录》《第一福地茅山道院》《福地句容》等。

葛仙观文化长廊

道通天地有形外；
山在虚无缥缈间。

仙缘到此多无路；
福地原来别有天。

元符宫文化长廊

青松幽映峰峦翠；
红日高悬涧水烟。

一壶天地开仙境；
百里风烟入画屏。

怡云楼

视之不见求之应；
听则无声叩则灵。

二圣殿

一方共沐平安福；
四序均沾雨露恩。

茅山元符万宁宫

道通天地有形外；
山在虚无缥缈间。

茅山九霄万福宫

东海寿添新甲子；
南山星转旧春秋。

秉烛焚香，讽真经而请福；
献花酌水，礼法忏以长生。

养性承天，仙教源流通圣教；
修真得地，华阳风景法嵩阳。

刘爱华（1964—）

女，江苏丹阳人。曾为镇江市江滨实验小学副校长、督学。镇江市陶行知研究会副秘书长、镇江市诗词楹联协会会员。著有《点亮心灯：我和孩子们的读书生活》。

才高八斗，解说楹联，平仄两行臻化境；
学富五车，传播文化，诗书二妙显风流。

学习勤奋争三好；
觉悟提高创一流。

郭春红（1964—）

女，江苏扬中人。中华诗词学会会员。

八一建军节

志在韶年，浴血沙场驱敌寇；
胸怀社稷，巡洋战舰护黎民。

粽　子

箬叶飘香，角黍抛江呼屈子；
苍民抚卷，龙舟击鼓悼诗魂。

题扬中

旭日蒸蒸，万道金光浮碧玉；
波涛滚滚，一江丰水润良田。

悼屈原

唱叹离骚于浊世；
奔腾楚水涌清流。

银山公园

清水湖边，碧柳迎风啼丽鸟；
凤凰阁上，仙人起舞抱银山。

反　腐

中枢击鼓同声激越，倡廉反腐高悬锋利剑；
大地飞歌经济腾飞，搏浪征程奏起最强音。

抗　疫

疠疫无情侵士庶；
人间有爱护神州。

贺张老家春先生百岁华诞之喜

精神矍铄，千龄寿域蟠桃艳；

盛世荣华，百载兰章玉酒香。

鲍荣龙（1964—）

江苏镇江人。中华诗词学会会员，江苏省楹联研究会会员，中华当代文学学会会员。

题镇江

北固山头，烟景迷人眼，霞映江天三国势；

西津渡口，涛声动客心，云横楼殿六朝风。

诗吟京口，浩气共潮生，六朝文脉西津渡；

词唱吴关，明霞随日出，千古风流北固楼。

题韦岗战斗历史陈列馆

青史几行千古载；

江南一捷万年传。

题官塘创新社区

筑巢引凤，菁英孵化高新地；

集技赋能，数字孪生智慧城。

南 山

雅韵高情，鸟外亭中无俗客；
浮烟叠嶂，飞云阁上有奇观。

题四明河

百叠芳林，十里沙滩腾彩雾；
一泓碧水，千寻岩翠映青波。

谢五四（1965—）

　　江苏镇江人。江苏省诗词协会会员，镇江市诗词楹联协会会员，润州区诗词楹联协会监事，凤栖苑诗社副社长。

润 州

官塘桥，明河水，知证千年古镇；
智慧厦，产业园，赋能数字新城。

十载新城可点可圈可贺；
千年古邑宜居宜业宜游。

王文接（1965—）

　　安徽安庆人。润州区诗协副会长，润州区诗协六普钻井分公司分会原会长。

合肥蜀山西麓读书联

一杯清茶，一山在望；
半卷野史，半日偷闲。

朱圣福（1964—）

江苏扬中人。江苏省扬中中等专业学校高级讲师。中华诗词学会会员，江苏省作家协会会员，《扬中人》杂志编辑。著有《烟沙集》。

献礼党的二十大

遥想百年前，举国昏沉，魑魅横行，伟哉先驱，南湖点亮明灯，自此红船载梦，扬帆破浪，万千志士，抛头洒血，终获得凯歌高奏红旗艳；

纵观寰宇事，神州崛起，人民奋发，贤也髦俊，京邑会商政略，于今新局开篇，守正创新，各界英才，潜海飞天，定迎来民族复兴国运昌。

华润八十年·润物耕心

寝甲枕戈年代，为救亡除旧，殚思竭虑，力排千迭险难，转运军需物资，功勋簿中含几页；

富民强国时期，凭瞩远瞻高，拓业开疆，发展多元产业，聚焦黎庶生活，业绩单上数一流。

镇江先锋

勇担使命，跑出强市快速度；
聚力三高，争来率先新荣光。

西津渡

旗帆照水，饷漕贾客千年渡；
殿阁流丹，逸友云车万里来。

赞扬中

何处觅诗情？水韵芳洲杨柳岸；
此中多才士，文经武律寸心间。

牛年春节新坝镇大楼挂联

手把红旗，排头勇立，项目聚，产业旺，江岛春潮激荡，雁阵争当领头雁；

肩担使命，党建导航，乡村兴，城乡融，圌东紫气腾祥，牛年甘作孺子牛。

新坝镇

居岛城洲首，拥三江风采，怀一品雄心，创千秋伟业；
立时代潮头，聚四海乡贤，赖全民鼎力，开万世太平。

赞新坝镇乡贤会成立

怀乡恋土铭记初心，新坝贤才开骏业；
励志敦行建功桑梓，三江碧水颂高风。

阅览室

书卷每开心逾静；
墨香常润气尤华。

百姓大舞台

百姓同歌，歌出心中多彩梦；
全民共舞，舞来村间奋扬风。

钱安文（1964—）

江苏丹徒人。供职于丹阳市市场监管局。中国楹联学会会员，丹阳市书法家协会副主席，丹阳市诗词学会理事。

西津渡二翁亭

云移月影诗铺韵；
风渡潮声浪叠烟。

钟　楼

江流北固千秋月；
风渡西津十里钟。

需　亭

亭下谋图期一统；
身前霸业竞三分。

恒顺醋坊

但使珍馐添百味；
莫教爱侣少余温。

丹阳市实验小学龚自珍楼

诗格无声，九州生气风云壮；
落红有意，万木滋情蓓蕾新。

丹阳市实验小学管文蔚楼

文采蔚然，数载师心频砺我；
烽烟弥漫，一身英气永昭人。

丹阳市实验小学杨守仁楼

种德依仁，万顷嘉禾呈画卷；
致知格物，一身厚学竞风流。

丹阳市实验中学戴伯韬楼

志存高远，一生足迹行知路；
著作长丰，万册教材智慧人。

全国最美乡村黄连山村

七峰横翠屏，烟雨锁楼，放眼村居尘世外；
一水涵清影，镜天垂柳，临窗人在画图中。

万善公园石舫

一湾春水闲垂柳；
两岸溪烟醉画图。

鸣　亭

石上鸣琴风送韵；
水中倒影月铺痕。

万善塔

千寻塔影天悬剑；
九曲潮声浪叠烟。

烟雨楼

登楼醉看湖中月；
隔岸闲闻寺内钟。

湖心亭

一帘烟雨诗含翠；
四面水光风画图。

藏书楼

万象胸罗藏子史；
无尘眼界读乾坤。

正门牌楼

看烟柳画桥，花香鸟语；
览水光山色，鱼跃鸢飞。

葛仙湖长廊

十里湖山辉胜迹；
一帘烟雨锁楼台。

三台阁

吴楚烟云收眼底；

汉唐星月落樽前。

句容大街牌坊

形胜东南，茅岭逶迤腾紫气；

名成句曲，仙湖潋滟泛崇光。

耿惠芳（1965—）

女，江苏扬中人。中国楹联学会会员，江苏省楹联学会会员，扬中市楹联学会会员，扬中市作家协会会员。著有《心荷集》。

云无定性随风乱；

海有胸怀聚水流。

纵是微身如小草；

向来义重似高山。

半窗绿色入诗眼；

一砚唐风留客心。

乡愁碎处诗缝补；

心事重时酒解愁。

叶底贪凉莺弄羽；
花间炫舞蝶寻香。

曲径往来无俗辈；
闲庭唱和尽骚人。

绿柳悬丝风把脉；
青荷照水月垂涎。

兰舟观北斗；
月夜听西厢。

戴志明（1965—）

江苏镇江人。镇江市诗词楹联协会会员。

绍隆禅寺

康熙礼佛殿堂上；
龙脉隐身禅寺中。

儒里古村

虹井流芳传万代；
紫阳世泽惠千孙。

圌　山

龙卧峰巅腾紫气；
塔浮涧底涌沧波。

古寺钟洪传洞壑；
层崖日焰映溪河。

葛　村

武冠群雄能御敌；
文齐众士可胜天。

华　山

银杏房前风送暖；
黄花塘里水含情。

捆山河畔，何人栽种山房银杏树；
古戏台前，哪位谱成乐府华山畿。

北固山

运筹帷幄瑜和亮；
博弈风云孙与刘。

刘绛昊（1965—）

　　江苏丹阳人。中国楹联学会会员，丹阳市委党校原常务副校长。

丹阳海会寺藏经楼

丈室灯不明，只容清净士；
禅堂香何在，今见读书人。

周文娟（1966—）

女，江苏镇江人。镇江市政协副主席，镇江市书法家协会顾问，镇江市诗词楹联协会名誉会长。

贺人民政协成立七十五周年

协以求同，聚八方良策；
商之成事，增九域动能。

贺柳诒徵研究会成立

国学大师，德施当代；
儒林泰斗，福泽后昆。

贺镇江市"三国演义"学会成立三十周年

倾心三国名城研究；
致力六朝文化传承。

题山水镇江

北水梵音传大地；
南山鹏调发新声。

泥叫人生

泥叫太平祈盛世；
艺臻大美入非遗。

百联进高企之科技局

虎辞旧岁，科技领先开俊业；
兔接新春，创新发展举鹏程。

百联进央国企

一水三冈，风光多壮丽；
四群八链，产业正腾飞。

绿水青山开丽景；
英才俊杰御苍龙。

王壮保（1966—）

江苏镇江人。现为镇江市京口区政协副主席、镇江市诗词楹联协会理事。

桃花坞小学

桃坞春长，书声悦耳冲霄汉；
花山路近，墨韵赏心耀古今。

中山路小学

沐雨栉风执杏坛，情萦子弟；
倚山枕水播文脉，名震苏南。

扬弱水精神，光芒直透三千丈；
振金鹏羽翼，风力扶摇九万程。

汤真洪（1966—）

号无香居士、菊花堂主，江苏镇江人。新疆乌鲁木齐书画院副院长、新疆乌鲁木齐美术馆副馆长，中泠印社副社长、镇江市书法家协会理事。著有篆刻作品集《江山入印痕》《南山烟雨》。

挽黄选能主席

求索实践，挥毫许我愧何有；
北固中山，遗爱在民不能忘。

赠王梅芳先生

竹屋梅窗，韵来远壑；
杂英芳甸，潮涌春江。

赠赵权升先生

妙在权衡运；
不为升斗谋。

赠吴峰枫先生

泉声晓破千峰碧；
枫色晴吹万木月。

赠罗金沐先生

金声玉振千年越；
沐日浴月百宝光。

眭　谦（1966—）

字印落，号由栟斋主人，江苏镇江人。毕业于北京外国语大学。现任清华大学国家形象传播研究中心智库专家、城市品牌研究室执行主任。有《由栟斋吟稿》，译作《鲁拜集》《莪默绝句集译笺》《鲁把亚惕：嚕蜜圣爱绝句选辑》。

题多景楼

浪逐英雄青史著；
楼悬日月镜光新。

张晓斌（1966—）

江苏盐城人。中华诗词学会会员，江苏省楹联研究会会员，镇江市润州区诗词楹联协会理事。

润　州

沐党恩，添虎劲，光前裕后，千夫逐梦生风骨；
顺民意，启鸿篇，废旧图新，百业争辉耀润州。

茅　山

玄门共善，宝地藏春，佑养千方富足；
道法寻真，茅山聚福，修生四海安澜。

恒　顺

天地同和，恒守一坛春趣；
诗风合雅，顺添几许酽香。

生态润州

辟北水盈州，共浴风和日丽；
邀南山许福，兼收鸟语花香。

西津渡

古渡陈舟，共拥双河万象；
轻风倚塔，同归一眼千年。

北固山

奇楼踞险，成江山第一；
白日悬空，对塔影如双。

隆昌寺

宗门开万丈，广纳尘缘，慈航有渡通天境；
戒律守三常，皆离苦海，福泽无边浴众生。

谷　雨

谷雨天成，已助青畴满目，山河不老；
人心泽惠，还来盛世千秋，日月昌明。

赞中国航天

客道寻踪，万里前程依北斗；
嫦娥伴月，九天浩宇过神舟。

水韵镇江

碧水盘珠，多景楼前浮嫩玉；
春风护岸，双河汇处漾清流。

梅岭玉

岭孕梅香石有春，皆成雅物；
玉逢匠巧肌如蜜，已得神工。

悼江苏抗疫巾帼英雄徐辉

悻悻春来，细雨蜂花频共涕；
徐徐斗转，英名日月可同辉。

悼李文亮医生

磊落心安，故后终还清白我；
从容哨响，生前未做是非人。

赞镇江荣获醋都称号

醉出三吴，艺领神州，未必心安满足；
香随百众，情生至味，当能品夺芳鲜。

贺多景诗社成立六十周年

多景花开，六十春秋承一脉；
百家辙合，三千曲律举群雄。

贺润州区诗词协会成立十周年

倾情国韵，群贤共约；
助力南徐，十载同歌。

庆祝建军九十六周年

耻若前车，催热血绵绵，我辈何曾忘国恨；
民成后盾，漾雄风浩浩，军威自可夺昆仑。

戴网生（1966—）

江苏丹阳人。中国楹联学会会员，丹阳市实验小学教师。

丹阳市实验小学叔湘楼

一代文宗，著书立说光华夏；
万人师表，正德厚生耀古今。

孙 捷（1966—）

女，江苏扬中人。中华诗词学会会员。

太平寺

焚香只盼人如意；
叩首唯求世太平。

新治村乡贤墙

文昌紫气云光远；
新治春江花月芳。

于文清（1967—）

字映碧，号香南，别署旧诗人，江苏镇江人。现为中华诗词学会会员、中国楹联学会会员、镇江市书法家协会主席、多景诗社社长。有《江干小唱》。

中泠泉

槛外停云，时当太守亲题字；
泉边照影，人到中泠自洗心。

金山文宗阁

临水依山，撑起东南一角；
怀今抱古，移来典籍千函。

云台阁

高阁起云台，葱茏林木留嘉客；
大江开画境，浩渺烟波带古城。

留取古风情，任天际霞飞，楼头云起；
展开新画卷，看山间崖翠，江上峰青。

西津春日丽，有巷陌千年，朝云暮雨；
北固画图雄，称江山第一，楚尾吴头。

鹤林烟雨景区

鹏调莺声，戴家琴谱；
朝烟夕雨，米老画图。

南山招隐寺

树影婆娑，当日曾遮萧寺宅；
烟光缥缈，此山长惹米家云。

招隐寺芝兰堂

此地可留连，桃花春水清犹浅；
其间堪啸傲，竹叶鹏声远更幽。

鼎石山积善寺伽蓝殿

鼎石画图新，水月云亭皆宝相；
楼台风日好，瓣香花雨太缤纷。

银山公园凤凰阁

高阁沐春风，宜雨宜晴堪啸咏；
大江散霞绮，好山好水足流连。

润扬大桥

千古大江横，隔岸琼花初照眼；
二分明月在，过桥玉蕊正逢春。

赠苏州书家林再成先生

千秋刷字君能再；
四海论书自有成。

赠镇江画家廖松涛先生

松子落樽前，水曲山阿留粉本；
涛声听江上，风朝雨夕立苍崖。

小楼听雨诗刊贺岁联

抹茶饶古风，卖花声里闲听雨；
把酒思佳客，望月楼头更放歌。

中镇诗社贺岁联

竹叶岁年长，六朝风度真无我；
梅花诗格老，千古江山代有人。

丁卯许浑别墅看山楼

逸士多归棹；
诗人饱看山。

丁卯许浑别墅溪亭

来访散人三亩宅；
归携高士一溪云。

北固楼联

春水一湾，金焦在望；
琼楼百尺，少长咸来。

南山云锦茅亭

如许春光，可堪杜宇；
但凭骚客，筑此茅亭。

官塘新城四平山公园

独占烟霞，千古官塘秀江左；
新开画境，四平山色美城南。

妙高台

游山诸事了；
见佛一言无。

贺西安碑林创建九百二十周年

百尺楼台，苍松掩映；
千年碣石，翠墨纷披。

京口桓王亭

往事随风，天下英豪争霸主；
新亭证史，江东父老忆孙郎。

赠柳曾符先生

铁瓮城高，柳家新样传京口；
金山寺古，江左清风集海门。

题招隐寺

山里久无招隐者；
林间大有听鹂人。

招隐楼前山欲活；
听鹂馆外鸟争鸣。

南山北入口

诸峰静抱云中树；
一径幽通画里山。

郑为人（1967—）

江苏镇江人。镇江市诗词楹联协会副会长，镇江市书法家协会副主席，江苏大学艺术学院副教授，镇江诗书画院执行院长。

焚香磨墨，傍崖拓帖；
扫叶烹茗，竹院听风。

长河夕照千尊佛；
大漠风吹一纸经。

持麈妙高台对空说法；
结跏大彻堂闭户参禅。

高士观云忽有妙悟；
仙人瘗鹤今传佳铭。

培松置石，乃为娱目；
课字焚香，犹可静心。

松亭临涧好听瀑；
古刹傍崖常看云。

杨 镇（1967—）

江苏镇江人。中华诗词学会会员，中国书法家协会会员，镇江市书法家协会副主席，镇江市润州区文联副主席、镇江市诗词楹联协会特聘研究员。

闻捷纪念馆连廊亭

陕北江南藏画意；
天山雪域蕴诗情。

庆祝新中国成立七十周年

七十载砥砺前行，走进新时代；
五千年沧桑巨变，改造旧山河。

青山绿水，伟哉神州皆盛景；
国泰民安，于穆华夏臻小康。

田　冰（1967—）

江苏镇江人，中华诗词学会会员、镇江市诗词楹联协会特聘研究员，镇江市润州区诗词楹联协会副会长、润州区朱方诗社社长。有散文集《爱的天堂》。

救生会

白浪翻腾江上险；
红船急救过客生。

陈春华（1967—）

江苏丹徒人。现为镇江市诗词楹联协会会员，镇江市外国语学校视导室主任。

学校子敬亭

虑远谋深，鼎足江东施至策；
文韬武略，三分天下建奇勋。

包昌升（1967—）

江苏镇江人。丹徒实验学校校长，特级教师。

文泽亭

秦篆汉隶，千年不朽；
唐诗宋词，百代流芳。

丹徒实验学校

国学共承传，传教求知，知行并重崇真善；
英才凭化育，育人立德，德艺双馨树栋梁。

庠序沐新风，融合古今，恢宏教化千秋盛；
源头来活水，贯通中外，厚重人文一脉香。

殷　明（1968—）

江苏镇江人。曾为丹徒区政协学习文史委主任、丹徒区诗词楹联协会副会长兼秘书长、丹徒区作家协会主席。

四方桥村牌坊

盛世当春宜共乐；
江洲如画好长吟。

四方桥村史馆

史记村风雅致；
馆传民俗光华。

闻捷诗歌馆六角亭

亭开无限山村景；
湖聚几行大地诗。

闻捷诗歌馆船舫

风正帆悬，放歌新时代；
潮平岸阔，赋诗好年华。

赵永东（1969—）

　　江苏丹阳人。中国楹联学会会员，江苏省诗词协会会员，江苏省楹联研究会会员，镇江市诗词楹联协会理事，丹阳市文联副秘书长，丹阳市诗词楹联学会会长。主编有《曲阿诗综》《曲阿词综》等。

万善公园万善塔

一叶一花清世界；
万慈万善大菩提。

大浪淘沙，九曲潮千帆竞渡；
初心纵笔，三维画万里回春。

丹阳市实验小学鸣凤楼

雏凤声清，响彻梧桐秋雨；
征程路远，映含桃李春晖。

陆晨光（1969—）

江苏扬中人。

端　午

角粽无声，佩兰君子端千古；
菖蒲有意，怀瑾故人觉万方。

文博书香园

相寻妙意金文在；
独运匠心宝墨留。

千金难买尘嚣静；
独客习知水宿闲。

午夜观天云读月；
晨明煮石竹援琴。

座间谁谓知音少；
堂上相欢得句多。

春衫不觉晚来雨；
竹杖犹迎晓起云。

清思归来清入骨；
淡晴开去淡萦心。

松擒险石枝凝雾；
脚踏青山袖揽云。

赵臻磊（1969—）

江苏丹阳人。中国楹联学会会员，丹阳市实验学校原副校长。

丹阳市实验学校太极园

阴阳有道，进退自如方智慧；
虚实无恒，张弛并重始从容。

赵 伟（1970—）

安徽无为人。毕业于安徽师范大学，曾任镇江市诗词楹联协会副会长，镇江市书法家协会副主席。

米公祠

虹县法书米公帖；
苕溪诗卷研山铭。

米 芾

集诗书画不拘一格，势若危峰，形同流水；
与蔡苏黄并列四家，性多怪异，情更癫狂。

咏 茶

一壶春色，尽收来碧涧泉声，青峰岚气；
满室炉香，好悟得禅心有定，世事无求。

无为中学七十周年校庆

无为笃志，七十载春秋，孜孜不倦育新苗，梦想国之风采，夺目长城，内外惊讶，韶华无悔；

秀水腾波，一万年岁月，滚滚狂奔炳史册，高扬师者情怀，投身教学，炎寒淡待，豪气何休！

翰墨情怀

香誉镇江，艺海丹青添秀色；
情浓苏水，联坛翰墨溢奇香。

吴楚书香，志益诗联当会友；
水山笔阵，情弥墨楮自成群。

云开寄意，楹丹吐锦香中外；
夜静挥毫，联美生花灿古今。

名城胜地，商贾往来，韵写千年，大江南北豪情壮；
盛世新风，文人鸣和，联襄首届，华夏东西翰墨香。

施建红（1970—）

江苏丹徒人。现为镇江市诗词楹联协会会员，镇江市外国语学校党政办主任。

学校报告厅

教育领航，文通四海；
文心筑梦，教泽九州。

戴永兵（1970—）

江苏句容人。中华诗词学会会员，江苏楹联学会会员，多景诗社社员。句容市作家协会副主席，句容市诗词楹联协会副会长。

句容鲜鱼巷牌坊

道脉相承，商气至今繁古巷；
人心可得，高风依旧沐新城。

反　腐

世事无常，终是慈悲应有度；
人心莫测，须知欲壑最难填。

寺　院

以戒为师，慧根能断妄；
从心而悟，法眼可通天。

挹江门

六百年风雨，壁立雄关，一线雉堞呈异彩；
七千里大江，云腾浩气，十朝胜地竞风流。

玄武门

谯楼耸翠，飞阁流丹，千顷湖光堪入画；
览物骋怀，登临送目，六朝胜迹最宜人。

栖霞天开岩

摄性养心，浪叠千重禅语净；
山环水曲，天开一线念头宽。

栖霞寺

烟雨摄三山，长虹万里湮空幻；
丛林论二谛，镜水一泓照相心。

浙江陈府庙

殿宇重修，祥光参北斗；
神灵共喜，仙法佑东瓯。

清莲亭

纵情天地，暂借清风抒快意；
放眼古今，聊将碧水洗尘心。

宝华山

天开翠嶂，古寺千年传凤诏；
地涌金莲，间门六度觐龙光。

龙藏浦

善政造明时，草木咸承雨露；
初心开盛世，间阎尽被恩荣。

宝志公祠

迷岸回头，三分善积；
修行驻足，一篑功亏。

大圣塔

圣塔摩云，画意诗情收眼底；
仙湖映月，天光水色甲江南。

句容中街

山水交辉，句曲长街遗古韵；
人文共享，容城胜迹漾新风。

句容东门

佐铁瓮，卫金陵，一脉人文呈异彩；
接朝阳，迎素月，千年古邑孕辉煌。

兰　州

万米回廊，流丹耸翠；
千秋胜迹，韫玉涵珠。

山房听雨，台阁枕云，一脉皋兰竞秀；
丝路鸣沙，蓝关拥雪，千秋戎马争雄。

题赠中国好人

信义可钦，业到精诚方鼎盛；
仁慈堪表，心臻至善最阳刚。

陈 瑶（1970—）

女，江苏丹阳人。中华诗词学会会员，中国楹联学会会员，多景诗社社员，丹阳市诗词楹联学会副会长，师从熊东遨先生。

建山兰陵亭

萧家功绩千秋颂；
史册名篇万代传。

书卷涵灵气；
层楼绕紫烟。

月升花影动；
石响古音来。

运河浮日月；
石刻记春秋。

严锁琴（1970—）

女，江苏丹阳人。中华诗词学会会员，江苏省楹联研究会会员。

万善塔

塔上层霄，有推云揽月之势；
名为万善，修济世安民大功。

吴　彬（1970—）

江苏丹阳人。中国楹联学会会员，丹阳市实验学校教师。

丹阳市实验学校正德楼

立德树人扬正气；
笃行求善育英才。

韦朝霞（1970—）

女，江苏丹阳人。江苏省楹联研究会会员，丹阳市诗词楹联学会理事。

万善公园

飞檐彩柱蓬莱境；
丽日清风万善园。

郑朝霞（1970—）

女，江苏丹阳人。丹阳市实验小学原副校长。

丹阳市实验小学鸣凤楼

凤鸣大泽，诗声绝响冲霄汉；
梧沐朝晖，才品高标列栋梁。

苏文生（1970—）

江西赣州人。江苏省楹联研究会会员，江苏诗词协会会员，赣南诗词楹联学会会员，江苏省诗词协会会员。

文心楼

月上三更梦，唐风寂寂涤诗胆；
灯前千卷书，宋雨茫茫沐文心。

贺镇江市诗联协会第七届
会员代表大会胜利召开

吟七届芳情，文当载道，笔落惊风走平仄；
颂三山气韵，曲足养心，诗成沐雨定乾坤。

赵士兵（1971—）

江苏东海人。

菁莪楼

观道池中玉；
澄怀楼外山。

凝晖亭

四面松风琴韵；
一园梧月书声。

步小妮（1971—）

女，江苏镇江人。中华诗词学会会员，润州区诗词楹联协会理事。著有《清风明月》等。

春 日

绿染长堤，一湖细雨千丝柳；
红飞远岫，十里烟霞万亩桃。

秋 日

凉生远树九秋爽；
红洒澄湖一日高。

登 顶

人立峰巅，万壑顿消烦恼去；
神游八极，九天喜送爽风来。

长 江

下高原，穿三峡，越险滩，一路奔腾归碧海；
融雪水，溉万民，滋丰野，千秋迤逦舞苍龙。

常耀中（1971—）

江苏镇江人。中华诗词学会会员，中国楹联学会会员，镇江市诗词楹联协会特聘研究员，镇江市书法家协会副秘书长，润州区书法家协会副主席，润州区诗词楹联协会副会长。

常氏族联

开平绵世泽；
忠武振家声。

神仙府

清虚上境神仙府；
绿野人家宰相门。

婆娑岸柳随风舞；
宛转花溪任棹游。

万籁清光瓜步月；
三更气势海门潮。

桐花半亩因春雨；
修竹几竿饶古风。

抚帖从来多古意；
挥书自是一清流。

文德忠（1971—）

江苏句容人。中华诗词学会会员，曾为句容市诗词楹联协会常务副会长，多景诗社社员。

龙年贺岁

一轮花甲又龙首；
几世鸿图更凤章。

李宗海先生诞辰一百二十周年纪念

春风桃李成多景；
江海鱼龙宗巨鲸。

某校孔子像

师宜六艺；
学以四教。

一马先制衣集团

一马当先三十载；
万衣皆可半边天。

文昌书院

履职当推国富；
读书必定文昌。

恒顺香醋

人生五味永居首；
醋意百年恒顺心。

崇明小学十年校庆

崇文十载；
明道半城。

江苏省"小康"主题联墨活动

人间大道；

天下小康。

挽凌启鸿先生

人人加饭先生梦；

处处诵诗长者心。

送别金庸

先生乘鹤去；

寂寞破空来。

言恭达基金会

温恭存雅韵；

信达立良言。

虎年除夕

守株待兔因民主；

放虎归山为自由。

中国米芾书法公园米帖林

寻常巷陌非常帖；

第一江山独一人。

泰　山

山尊五岳，河宗四渎，焕焕山河称泰岳；

礼服景公，义责季孙，煌煌礼义起周公。

安　徽

试论鸿章安独秀；

敢称天柱自齐云。

胡红林（1971—）

女，江苏句容人。中华诗词学会会员，中国楹联学会会员，句容市诗词楹联协会副会长兼秘书长，多景诗社社员。

贺镇江诗词楹联协会第七次
会员代表大会胜利召开

七届禳英，引文化潮流，创京江诗派；

百年风雨，随才名远播，传大国律音。

西津渡救生会

慈航普渡，沉浮生死非天定；

接引往来，熙攘东西护客安。

西津渡宝葫芦

铁推日月，可画千年春色；

壶熔乾坤，能容万水云山。

千华古村杨柳泉

翠缕千条施雨露；

澄泓一路逐溪声。

千华古村醉巷

踉跄中尝尽人间冷暖；
俯仰后已知眼底荣枯。

千华古村龙藏浦

石涧腾云，昔日龙吟鸣一浦；
秦淮笼月，至今王气绕千华。

千华古村尽纳山光

天落莲花，霞开胜境云封护；
人行御道，壑出清音水磬敲。

千华古村秦淮水阁

四面珍珑，莲花托水龙门去；
一台缥缈，瑶月凌烟凤阁升。

金　陵

天险长江，龙盘虎踞，护得六朝王气，千年吴楚，
依然飞燕子；
文枢古渡，鹤舞凤鸣，倾听三国霸图，十里秦淮，
不唱后庭花。

葛仙湖公园

月满华阳，千载文昭书雅韵；
云横石壁，一城水墨绘清华。

立　春

柳径藏春，千卷风流千卷梦；
梅园沐雨，半笼清绝半笼烟。

惊　蛰

千山承雨，云马探头寻铁马；
一夜奔雷，地龙破土望天龙。

清　明

紫桐花发，昨夜香尘笼月色；
青柳丝垂，谁家新火着春烟。

大　暑

时是伏天，霹雳一声云打滚；
今宵吴地，吟猱三叠夜深沉。

白　露

蔓草离离，寒露稍侵明月影；
西风漠漠，白云更懂故人心。

秋　分

月瘦暑寒交替有；
谁分昼夜一般长。

夜　雪

连宵玉甲妆清骨；
隔世鸿毛化白头。

厅 堂

四面清仪兰室静；
一团和气竹窗明。

句容新茶

倚月下幽篁，风至斟杯桑落酒；
取溪头活水，客来煎盏雨前茶。

赛龙舟

舟跃波翻，御风扬起万沙浪；
桨飞号响，穿雨拔来一锦标。

龙泉青瓷

千年宋韵，烈火烧成青若玉；
万片泥坯，流云破处雨如烟。

乡村振兴

时代新村，路通河净民欢喜；
人间美境，树合云深天静和。

中华门

华夏龙吟，一片景云呈盛世；
中门虎踞，三山瑞气护金陵。

集庆门

集岁月华光，草木扶疏，流金生锦绣；
庆山河多丽，烟霞散漫，举日舞红巾。

太平门

杨柳探头，红日开门王者路；
麒麟对舞，青云举步太平人。

仪凤门

仪景出山知令序；
风姿指路绕祥云。

中山门

彤云西入，开幕无非望汉月；
紫气东来，出门即是后花园。

南京地铁鸡鸣寺站

晨起鸡鸣，霞光施佛地；
兔归龙啸，春色访山门。

苏州地铁狮子山站

璀璨狮灯，照应金龙，衔福穿山过；
缤纷鹤羽，招来青鸟，报春破蕊来。

苏州地铁花桥站

花信已装车，顺发沪郊飘锦幄；
春风正带路，飞驰村市上云桥。

无锡地铁蠡湖大桥站

湖拥十方，波光潋滟斟春色；
桥横五里，虹影玲珑载路人。

赵宏林（1971—）

江苏镇江人。中华诗词学会会员。

日出江花，报恩塔巍巍生彩；
月浮山阙，五峰桥煜煜壮观。

施华琴（1971—）

女，江苏丹阳人。中国楹联学会会员，丹阳市诗词楹联学会理事，丹阳市实验学校副校长。

丹阳市实验学校陶园

博爱良师，放眼自然皆学问；
求真大道，置身生活有文章。

董国军（1972—）

自号昆阳子，别号燕鸥堂，河南叶县人。现就职于江苏大学迎松书院，任镇江市诗词楹联协会副会长、多景诗社副社长兼秘书长，中华诗词发展基金会诗人之家会员。著有《岘堂诗稿》《近体诗写作十二讲》（合著）等。

文宗阁

文脉传延，书山有路；
川流汇聚，学海为宗。

焦山东大门

山立海门，东接翠微生一径；
江流京口，西分瑶碧出重霄。

北固楼集句

水撼金焦，天低吴楚；
气吞湖海，雄镇江淮。

多景楼

楚水吴山，不假丹青重点画；
南疆北界，难凭沟堑自兴亡。

西津渡小山楼

斜月秋江，时见两三星火；
小楼春梦，又来一宿行人。

云台阁

杰阁临江，观水能穷千里目；
雄风拂槛，凌云直上最高楼。

碧水浮天，与三山同翠；
飞云到海，共百舸争流。

南山文心楼

濯我冠缨，山林招隐；
涤人心肺，城市增华。

鹤林寺

鹤聚龙蟠，于真俢处皆能成志业；
林幽山静，是大德来都会结因缘。

茂叔祠

不染不妖，花中君子；
明心明理，学界圣人。

杜鹃楼

阆苑花开，每对大千春烂漫；
殷仙人去，难逢重九舞蹁跹。

南山六艺馆书馆

山磨黛墨天开纸；
水染斜阳柳蘸金。

醋　都

醯醋成都，因恒而顺；
江山为邑，既美且真。

京岘山宗泽墓

故国望中，九派横流终到海；
青山梦里，一心北渡欲回天。

丁卯别墅看山楼

由燕裁云山作画；
因风摇柳水成文。

宜园有宜书房

有山有水有嘉木；
宜画宜诗宜读书。

宜园金陵厅

杯酒往来，俱是春秋佳日；
诸天欢喜，可无山水幽情。

劝　学

能汇众流方到海；
已凌绝顶更摩天。

中山路小学

天地无非仁者，修身须敬；
春秋必有章乎，践道遂行。

多景诗社成立六十周年

周甲来斯，日月重阳光旧社；
其文备矣，江山多景助新诗。

纪念李宗海先生诞辰一百二十周年

宗承魏晋，诗书两妙；
海纳江河，德艺双馨。

句容东大街太平门

道走金坛，一痕青出遥天外；
山连铁瓮，九曲溪流碧嶂中。

句容西大街致远门

车马舟船，人物每从寒野出；
洞天福地，衣冠多自上都来。

句容四牌楼

里巷纵横，今时长照昔时月；
天章灿烂，新学遥分旧学香。

句容鲜鱼巷

地坤厚德，德之载物原于厚；
巧令鲜仁，仁者爱人鱼以鲜。

曹明军（1972—）

江苏镇江人。现任镇江市京口区政协秘书长、镇江市诗词楹联协会理事。

金　山

出水芙蓉留胜景；
立山宝塔映奇峰。

陈　荣（1972—）

字逸尘，号醉墨山人、醉墨轩主人，江苏镇江人。国家一级美术师，职业画家，诗人。美国国家邮票入选艺术家，文化部艺术人才库入库艺术家，文化部首届书画艺术评审优秀艺术家。书画作品获得"'羲之杯'全国诗书画家邀请赛"一等奖，诗词楹联作品被收录于《龙腾中华楹联大典》《中华诗词楹联名家录》《新编唐诗三百首》《中华诗词名家丛书》等，并荣获《中华诗词报》首届"十大词王"称号。

金　山

柏翠松青，雨后金山蒸霞蔚；
桃红柳绿，风前玉树舞霓裳。

圌　山

极目闲观，锦绣圌山如画卷；
纵情雅赋，和谐港口谱诗章。

南　山

登山远眺，满眸竹影空邀月；
踱步闲行，一径花香醉赋诗。

北固山

云幻峰峦，卷雨凝霞浮海市；
月移舟影，飞花落叶满天涯。

南湖公园

客至南湖，独酌花间酒；
人游北岸，同吟柳畔风。

焦 山

瘗鹤长存，沉醉江心千古月；

海门永固，舒怀岛上四时风。

西津渡

瘦月如钩，米芾曾把闲愁钓；

微风若扇，苏轼还将笑语留。

宝塔山

遍野寒香，欲写梅花无妙句；

漫天雅韵，常聆竹笛有仙音。

金山湖

夜深人静，风摇花影随月碎；

云散烟消，雨打荷盘伴蛙鸣。

长 山

鹤舞云舒，绚丽风光谁叫好？

松遮月映，空蒙山色客称奇。

沈括故居

清白做人，何用求名逐禄；

安心处事，不妨养性修身。

茅 山

人间福地，山幽水静云何往；

世外仙居，月白风清鹤自来。

左朝芹（1972—）

女，河北邢台人，现居镇江。中华诗词学会会员，江苏省楹联研究会会员，镇江市诗词楹联协会理事，润州区诗词楹联协会副秘书长，《江海诗词》编辑、《润州诗词》副主编。

习近平总书记考察江苏

几句叮咛，一片深情，温暖江苏大地；
千家携手，多方合力，再生扬子雄风。

狼牙山五壮士

纪念塔前，翠柏裁云怀壮士；
狼牙山下，幽兰泣泪慰忠魂。

北固山

北固干云，独立长江萦紫气；
盛名贯古，全凭京口出文豪。

文心楼

一脉文心，坐揽清风雅士；
层楼秀色，行吟盛世华章。

贺镇江诗联协会第七届理事会胜利召开

七届同行，四季吴歌传古邑；
千帆竞渡，一江浮玉载群英。

宝塔路廉洁文化长廊百姓亭

名嘴讲名家故事；
宝亭传宝塔新风。

镇　江

江河交汇，黄金水道千帆竞；
鼓角齐鸣，魅力山城百业兴。

润州实验小学"城市山林书法长廊"

黄鹤亭廊，飞舞南山韵；
名家翰墨，昭彰学苑风。

中远稀土

以稀为贵，宾客纷纷至；
化土成金，财源滚滚来。

邱建国（1972—）

江西武宁人，居镇江。中华诗词学会会员，江苏省楹联研究会会员，镇江市诗词楹联协会特聘研究员，《润州诗词》责编。

镇 江

创业创新，跑赢全域加速度；
诗魂诗境，催化主城古雄风。

北固山

第一江山称北固；
三分鼎国话东吴。

文心楼

楼台掩映，文苑清风，一片丹心开画本；
日月招邀，善园隐德，千秋浩气壮诗篇。

瞻仰周恩来故里

淮水春生烟雨盛；
西厅院落海棠轻。

肖　政（1972—）

江苏镇江人。镇江农商银行职员。

一杯清酒醉；
满院桂花香。

清风拂面；
朗月盈怀。

案前挥毫泼墨；
窗下挑灯读书。

梅花煮酒伴君醉；
玉指弹琴为尔忧。

蒋红军（1972—）

江苏丹阳人。丹阳市实验小学党总支书记。

丹阳市实验小学自珍楼

稚趣童言，喜见新苗初拔节；
勤耕细作，乐于老骥久栽培。

裴 伟（1973—）

江苏扬州人。镇江市诗词楹联协会特聘研究员，镇江市文艺评论家协会副主席。

赞江苏润扬长江公路大桥

一桥飞渡，淮海二分明月；
三山鼎立，京江两岸春风。

挽常州文史学者钱璱之先生

事业系毗陵，光百年劲羽词林，长使冰心照炜管；
生涯泽京口，历两纪擎旗教苑，群钦风节哭庙门。

挽周仲器老师

吟写每从新格律；

归来还遭旧生涯。

镇江崇实女子中学复校并一百三十周年志庆

是崇是洁，如玉如冰如秋水；

唯实唯新，种桃种李种春风。

赠扬州评话艺人黄俊章

俊彦留宾，舌粲莲花甘露寺；

章回览胜，月迷津渡妙高台。

奉赠高密管谟业先生

大地高粱，在朝在莫，炜管敬寰海；

名山巨业，立德立言，鸿谟建极荣。

2008 年赛珍珠纪念馆落成

山水有情歌大地；

珍珠无价映华堂。

王育春（1973—）

江苏镇江人，中小学高级教师，任职于润州区教育局。中华诗词学会会员，江苏省楹联研究会会员。

江南新村中心景观

叠翠西津，遥望云台阁中，客留画里；
流丹宝地，近观百花洲上，春到江南。

润州区实验小学"城市山林书法长廊"

心随鹤舞松声远；
笔似虹飞墨色新。

西津渡

浪涌云来，风雨千帆渡；
秋高人远，江天万里行。

邢灿华（1973—）

湖北黄梅人，现居镇江。中华诗词学会会员，中国楹联协会会员，镇江市诗词楹联协会特聘研究员，江苏大学梦溪诗社学生辅导员，润州区诗词楹联协会诗词研究员。著有《夏花》《三代吟草》。

初　春

碧水黛山，始信春风能作画；
金声玉韵，岂知青鸟也吟诗。

润　州

北水扬帆，不负繁荣新时代；
南城策马，共燃富美大情怀。

教师节

父乐教、吾乐教、女乐教，三代知教坛有道；
幼勤学、壮勤学、老勤学，一生品学海无涯。

女沁梅侄书畅同登一本高校

梅展千姿，不负十年冰雪苦；
书知三味，可教万代凤凰鸣。

虎年新春

龙城遇虎年，好一派龙虎气象；
牛劲加马力，须十分牛马精神。

兔年新春

金虎稳步登峰，披星辰璀璨；
玉兔潜心逐梦，喜家国繁华。

家乡黄梅

大美黄梅，山清水秀宜居地；
中兴赤县，日朗风清乐业天。

润州区侨联新阶层联谊会

新时代，新阶层，同追中国梦；
大情怀，大雅地，畅叙润州缘。

祭武汉抗疫英雄

是何人，雪里抱薪，鹦鹉洲头乘鹤去；
经此疫，樱前抛泪，珞珈山上望云飞。

悼陈宏嘉先生

南徐飘雨，黑板犹存风雅律；
北固涌潮，青山尽育桃李枝。

朱继红（1973—）

江苏丹阳人。中国楹联学会会员，江苏省诗词协会会员，丹阳市诗词楹联学会副会长。

湖光泛起千层色；
塔影深藏百世功。

烟雨楼台听寂寞；
风云人世看从容。

魏　云

女，笔名紫薇，江苏镇江人。从事市级机关文字和外宣工作多年。古典诗词爱好者，曾在今日头条等平台发布诗词联作品2000余首（副），作品散见于国家文化类重点期刊，偶有获奖。

题南山招隐寺

一脉泉幽，其间隐至情，烟径鹤林钟秀气；
千年弦绝，此处寻真乐，琴台萧寺蕴清晖。

题文心楼

取幽城市，藏墨文心，为赊来凤藻龙章，椽笔登楼成妙契；
属意山林，结缘梅籍，当约得湖波竹月，茶烟叙友共华年。

题伏热花海秋韵

芦花吹雪色，粉黛点疏林，雁书一字行行醉；
蛮语沁霜华，晴云归远岫，秋结寸心脉脉香。

题二十四桥

月色隐前朝，问桥畔箫声，吹来可是东君意；
烟花同古韵，掬湖心春梦，瘦却难猜西子情。

题锦溪古镇

泽国桥乡，菱歌叠韵长，玉浪金波连锦带；
莲池阁影，文气流香远，名人逸士共诗怀。

题秋日兴福寺

零落桂香，递千般秋意，怯添少府诗中韵；
寂寥潭影，空一片禅心，长对米碑亭外山。

题中秋金鸡湖

一壶桂酒，几处笙歌，又逢佳节姑苏美；
十里镜湖，半堤烟柳，也傍清欢秋月圆。

题云栖寺

一径泉声，僧迹今何在？烟霞古寺穿云去；
半山岚气，禅音岂忍闻，风雨幽篁入梦来。

题西湖夕照

落日熔金，长桥堤树镀彤晕；
归心化箭，短棹湖舟梭碧痕。

题大唐贡茶院

花影竹篁，静一帧流光，春水泠泠煎紫笋；
茶经鹤梦，虚千年写意，唐风隐隐落清欢。

题绵山

世外真缘，看殿宇僧楼，古刹钟声流日月；
晋中胜景，访云峦鹤梦，先贤足迹写春秋。

题白公祠

襟水抱山，琵琶浅浅吟，半亩旧祠无墨客；
残红冷碧，巴蜀深深忆，几州刺史一贤官。

题黄果树瀑布

人间胜景，瑶台忘四时，雾集云蒸腾白练；
天上奇观，银汉泻千里，珠飞玉溅碎冰弦。

题滕王阁

孤鹜三秋，高阁接从容岁月，望中不尽洪都梦；
俊才一序，妙思凝逸秀风流，吟处犹馀赣水情。

题"九·一八"历史博物馆

白山黑水，惟思恸柳湖，关河血溅狼烟寂；
傲骨初心，勿忘镌奇耻，华夏帆悬壮志酬。

合咏"杜宇"

每思望帝催农事；
犹唤东君绿蜀门。

合咏"蝴蝶"

春风破茧楼台会；
霓羽换妆花月逢。

分咏"农民""医生"

绿野人勤催布谷；
白衣爱满战瘟霾。

分咏"火炉""书店"

煲红煮绿三冬暖；
博古观今万卷香。

分咏"台灯""莲子"

伏案书闲明晚境；
缘溪品苦悟禅心。

姜艳玲（1974—）

女，江苏丹阳人。现为镇江市中山路小学教师、镇江市诗词楹联协会会员。

常青四季松作伴；
苍翠一生竹为邻。

满屋诗书添丽景；
一园桃李笑春风。

唐爱莲（1974—）

女，江苏丹阳人。中国楹联学会会员，丹阳市实验小学德育中心主任，丹阳市诗词楹联学会理事。

丹阳市实验小学《鸣凤报》

雏凤竞鸣，声清高阁；
碧梧流彩，辉映朝阳。

徐林鹏（1974—）

江苏丹阳人。江苏省楹联研究会会员，丹阳市诗词楹联学会副秘书长。

实验学校孔园

千年儒圣弦歌远；
百代仁师德望高。

清风拂槛桐音起；
明月临园石径幽。

张晓波（1974—）

女，江苏武进人，居镇江。镇江市诗词楹联协会特聘研究员，镇江市作家协会理事，润州区诗词楹联协会原副会长。

镇 江

襟吴带楚呈华景；
大爱小城涌好人。

持剑诀，凝气神，心似游龙舞；
稳身形，定睛目，势如猛虎行。

初心即我心，心心相印创功绩；
国运连家运，运运回环享太平。

郭荣喜（1974—）

江苏镇江人。镇江市诗词楹联协会会员，宝塔路小学诗社诗教指导老师。

蜓立莲蓬伤夏逝；
蝶沾玉露喜秋来。

检点流年，疑有风霜吹过鬓；
翻开长卷，恨无功德立于书。

题知音

摩诘渭城把酒，送元二；
伯牙坟地绝弦，为子期。

清明缅怀武汉抗疫殉职白衣天使

削发逆行，勇把香魂昭日月；
舍家救难，敢将热血写春秋。

许艳燕（1974—）

女，江苏镇江人。宜城中学教师。

向善索真，学大鹏扶摇而上九万里；
求实尚雅，追雏凤和鸣则潜四海声。

诗情文笔，写太平盛世；
画意校园，传千古文章。

滔滔不绝，三千圣卷传天下；
默默耕耘，半世春秋育俊贤。

张涵宇（1975—）

　　笔名钝笔无锋，江苏镇江人。镇江市诗词楹联协会理事，多景诗社副秘书长，诗昆论坛总版主，著有《闲呓集》。

南山六艺馆御馆

御雄兵，寒微奋起，鞭扬千里开疆域；
循陋巷，贤达长存，风过百川有豪英。

乐　馆

梅花三弄伽陵驻；
玉盏千钟奥义生。

康复医院百年庆典

数代悬壶施妙手；
百年济世显仁心。

贺多景诗社六十周年

上攀唐宋，毓南徐文杰无量；
雄踞楚吴，歌北府家山有情。

赠　友

风清月朗清凉府；
竹翠茶甘温富家。

辛丑迎春联

招隐山青春澹荡；
扬子水碧福延绵。

庚子联

上医勠力驱时疫；
九域拨云待新晴。

赠小女

承远志，朱梅香馥苦寒后；
迓东风，张柳翠浓芝苑前。

陈稳宇（1975—）

　　字鲁人，山东庆云人，居镇江。现任润州区文联主席，市、区诗协会员，国家一级美术师，中国楹联学会会员，中国硬笔书法协会理事，镇江市硬笔书法家协会副主席兼秘书长。

廉　洁

清风有意林中出；
廉政开源觉悟来。

老家祠堂

发豫子孙传千代；
庆云宏业耀九州。

题朋友老屋中堂

草堂里鸿儒谈笑；
野径中松鹤唱酬。

段世雄（1975—）

陕西华阴人。中国楹联学会会员，丹阳市诗词楹联学会理事。

善举何求亲友见；
乡愁自有故园知。

李　斌（1975—）

江苏句容人。句容市诗词楹联协会华阳分会会长。

句容东门牌坊

形胜东南，蔚然紫气生嘉瑞；
文昌句曲，灿若华阳照碧霞。

句容鲜鱼巷牌坊

一街灯火，里巷常传慷慨事；
千载春秋，仙家多渡善良人。

葛仙湖公园

八角临风，圣塔九层迎盛世；
三潭映月，仙湖一鉴照容城。

题句容诗词楹联协会华阳分会

千载古城，彩凤栖梧鸣句曲；
一方书院，春风化雨润华阳。

缅怀英烈

共赴金瓯缺，一身肝胆一身烈；
同筹华夏兴，万里江山万里红。

听军号声声，热血尚温，英魂犹在，那硝烟、先人终驱散；
看丰碑座座，神州再起，万国同归，这盛世、我辈永传承。

茶　禅

人间草木神思远；
心上观音妙境清。

高 考

几张试卷，岂能尽尔胸中所学；
十载寒窗，不过为吾眼底飞鸿。

宝华山杨柳泉村

天上时垂杨柳露；
人间常涌太平泉。

宝华山乌龙桥

水起一源流不改；
桥通两岸景相融。

宝华山醉巷

醉扶君与我，唤风随侍；
巷曲地和天，邀月同游。

宝华山后街

醉眼山光千古景；
润心烟雨一生情。

宝华山影院

山水既成相识处；
红尘便是有缘人。

江宁马场山荷塘

新荷蘸水描烟雨；
翠柳迎风舞梦魂。

吴新中（1975—）

江苏镇江人。丹徒区政协社事委兼港澳台侨委副主任。

宝堰镇

群英荟萃江南岸；
商贾云集通济河。

汤显祖

东方戏圣，临川四梦臻仙境；
清远道人，博士一生作学究。

咏廉洁

品质如莲，出淤泥不染；
虚心似竹，立风雪更坚。

蒋　凯（1976—）

女，江苏镇江人。现为镇江市桃花坞小学副校长、镇江市诗词楹联协会会员。

桃花坞小学

桃红李白靓花坞；
雅韵清音飘墨香。

楹联雅韵传经典；

国粹墨香润众生。

耿 震（1976—）

江苏扬中人。中华诗词学会会员、中国楹联学会会员、江苏省楹联研究会会员。镇江市诗词楹联协会理事，多景诗社副秘书长，《多景诗联》顾问。承社、平山诗社社员。

贺三茅镇摄影协会成立

初日来时，金鸡高唱，且看千家聆水韵；

江潮起后，绿岛盈春，还呼众友摄芳洲。

贺人四十生辰联（其时雨水后二日）

不惑来焉，还如而立花初朵；

雨水过矣，更待蛰惊蛟又腾。

三余琴馆

碗茗炉烟，共三余雅事；

春云秋月，伴一枕高风。

南山六艺馆数馆

盈限割圆，数能穷理；

弥年考影，学可窥天。

黄鹤山杜鹃楼

蹰躅开时，小楼深隐天台梦；

寄奴去后，古寺犹存黄鹤踪。

为扬中市三茅摄影协会四周年作

四载走江山，眼界偶然光影；

一机容天地，胸襟自有风华。

为扬中市三茅摄影协会五周年作

摄处风光，胜日河山春有约；

忆中岁月，高怀事业梦如初。

为高三学子撰联

数载寒窗，蟾宫应许攀丹桂；

一朝胜景，虎榜还教上青云。

新治村兰舫

一舸风来天水阔；

四围蛙鼓稻花香。

悼柳生

于此思君，断肠落日愁难尽；

而今悲我，极目空江望不归。

北固楼

兵雄北府，忆铁马金戈，回首千秋功业；

楼镇南徐，览吴风楚韵，放怀第一江山。

镇江康复医院成立一百周年

布德从医，犹忆初衷呈博爱；
悬壶济世，竞看妙手起沉疴。

宝晋诗社

腊酒一尊酬烟侣；
春风十里约诗俦。

周宜龙（1976—）

江苏句容人。镇江市作家协会会员，句容市诗词楹联协会理事，句容市诗歌协会监事、理事。

句容鲜鱼巷牌坊

句曲山高，岭上神仙施妙道；
秦淮水众，巷头邋遢卖鲜鱼。

缅怀先烈

青山埋骨兴中国；
赤帜擎天泽后人。

庆祝八一建军节

精忠报国，建功沙场垂青史；
俯首为民，立业家园保赤心。

雨　水

风拂香园嬉旧草；
雨施福泽润新梅。

惊　蛰

雷震江山惊万物；
桃增春色照千家。

春　分

日夜均分，新燕筑巢频早起；
人花相映，旧园赏景却迟归。

清　明

百花争艳春光好；
万户思亲眼泪多。

处　暑

暑气渐消禾黍熟；
秋风切紧草虫悲。

端　午

角粽飘香怀屈子；
龙舟击水壮中华。

高 考

十载寒窗修正果；
一腔热血献黎民。

茶

慢品馨香知冷暖；
闲看光影任浮沉。

张 杰（1976—）

江苏镇江人。丹徒区茅以升实验学校校长。

茅以升实验学校教学楼

破浪乘风，骋山川沧海；
擎天立地，作砥柱中流。

学校图书馆

书山觅宝；
学海泛舟。

王 然（1976—）

江苏镇江人。丹徒区经济发展局干部。

云友茶舍

风入寒松声自古；
月明茶舍夜阑珊。

范 琦（1977— ）

江苏无锡人。现为镇江市诗词楹联协会会员，镇江市外国语学校副校长。

学校音乐教室

阳春白雪何如？且听我辈奏新曲；
流水高山安在？试问谁人识雅音。

谭学健（1977—）

江苏镇江人。丹徒区高资中心小学教师。

博文楼前，垂柳吐新绿；
至诚园外，碧桃飞翠红。

蚕烛呈志鉴师表；
桃李照人倾爱心。

喜聚丹心结桃李；
好研朱墨写春秋。

张清廷（1977—）

网名苏无吟，江苏句容人。

句容四牌楼牌坊

四子登科，得句曲人文一脉；
三德立命，开吾民气象千年。

题葛仙湖公园华阳书院

乐道状元，一笔文章堪济世；
虔承诸子，百家教化乃归宗。

大圣塔

眼前一湖烟柳，常怀秀色；
身后九级浮屠，不泯禅心。

题葛仙湖公园

一湖闲看，三教楼台皆入境；
百姓常来，万家灯火每关情。

东门牌坊

二千年佛道儒肇开福地；
新时代天地人赓续名城。

题高考学子

学勤岂为谋身后；
积厚唯求报国先。

千华古村尽纳山光

每行此处，壑深麓秀云舒卷；
常乐其间，泉静禅清鸟去来。

千华古村大戏台

旦生净丑台前阅尽；
离合悲欢曲里吟长。

茅山新四军纪念碑

烽火江南，曾仗丹心擎半壁；
诔文碑上，已铭碧血著千秋。

朱 燕（1977—）

女，江苏丹阳人。江苏省楹联研究会会员。

物阜民安，万众善行终致远；
人和家睦，千年孝道更流长。

陈静逸（1978—）

女，原名陈静，少时旅居日本，2009年回国定居镇江。国家一级美术师，首届《中华诗词报》十大词王之一，首届文化部艺术人才邀请赛金奖。楹联作品被徐州潘安湖风景区、福建泉州关岳庙等数十家单位刊石留存。

金 山

江天禅寺，秋水盈波，善念皈依升大界，幻梦今和古；
京口画桥，清莲起韵，慈心普渡聚鸿蒙，浮华色即空。

焦 山

江岛清风逸，淡出红尘，镜花水月皆如梦，藏经佛塔，色空皆境界；
山林翠柏幽，恹安净土，雨露烟云应作禅，瘗鹤碑林，来往定乾坤。

北固山

凭栏远望，万里江山皆入眼，公瑾才思超度外，今付青柳画桥，扁舟渔火；
把酒长叹，千年人物尽随风，仲谋雄霸定东吴。只留一轮烟月，几杵钟声。

西津渡

来往客船，江水三千载，尽揽风光收眼底；
古今诗赋，红尘几万重，空余霜色满汀洲。

南　山

招隐寺前，经传红叶万重韵；

读书台侧，史记青松千载风。

沈　括

洞悉青冥，幽虚气象非云幕，遐想超甲子；

观摩紫极，玄妙天机依日轮，奇谈论乾坤。

米　芾

不羁狂放书烟月，十里长山，风流笔下；

自得开怀画雨云，千年古韵，婉约江南。

圌　山

帝王霸气，迢递春秋，江烟远古；

道释清心，苍茫天地，日月沉浮。

茅　山

一念浮华六合幽，卦爻尊以乾，修为无尽；

三生万物八荒邈，善祉需如水，道法自然。

京　口

十里长山松柏，闲来都入画，写意尘烟多少事；

千年古渡浪涛，醉去可成诗，诵吟江月往来风。

镇江楹联集成（上册）·镇江历代楹联精萃

王文咏（1978—）

江苏扬中人。中国民盟江苏省委诗词楹联协会副会长，中华诗词学会会员，江苏省作协签约作家，中国民盟镇江市委摄影协会副会长，扬中市委统战部新联会副会长，江苏省扬中市青年作家协会主席，扬中市文联委员、扬中市作家协会副主席。

新村官

百川胸纳，溯本求源，心系苍生冷暖；
千户德施，知荣明耻，情牵社稷安危。

新农村

山清水秀，鸟语花香，描绘旖旎风景带；
树碧楼红，莺歌燕舞，构成和谐美农村。

新青年

廿年育才，沥血呕心，期盼新青年，学习攻关襄盛世；
三代精英，披荆斩棘，栽培大企业，求真务实铸辉煌。

镇海庵

香云瑞霭，瞻佛祖拈花，佛子听经，偕数声跌宕清钟，空界自呈天竺净；
紫气祥光，喜慈人向善，慈航渡众，越千载人文胜迹，禅门同悟菩提心。

鸣凤书院

竹掩楼台，琅琅书声，几只凤凰为侍诵；
柳垂水岸，殷殷素影，一轮明月尚凭窗。

眭如军（1978—）

江苏丹阳人。丹阳市实验小学校长。

丹阳市实验小学正则楼

爱无涯，崇文办学丹青老；
人有志，育美铸魂气象新。

滕永晨（1979—）

江苏镇江人。现为江苏省镇江中学语文教师。

题临漪馆

池清水静书声远；
柳绿桃红墨韵长。

张　云（1979—）

女，江苏镇江人。现为镇江市江滨实验小学教导处
副主任、镇江市诗词楹联协会会员。

愿作春泥滋嫩李；
甘当人梯架金桥。

北固山眺运河北去；
西津渡观江水西来。

徐　敏（1979—）

南通海门人，现居扬中。中华诗词学会会员。

宅　居

眼前有酒书为友；
此地无山井作泉。

书　斋

提持一口丹田气；
诵读三行锦绣文。

茅山元阳观红叶茶室

诗题红叶通玄旨；
心寄清茶坐忘机。

壬寅春联

力耕万亩山川秀；
长啸一声天地开。

癸卯春联

山君归处雄风在；
月兔来时瑞气生。

挽金庸

侠客先行，从此江湖谁笑傲？
神雕已去，由来书剑价连城。

挽顾笃璜先生

过云楼中，藏书何在；
传习所外，昆曲谁听？

挽沈鹏

八法运乎心，观汉帖魏碑而得意；
三余吟作草，述前尘往事以流传。

陈　妍（1980—）

女，江苏镇江人。现为镇江市江滨实验小学教师、镇江市诗词楹联协会会员。

润物无声，留丹心一片；
春风化雨，育桃李三千。

三尺讲台伏老骥；
一方净土育新苗。

祝亚星（1980—）

号半叶，女，江苏扬中人。多景诗社、随社社员。有《忘味集》出版。

梓阳书画院

竹柳成行，捻细晴光描梓泽；
江河归海，冲开烟水出阳天。

太平广场安泰牌楼

江上流云投净土；
人间烟火近禅林。

为友人作嵌名联

当年冀望兴家道；
一季春风有裕余。

回　家

春意三分满；
归程十里遥。

雨后月出

雨削千峰瘦；
云开一镜明。

赠　人

出岫云生烟雨后；
多情人在画桥西。

五湖烟景归一望；
三径风光渐无边。

见月缺花飞，同筵忽作别；
隔天南地北，咫尺犹成哀。

岁月无情，小城犹有安居地；
流年有约，沧海岂无摆渡人。

万壑松声一曲歌，临风成绝唱；
千山月色没骨画，泼墨绘人生。

风吹无迹，看落花满头，休辜负满园春色；
雁过留声，正明月当楼，好留存一径星光。

姚桂玉（1980—）

女，网名芸儿，现居句容。教师，诗联爱好者。

句容鲜鱼巷牌坊

十里尘街，终古繁华烟火色；
百年鱼市，至今热闹笑谈声。

自　题

浮生尔尔；
至死憨憨。

书　房

风翻书卷能陪我；
月落梅花已忘年。

胜棋楼

棋局如新，千古英雄争胜负；
酒壶当尽，六朝风月自无穷。

天王殿

不平世界笑从容，全凭大肚；
有限人生知舍得，须借禅心。

杏花村

十里烟堆草舍，有花满桥头，笛吹牛背；
一帘杏酒春风，酬诗人才骨，倦客孤怀。

凌云山载酒亭

坡仙已去，尘客独来，浊酒携谁堪醉卧；
山影连横，江声浩荡，闲云共我作清游。

郑成功祠

斯国有遗民，百战东南，长驱荷虏存忠义；
此身应抱恨，孤留海外，遥望汉家痛乱离。

葭萌关

蜀塞倚天雄，树木萧森，风云八百里藏龙虎；
关城流血恨，刀兵乱起，民众二千年厌废兴。

朱耷

画无一卷不唯情，山鸟鱼石，皆藏泪眼悲尘世；
身历千劫都是难，癫狂恣逸，终为伤心向道禅。

追剧

剧间遍演情仇，生死去留，共汝同经尘底事；
日里饱尝酸苦，悲欢起落，问谁不是戏中人。

荷花

凌碧波倩影亭亭，问何物能如，川岳之烟霞、穹天
之冰雪；

结红藕清丝脉脉，愿此生不负，相连于云水、相老
在湖山。

陈 镇（1978—）

江苏镇江人。丹徒区高资中心小学教师。

栉风沐雨，传千载中华文化；
崇德尚勤，育百年成美少年。

醉翁亭，满山烟雨染秋色；

金山寺，一盏青灯修佛心。

庄晨霞（1980—）

女，江苏镇江人。丹徒实验学校教师。

雨细催嫩叶；

风轻唤新枝。

书香润文思；

亭韵泽气华。

陈　燕（1981—）

女，江苏镇江人。镇江市丹徒区高资中心小学教师。

博文约礼，至诚无昧；

汩汩清泉，熠熠春晖。

河港贯长街，云影帆光，十里老街留胜景；

石雕通古巷，玉书闻捷，千秋史册著华章。

汪　辉（1981—）

女，江苏镇江人。镇江市丹徒区西麓中心小学副校长。

> 敬业创新，勤奋钻研行大爱；
> 尚真务实，和谐进取树新风。

> 培李育桃，百花齐放；
> 树人达己，春色满园。

> 潜心教育，乐助万千学子；
> 勤奋钻研，甘为一世人梯。

田　敏（1981—）

女，江苏镇江人。丹徒实验学校教师。

> 为人有德立天地；
> 行善无求走山川。

沈文玉（1981—）

女，江苏镇江人。宜城中学教师。

> 学子索真，格物致知，壮志折蟾桂；
> 宜人尚雅，厚德载物，丹心育英才。

朱思丞（1983—）

　　江苏邳州人。研究生学历，先后在基层部队、军事院校、公安机关、政协机关工作，系中华诗词学会会员，解放军红叶诗社培训部导师、江苏省楹联研究会编辑委员会副主任、江苏省诗词协会公众号执行主编，镇江市诗词楹联协会副会长兼秘书长。在《人民日报》《解放军报》《东南学术》《国防大学学报》《南京政治学院学报》等发表文章80余篇，在海内外百余种报刊发表诗词1000首。曾参加第12届中华诗词"青春诗会"，获首届"刘征青年诗人奖"、"谭克平杯"青年诗词奖、"小康中国·美好江苏"全国诗歌大赛一等奖、第五届国际诗酒文化大会全球征文金奖，以及连续三届当代军旅诗词奖等百余种奖项。

镇　江

一水东流，地分吴楚；
三山耸立，气吞东南。

焦山渡口

山色吞吴，翠岭高提史笔；
江声带蜀，碧涛大写英雄。

梦溪笔谈

书比百科，包罗万象；
文称大笔，足镇中流。

恒顺酱园

调出世间百味；
酵存楚匠千秋。

宜园·宜创镇江

花木一庭，有深有浅；
嘉宾满座，宜创宜商。

镇江市青少年综合实践基地

诚如玉律清犹月；
信在人心行可师。

闻捷纪念馆

窗试新晴，鸿笔几经风雨；
门开生气，湖山自有春秋。

江苏银行

聚商机，万里春风可贷；
广财路，十分诚信长存。

中盐镇江盐化有限公司

德载业兴，千秋不改品清洁；
盐为味首，五味调和知馥香。

双沟酒厂

玉液初凝，香溢神州居第一；
豪情可酿，瓶倾春色世无双。

句容远致门

福地宏开，四面葱茏收眼底；
春风远致，一城锦绣尽诗情。

句容太平门

翠叠门东，花木经心云织锦；
清流江左，烟霞载梦晚生潮。

题书斋

书非深读知方浅；
事必久为功始成。

解放军某部战史陈列馆

持胜因居至高处；
为民敢闯鬼门关。

思危亭

国强自古无边患；
军弱从来少太平。

山门哨所

哨所迎春，肩荷千秋伟业；
红心向党，人披万里风光。

装甲三师

牢记初心，推进强军事业；
聚焦胜利，建强大国雄师。

教战亭

虽息兵戈，独有风雷鸣战鼓；
独存正气，且凭铁骨筑长城。

为二等功臣魏孝纲撰联

军号入云，声扬哨所忠和孝；
战旗映日，义举边关纪与纲。

观赛龙舟

不待风生先破浪；
为催鼓落急行舟。

为学子杨畅航撰联

勤开云路知通畅；
志举风帆当远航。

赠新华日报社镇江分社社长晏培娟

宣德尚新，天净长观星错落；
培芳呈惠，时和犹待月婵娟。

淮　安

地扼苏中，居要冲当喉锁钥；
潮翻淮上，接南北转漕握枢。

宿　迁

岁启东关，壮鹏程力能扛鼎；
春临西楚，兴骏业人可拔山。

贺云帆平台创建三周年

云程发轫，青霄可鉴凌云势；
帆楫奋张，诗海已迎周召风。

贺江苏省楹联研究会会员代表大会召开

联写汉风，激江海碧涛，口开便有凌云势；
诗吟吴韵，壮乾坤瑞气，笔举犹闻振玉声。

悼徐宗文会长

噩耗初闻，眼底河山皆暝色；
诗情永在，忆中江海有先生。

宗　薇（1983—）

女，江苏镇江人。现为镇江市诗词楹联协会会员，镇江市外国语学校语文教研组长。

学校图书馆

学海浮舟，深究学问知天地；
书山觅径，坐拥书城览古今。

高碧玉（1985—）

女，江苏镇江人。镇江市桃花坞小学语文教师、镇江市诗词楹联协会会员。

碧水潺潺城外去；
白鸥点点日边来。

室有芝兰，气香味别；
胸无城府，天广地宽。

陈　辉（1985—）

号雪斋，江苏丹阳人。中国楹联学会会员，江苏省诗词协会会员，镇江市诗词楹联协会理事，丹阳市诗词楹联学会常务副会长。有《雪斋近吟》。

万善塔

三千里大运河，包涵吴楚；
四百年擎天柱，独爱江南。

云阳楼

两朝帝里雄关峙；
七省通衢邑路开。

壮晓燕（1985—）

女，江苏丹阳人。中国楹联学会会员，丹阳市实验学校中学教师发展处主任。

丹阳市实验学校励志楼

自主澄心抒壮志；
笃思逐梦展宏图。

杨范悠（1985—）

女，江苏镇江人。宜城中学教师。

文化宜城，致知求道；
育人庠序，修睦选贤。

培栋梁，强国力担使命；
倾大爱，育人赓续初心。

林少雄（1986—）

福建莆田人。西南大学文学硕士。镇江市诗词楹联协会理事，多景诗社社员。诗词作品散见于《中华辞赋》《当代诗词》《江海诗词》《多景诗词》等刊物，现就职于江苏科技大学。

文宗阁

群山浩浩西来，四库全书烛照当代；
碧水滚滚东去，江南文脉彪炳千秋。

芙蓉楼

残星映青荷，楼依近水离离影；
白露泅红叶，月挂疏枝浅浅愁。

北固楼

次北固，云散孤月明，神游三国东吴遗迹；
登斯楼，潮平两岸阔，尽览天下第一江山。

镇江康复医院百年院庆

橘井泉香，获三山美誉；
杏林春暖，树百载丰碑。

多景诗社成立六十周年

结社重阳节，秋菊抱云烟，甘露寺胜友闲情偶寄；
行歌第一山，大江流日夜，多景楼高朋逸兴遄飞。

沙水花（1987—）

女，江苏启东人。现为镇江市中山路小学教师、镇江市诗词楹联协会会员。

宇容万物宜传宝；
辉映千秋正接龙。

敬业培智信；
修德育义仁。

张云龙（1988—）

河北衡水人。中华诗词学会会员，六普钻井分公司石油魂诗学社社员，润州区诗词楹联协会会员。

石化钻井

红衣映日，续铁人事业；
钻杆擎天，书石化文章。

咏六普钻井人

征南闯北原油勘探安全高效；
宿雨怀霜铁塔行云伟岸擎天。

何　涛（1988—）

江苏镇江人。镇江市丹徒实验学校教师。

摇扇送凉，暂借清风出户去；
举杯消暑，且赊月色入茶来。

非圣非贤，逞一腔书生意气；
为师为表，送天下桃李春风。

汤晓清（1991—）

江苏淮安人。现为镇江市桃花坞小学书法教师、镇江市诗词楹联协会会员。

山朗云疏天远阔；
桃红柳绿水长青。

珍藏笔墨书香久；
独爱竹梅品格高。

蒋　颖（1991—）

女，江苏镇江人。镇江市丹徒区西麓中心小学教师。

尚真务实人生路；
大爱无私教育家。

博爱修身情似海；
创新敬业意如山。

庄莹琳（1991—）

江苏丹阳人。

读书台听风雨；
临漪阁读春秋。

有意春风期化雨；
无言桃李写深情。

任　辉（1992—）

陕西人，居镇江。供职于江苏大学出版社。

西航一中

举首望终南，挥毫还带摩云壮志；
枕书听泾渭，展卷莫嗟逝水光阴。

西风渭水，胚胎化育；
航苇渡人，模范陶甄。

潘　恬（1993—）

女，江苏镇江人。丹徒区茅以升实验学校教师。

教室连廊

清风作伴，奇书作枕；
明月映辉，妙笔生花。

徐　玲（1993—）

女，江苏丹徒人。镇江市宜城中学教师。

博学多思，知书明理培能手；
崇仁尚礼，启智修身秉正心。

倪恬静（1994—）

女，江苏镇江人。镇江市丹徒区茅以升实验学校教师。

茅以升教学楼

自主融通，育朝阳学子；
共生博学，求满腹经纶。

唐文俊（1994—）

江苏镇江人。镇江市丹徒区西麓中心小学教师。

行云流水随心远；
知竹当松任意清。

刘一雪（2000—）

女，江苏淮安人。现为镇江市中山路小学教师、镇江市诗词楹联协会会员。

读书知世界；
举善养仁心。

后 记

为收集、保存地方文献，赓续楹联这一中华传统文脉，创建中国楹联文化城市，镇江市政协文化文史委、镇江市文化广电和旅游局、镇江市诗词楹联协会决定联合编辑《镇江楹联集成》，分《镇江历代楹联精萃》《镇江名胜楹联精萃》两册，由江苏大学出版社出版发行。

此册《镇江历代楹联精萃》共收录镇江籍及在镇江生活工作过的古今 300 多位作者的 3000 多副楹联作品，古今作者的时间跨度长达 1500 多年，力求所收作品尽为精品。

适值中国楹联学会成立 40 周年和中国楹联学会第九次会员代表大会在镇江召开及镇江市成功创建成"中国楹联文化城市"之际，这本楹联作品集的出版发行对宣传推介名城镇江起到了积极作用。

本书的出版离不开广大编委成员的共同努力，特别是中国楹联学会会长李培隽、镇江市政协副主席周文娟和市文广旅局局长陆艳华等领导的大力支持，以及江苏大学出版社的鼎力相助，在此一并深表感谢！

由于时间跨度较长、楹联作者及作品较多，我们在选编过程中肯定有遗珠，恳请广大作者和读者多加包涵并提出宝贵意见。

编者
2024 年 10 月

扫一扫

《镇江楹联集成》附录五种

编 委 会

镇江楹联集成

蒋光年　主编

镇江名胜楹联聚精萃

下册

江苏大学出版社
JIANGSU UNIVERSITY PRESS

镇江

图书在版编目（CIP）数据

镇江楹联集成. 下册，镇江名胜楹联精萃 / 蒋光年
主编. -- 镇江 ：江苏大学出版社，2024. 10. -- ISBN
978-7-5684-2310-6

Ⅰ. Ⅰ269

中国国家版本馆CIP数据核字第2024E7L576号

镇江楹联集成（下册）：镇江名胜楹联精萃
Zhenjiang Yinglian Jicheng(Xiace)：Zhenjiang Mingsheng Yinglian Jingcui

主　　编/蒋光年
责任编辑/任建波
出版发行/江苏大学出版社
地　　址/江苏省镇江市京口区学府路 301 号（邮编：212013）
电　　话/0511-84446464（传真）
网　　址/http：//press. ujs. edu. cn
排　　版/镇江文苑制版印刷有限责任公司
印　　刷/镇江文苑制版印刷有限责任公司
开　　本/710 mm×1 000 mm　1/16
总 印 张/39　总插页24 面
字　　数/500 千字
版　　次/2024 年 10 月第 1 版
印　　次/2024 年 10 月第 1 次印刷
书　　号/ISBN 978-7-5684-2310-6
总 定 价/288.00 元

如有印装质量问题请与本社营销部联系（电话：0511-84440882）

金山公园大门

江天禅寺大雄宝殿

金山全景

焦山公园南大门（渡口）

焦山公园东大门

北固山

北固山全景

西津渡夜景

西津渡全景

西津渡街券门

鹤林烟雨牌坊

文心楼

宜园大门

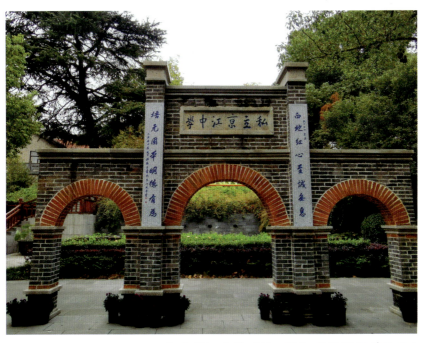

私立京江中学旧址 (镇江市外国语学校内)

镇江恒顺酱醋厂老门楼

恒顺博物馆大门

序

镇江是中国十佳和谐可持续发展城市、国家历史文化名城、中国优秀旅游城市、国家园林城市、中华诗词之市、中国楹联文化城市。它地处长江与京杭大运河、吴文化与楚文化、上海经济圈与南京都市圈交会点，区位优势突出，水陆交通发达。镇江有 3000 多年历史，是吴文化的发祥地，文化底蕴深厚，人文荟萃。自古以来，在中国文学史上有较大影响的诗人、词家，来往镇江并写下不朽诗篇的不在少数。历代镇江的佳联妙对也数以万计。自古名胜多佳联。镇江不仅坐拥驰名中外的金山、焦山、北固山、南山、茅山、宝华山、圌山等风景名胜，而且集儒、释、道为一体的宗教文化也名扬海内外。城市山林、大江风貌，更突显出镇江得天独厚的环境优势。

楹联，俗称对联。所谓楹，即厅堂前的木柱。楹联就是张挂或雕刻在楹柱上的对联，还包括印成文字的对联或对句。大抵到清代中叶，楹联已成为对联的雅称，一切对联都囊括于楹联的名下。楹联是我国文艺百花园中的一朵奇葩，是中华民族辉煌璀璨的传统文化遗产的组成部分。楹联的本质特征是对仗，对仗是从对偶发展而来的。对偶的应用是先人使用语言的自然产物，它出现在古诗文中，成为楹联的最初形式，以后发展成诗文中的对仗，最后发展成为骈体文、律诗和楹联三种格律文体。南朝刘勰在《文心雕龙·丽辞》中指出："造化赋形，肢体必双；神理为用，事不孤立。夫心生文辞，运载百虑，高下相须，自然成对。"骈体文由曹植开其先河，到南朝的梁、陈趋于成熟，达到很高成就，并为以后对联的出现打下了文学写作上的基础。众所周知，形成于初唐的律诗，其颔联、颈联必须对仗，此间对联从律诗内分离而出，独立成章自在情理之中。楹联的格律也有其独特性。楹联把同类的或对立的概念并列起来，做到字句相等、词类相当、结构相称、节奏相应、平仄相谐、内容相关，共同构成一个特定而完美的意义。换句话说，同时具备以上特征的，才称得上楹联。史料证实，从五代到元，对联便逐步得以推广，但真正得到普及和发展，则是源于明初朱元璋的提倡。进入清代后，对联有了令人称奇的急遽发展，它逐渐成为可与唐诗、宋词、元曲媲美的格律文体。这首先与"一代圣主"康熙、"风流皇帝"乾隆的由衷喜好、御书题赠分不开。上有好者，下必甚焉。于是，在清代将近300年的时间里，相继涌现出李渔、郑燮、袁枚、刘墉、王文治、阮元、梁章钜、林则徐、曾国藩、彭玉麟、翁同龢、康有为、赵曾望等一批对联大师，而这些名公巨卿、鸿儒硕士和康乾两位皇帝一样，都为镇江风景名胜撰写过楹联。在这些联坛巨擘的影响下，对联创作队伍迅速扩大，对联创作的质量也日臻完美。《中国文学史话·清代卷》也称："清代楹联的兴盛实在是古老文学传统末尾之处最灿烂的荣光！"

从鸦片战争到新中国诞生前这100多年来，楹联闪烁着战斗的光芒，这一时期的楹联几乎勾勒出中国百年艰苦卓绝而又光辉灿烂的战斗历程。新中国成立以来，特别是近 20 年来，我国的楹联在各个领域空前繁荣，全面复兴。2005 年中央电视台春节联欢晚会上，由全国 31 家省、自治区、直辖市电视台节目主持人代表和来自港澳台的演员代表作为"新春使者"，向亿万观众送出 17 副春联，得到广泛好评。据统计，中国楹联学会会员已达 23000 余人。全国每年有成百上千次征联活动，全国每年楹联创作的总量高达百万。

据说，我国名胜楹联最早见于五代后蜀兵部尚书王瑶题孟昶花园百花潭："十字水中分岛屿；数重花外见楼台。"镇江名胜楹联可上溯至唐宋或更早些，但以明清和近现代居多，且这些明清联坛大家几乎都为镇江名胜撰过楹联，近现代及当代镇江的名胜联作也相当可观。这些妙联佳对熔思想性、知识性、文学性、趣味性于一炉，写景生动，用典妥帖，寄兴高远，隐喻曲折，及至情思之灵巧精妙，意境之新颖独到，手法之丰富多彩，文字之凝练清丽，音韵之抑扬顿挫，书法之龙飞凤舞，给人以美的享受。这些名胜楹联作为一定历史时期的文本材料，通过写景、咏史、抒怀、言志，在一定程度上反映了不同时期镇江的社会、政治、文化、历史、地理、风俗等，为我们宣传推介镇江山水文化、打造青山绿水花园城市提供了一定的文献资料，同时也为人们了解镇江山水之沧桑变迁打开了一扇窗牖。

我们利用编辑出版《镇江楹联集成》的机会，重新编辑出版《镇江名胜楹联精萃》并作为其中的下册，目的是进一步宣传名城镇江，弘扬楹联这一中华民族所独有的传统文学艺术，同时也为庆祝镇江成功创建"中国楹联文化城市"和中国楹联学会第九次会员代表大会在镇江召开，充分展示镇江优美的风景名胜和丰富的楹联文化，收集留存一些镇江古今楹联文史资料。为此，我们精选了古今镇江山水风光、园林古迹、祠庙陵寝、寺庙道观四种胜迹联。这次选编的楹联，主要选自2007年吴林森主编的《古今镇江楹联》和2010年王欣、蒋光年主编的《镇江名胜楹联精萃》，以及一些近年来新创作的名胜联，书中二维码所附撰写赏评楹联知识和中国楹联学会颁布的《联律通则》，主要是为了普及联律知识，为广大读者和楹联爱好者学联、写联、评联提供一个创作方法、规则和标准。这次所选作品基本遵循了《联律通则》，对原作不合联律不予修改，慎重选用。

楹联在我国已有千余年历史，其联律虽有一定共性，但也有其特殊性，所选联作肯定会有遗珠之憾和不尽如人意之处，但瑕不掩瑜，《镇江楹联集成》一书的出版，必将对名城镇江的文化建设起到积极的推动作用。

蒋光年（作者系中国楹联学会理事、
江苏省楹联研究会副会长）

目　录

　　镇江是江苏省省辖市，南京都市圈核心层城市，长三角重要的港口、工贸和旅游城市，先后获得国家历史文化名城、中国优秀旅游城市、全国科技进步先进城市、国家卫生城市、国家环境保护模范城市、全国社会治安综合治理优秀城市、国家园林城市、全国双拥模范城、中国十佳和谐可持续发展城市、中华诗词之市、中国楹联文化城市等称号，空气质量指数、生活质量指数均位于江苏省前列。

　　镇江是一座区位独特、条件优越的交通枢纽城市。她是长三角区位交通条件最好的城市之一，是长江与京杭大运河、吴文化与楚文化、上海经济圈与南京都市圈的交会点，区位优势突出，水陆交通发达。京沪铁路、沪宁高速公路、沪宁城际高铁、312国道、104国道穿城而过，中国第一、世界第三的润扬长江大桥贯通南北。随着京沪高速铁路、泰州长江公路大桥、宁杭城际轻轨的开工建设，镇江的交通枢纽地位更加突出。镇江拥有长江岸线259千米，其中稳定的深水岸线80余千米。镇江港是长江第三大港口，货物年吞吐量超1亿吨。

　　镇江是一座底蕴深厚、人文荟萃的历史文化名城。镇江有3000多年文字记载的悠久历史，是吴文化的重要发祥地，不仅是"甘露寺刘备招亲""白娘子水漫金山"等传说的发源地，也是《文心雕龙》《昭明文选》《梦溪笔谈》等巨著的诞生地。"何处望神州，满眼风光北固楼""洛阳亲友如相问，一片冰心在玉壶""我劝天公重抖擞，不拘一格降人才"……自古以来，大凡在中国文学史上有较大影响的一些诗人词家，都来过镇江并写下不朽诗篇。历代镇江的佳联妙对也数以万计。特别是许多本埠名人和客居镇江的外地名人在镇江创作的一部部如"日月经天，江河行地"般的名篇巨著至今仍闪烁着深刻而睿智的光芒——"十二部中国文学入门书"之一的《抱朴子》；中国第一部文学理论和批评专著《文心雕龙》；首开中国笔记小说先河的《世说新语》；中国文学史上第一部诗文选集《昭明文选》；中国文学史上继《诗经》和《楚辞》之后现存的第三部诗歌总集《玉台新咏》；"十一世纪的科学坐标"《梦溪笔谈》；中国第一部体系完整的语法著述《马氏文通》；中国著录甲骨文字的第一部书《铁云藏龟》；中国第一部医学史专著《中国医学史》；中国第一部完整的文化通史《中国文化史》；等等。

　　镇江坐拥驰名中外的金山、焦山、北固山、南山等风景名胜，茅山、宝华山、圌山、九龙山亦是山清水秀，风光无限，且以道、儒、释融汇的宗教文化名扬海内外。西津古渡与奔腾江河相互守望，江南水景与城市山林梦幻组合，成就了"天下第一江山"的美誉。

［清］爱新觉罗·玄烨

吴会人文因气秀；
金焦峦势起弘观。

［清］赵曾望

寻山自此携双屐；
听雨何缘卧小楼。

佚　名

东通吴会；
南接江湖。

佚　名

内连天堑；
外蔽日畿。

李宗海

发源于青海巴颜喀喇山，跨四川，穿三峡，渟五湖，
浩浩汤汤，流经万里；
毓孕乎中华民族文化史，肇两汉，越六朝，沿百代，
麟麟炳炳，光耀千秋。

是山水雄秀之区，有长江浩荡，金焦耸峙，北固巍
峨，南郊静幽，堪供游览；
为人文荟萃之地，忆太白英豪，苏米风流，存中健
笔，稼轩伟略，足示楷模。

许图南

万里奔腾，无如此水；
高峰掩映，有美三山。

朱庚成

粉本遍南郊，烟雨鹤林颠老画；
名区称北固，风光满眼稼轩词。

汪　玢

南徐此大镇；
中国有长江。

卜用可

州扬中外大名，历物换星移，依然是临江重地，沿海要津，况逢盛世，启南城北水工程，更铺开生态蓝图，和谐玉轴；

邑厚人文胜迹，劝远朋近友，莫耽谈留带东坡，娶亲玄德，且向高楼，怀把盏吟诗兴致，快收揽金山秀丽，招隐清幽。

高　扬

皓月当空，看白帆踏浪，碧玉浮江，潮平两岸雄吴楚；
春风拂地，染翠竹千竿，杜鹃万朵，绿满一城耀古今。

蒋东永

竞秀以清嘉，多景纷呈，真水真山千古韵；
拔新而崛起，群贤毕至，宜居宜业一城春。

魏艳鸣

碧玉青罗，二水浮来千古韵；
丹霞翠羽，三山簪出四时春。

严金海

塔映水中，城处山中，山青水绿古城美；
江流天外，港通海外，海阔天空大港新。

林小然

巧做大文章，添光第一江山，南城北水铺新卷；
重开宏气象，点彩无双事业，碧浪银帆向远天。

潘一之

第一江山第一泉，誉驰天下；
无双天地无双景，名镇江南。

成小城

北固望神州，满眼风光，潮带海声吞远近；
丹徒遗胜迹，四时烟雨，山分江色秀东南。

卜开初

薰风满南徐，吴花晋柳飞香，实堪当名载千秋史册；
瑞霭生北固，水月山光竞秀，真无愧号称第一江山。

陈旭升

五峰叠嶂藏山寺；
一水绕城映镇江。

张志强

胜境之间寻，问锦绣南徐，烟霞几许；
豪情何处涌，对江山北固，意气千秋。

董国军

大江流日夜；
红旭照山林。

郑雪峰

天赐江山此名胜；
再来人物亦风流。

祖袭尧

古代帝乡，天下无双胜迹；
花园城市，人间第一江山。

李俊如

精彩镇江，花园市绚缤纷景；
和谐吴地，生态城铺锦绣春。

吴亚卿

山色氤氲笼晓雾；
水声澎湃拍行舟。

陈凤桐

甘露寺前，桥跨彩虹如意画；
芙蓉楼上，客怀旧雨动情诗。

眭　涛

烟霭半窗，英雄曾自骋豪气；
江山一带，大业何堪矜小谋。

董汝河

据东吴胜概，御六秩雄风，征帆竞发西津渡；
抒时代豪情，歌千秋大业，流韵高扬北固山。

陈树德

京口耀中华，六十载辉煌，打造无双水土；
神州连北固，五千年灿烂，推陈第一江山。

舒贵生

江上三山，海上三山，兴亡历览五千载；
国中九域，寰中九域，天地同歌亿万春。

丁小玲

双塔擎天，海河入望；
长虹落地，豪杰纷来。

胡吉祥

平分吴越，映带金焦，历史悠悠称重镇；
蔚起人文，腾飞经济，财源滚滚似长江。

浩瀚长江，悠久运河，自古繁华缘碧水；
和谐社会，辉煌事业，于今发展矗金山。

　　金山风景区位于镇江市区西北，风景幽绝，形胜天然，自古便为我国游览胜地。古代金山原是屹立于长江中流的一个岛屿，有"江心一芙蓉"之称誉。由于"南岸北移"，至1903年左右，金山与陆地连成一片。

　　金山寺建于东晋，至今已有1600多年历史。原名泽心寺，历代皇帝赐名为龙游寺、神霄玉清万寿宫、江天禅寺等，自唐以来，人们皆称金山寺，是中国佛教诵经设斋、礼佛拜忏和追荐亡灵的水陆法会之地。金山寺寺门朝西，依山而建，殿宇栉比，亭台相连，遍山布满金碧辉煌的建筑，因而有"寺裹山"之说。金山寺宇规模宏大，全盛时期有和尚3000多人，参禅的僧侣达数万人，在佛教禅宗寺庙中有着卓著的地位，是中国有名的古刹。金山寺与普陀寺、文殊寺、大明寺并列为中国的四大名寺。

　　我国寺庙的山门一般是朝南的，而金山寺的山门却是朝西的。这是因为金山原耸立于江心，大江由西向东奔流，游人在寺门瞭望，才能充分地观赏到"大江东去，群山西来"的壮丽景色。这与历史水文地理有关，同时这也反映了我国古代建筑师们别具匠心的设计艺术。

金山除寺院外，还有慈寿塔、楞伽台、妙高台、观音阁、法海洞、古仙人洞、古白龙洞等名胜古迹，皆依山傍势凿岩而建，构思神巧。天下第一泉又名中泠泉、南泠泉，唐代时就已闻名天下。唐代评茶专家陆羽评中泠水为天下第一，后唐名士刘伯刍分全国水为七等，中泠水为第一，从此中泠泉被誉为"天下第一泉"。以此泉水沏茶，清香甘洌，有"盈杯不溢"之说：贮泉水于杯中，水虽高出杯口二三分都不溢；水面放上一枚硬币，也不见沉底。泉水绿如翡翠，浓似琼浆，其醇可知。《白蛇传》中"水漫金山"的神话传说，更使金山蜚声海内外。近年来，镇江相继建成芙蓉楼、塔影湖、百花洲、镜天园、金山湖、文宗阁、王公祠等景点，景点内陆水相连，亭、湖、洲、园、寺等相得益彰，显现出"楼台两岸水相连，江北江南镜里天"的诗情画意。

［宋］截梅尧臣句

山形无地接；
寺界与波分。

天晴秋见海；
山润午云生。

结宇孤峰上；
安禅巨浪间。

涧泉缘路缓；
山月近人清。

［宋］截王安石句

天末海门横北固；
烟中沙岸似西兴。

［宋］截毛滂句

楼台影压浮天浪；
钟鼓声随过岸风。

［清］爱新觉罗·玄烨

一峰砥柱当天堑；
万里江山接海门。

门前一水常来绕；
屋后三山不断青。

天开图画孤峰秀；
地涌楼台万派新。

孤峰屹立昂天柱；
万舰奔流破海涛。

［清］爱新觉罗·弘历

气接鸿蒙，中流开远势；
山浮杳霭，一柱倚晴空。

诗句全从画间得；
云山常在镜中留。

［清］释无方集句

云移塔影横江口；
船载钟声出浪堆。

平分沙界空中色；
横截蛟龙水底天。

齐梁栋宇金山寺；
吴楚乾坤铁瓮城。

［清］丁绍周集句

我辈复登临，旧业已随征战尽；
江山留胜迹，天风常送海潮来。

金塔冠金山，直上九重擎日月；
碧涛凌碧汉，还从万里驾风云。

佚 名

狂澜避地江成陆；
古塔擎天寺裹山。

苏 绅

僧依玉鉴光中住；
人踏金鳌背上行。

李宗海

坡老有遗踪，写经楞伽台，吟咏妙高台，风流万古；
金山多异境，悟佛白龙洞，参禅法海洞，壮丽千秋。

蒋光年

风月亭前，塔影湖中摇塔影；
中泠泉畔，芙蓉楼下醉芙蓉。

公园大门

［清］吴锡麒

有山有水有林亭，映带左右；
可咏可觞可丝竹，怀抱古今。

泽心轩

徐高峻

一塔耸江天，乘兴登临，且依然月上南徐，云藏北固；
六朝留佛地，静心印证，当不忘前贤玉带，胜境金山。

江天一览寺

佚　名

入云钟磬随风落；
如画亭台压浪平。

中泠泉大门外

截颜锈句

状元才调万株柳；
太守风流第一泉。

中泠泉

李宗海

清茗一杯，洗人尘俗；
高潭万古，豁尔心胸。

中泠阁

佚　名

茗外风清移月影；
壶边夜静听江涛。

天下第一泉历史文化展示馆

［清］爱新觉罗·弘历

喜有清音相问答；
绝无尘意与周旋。

王公祠

［清］王芝兰

水木湛清华，金焦而外，又益名区，却忆曩岁经营，
江左风流贤太守；

春秋多佳日，簿书余闲，偶来游眺，犹记故乡仿佛，济南潇洒大明湖。

钱永波、范然

为民爱民亲民，丰功伟绩垂青史；
廉政勤政实政，亮节高风启后人。

蒋光年

五岳圭棱，诤言直谏清流映世；
一泉澄澈，慈政仁心循吏留声。

鉴亭

李髯

肯把须眉傲霜雪；
可知寰宇待澄清。

周瘦鹃

事到无心皆可乐；
人非有品不能闲。

芙蓉楼

许图南

楼外烟云连北固；
槛前景物见南朝。

郭璞墓

截中心叟句

水底有天行日月；
墓前无地拜儿孙。

吉公祠

［清］英　朴

意气如云，旧雨忆金兰，水部十年叨教益；
精忠贯日，将星沉铁瓮，江流千尺写英声。

昭忠祠

［清］赵曾望

山水有英灵，骂贼捐生，试看故里枌榆，犹仗清磷森甲盾；
旂常无姓字，褒忠优礼，莫道微臣草莽，长留丹气作波涛。

忠烈祠

佚　名

当时谁识孤军苦；
此日犹闻杀贼呼。

福　通

正气凛乾坤，报国捐躯，在昔威名留铁瓮；
忠心昭日月，酬庸有典，于今庙貌壮金山。

陈钦铭

节烈瘁何时，往事堪悲，芳冢模糊渍血地；
馨香酬此日，清名不朽，隔江辉映露筋祠。

百花洲茶社

［宋］截苏轼句

云涌楼台出天上；
风摇钟磬落人间。

百花洲清风轩

陈从周

山抹微云无墨画；
竹敲秋雨有声诗。

百花洲

［清］爱新觉罗·弘历

三春丽俯云峦上；
太古青留水镜中。

行　宫

[清] 爱新觉罗·弘历

江澄万里净如练；
峰峙一拳高入云。

烟霞表里因心静；
天水空澄触目新。

江天禅寺

[清] 魏光焘

社修莲品静；
性定菜根香。

李宗海

金佛尊严，法相重光，江月圆明禅院静；
山灵赫奕，神威显示，天花纷坠寺门新。

江天禅寺大殿

[清] 爱新觉罗·玄烨

僧归夜船月；
龙出晓堂云。

［清］爱新觉罗·弘历

潮涌西津，不断天风传塔语；
山蟠北固，遥分晴籁散炉烟。

帆远浮天阔；
江空得月多。

［清］杨　燨

水上立鳌峰，地少天多，一片光明开觉路；
门前对龙窟，安禅听法，万花飞舞渡迷津。

［清］赵曾望

山月江风闲销尽，万重劫火，除是丰碑泽大、宝鼎光坚，不知玉带长留，许何人齐名传世久；
珍楼宝阁莽飞回，一片清秋，依然桴鼓声雄、梵钟响逸，却笑塔铃无语，让我辈乘兴问天来。

［清］沈秉成

一峰浮玉，十地布金，忆裴头陀江岸披缁，苏内翰山门留带，光阴瞻逝水，谁续胜缘，愿宏开宝宇琳宫，永镇苍崖翠壁；
万顷烟涛，千林风籁，想焦仙人幽岩瘗鹤，陆处士中泠品泉，卜筑有芳邻，堪寻陈迹，漫辜负莲花贝叶，同听暮鼓晨钟。

赵朴初截虞集诗集句并增句

大江浪应梵钟，诸天听法苍茫际；
千里云开宝殿，万佛垂光紫翠间。

许图南

宝殿此重修，梵宇宏开，诸方礼赞；
金容今再现，佛光普照，万福来朝。

黄后庵

菩萨现金身，宝相庄严观自在；
梵王说妙法，诸天激荡海潮音。

天王殿

慈 舟

诸恶莫作，众善奉行，三藏圣言演真谛；
四大本空，五蕴非有，翰林玉带镇山门。

天王殿弥勒龛

佚 名

大肚能容，容天下难容之事；
开口便笑，笑世间可笑之人。

佚　名

日日携空布袋，少米无钱，却剩得大肚宽肠，不知众檀越信心时，用何物供养；

年年冷坐山门，接张待李，总见他欢天喜地，请问这头陀得意处，是什么来由。

观音殿

［清］爱新觉罗·弘历

甘露长流功德海；

香云遥映普陀山。

佚　名

琳宫梵宇照江天，看劫余金碧交辉，重睹光明世界；

紫竹白莲传色相，求厥后芝兰竞秀，常先积善人家。

无量殿

［清］爱新觉罗·弘历

海屿云涛天共远；

梵宫香霭日常新。

文殊殿

［清］爱新觉罗·弘历

岫涌白云飘晦霭；

林开翠柏绕清烟。

大悲楼

［清］爱新觉罗·胤禛

慈步身云，荫大千世界；
言流性海，开不二法门。

楞伽台

［清］王文治

窗前沧海凭开眼；
台上楞伽可印心。

朱廷琛

天欲将画本常翻，凭只些沙鸟、风帆、烟云、竹树；
我到此诗怀益壮，写不尽钟声、塔影、楼观、江山。

藏经楼

许图南

藏万卷书，琼楼再现；
经百千劫，佛日重光。

文宗阁

［清］截爱新觉罗·弘历句

百川于此朝宗海；
是地诚应庋此文。

李宗海

镇日悠悠，图籍千秋阅览；
江天昊昊，书城百仞遨游。

笪远毅

宛委垂文，千秋沐德；
琅嬛遗泽，万汇朝宗。

于文清

临水依山，撑起东南一阁；
怀今抱古，移来典籍千函。

镜治斋西佛堂

［清］爱新觉罗·弘历

真如不动超观察；
念力常圆普吉祥。

法界静参清净相；
香台普现妙明心。

潮音普遍华严海；
慈竹常霏妙鬘云。

金山慈寿塔

佚　名

七层天欲尽；
八面景皆空。

［清］李　渔

仰啸仅离天尺五；
俯视恰在水中央。

［清］徐致祥

适从山水窟中来，秋色可人，征袂犹沾巫峡雨；
欲向海云深处住，邮程催我，扁舟又趁浙江潮。

金山首座室

［清］释宗仰

说法宗三论；
印心属二伽。

玉鉴堂

［清］翁同龢集《瘗鹤铭》字联

天旌厥事事乃集；
江裹此山山不浮。

至游堂

古开平

忆从前侍宦来游，楼阁耸清虚，一水周环浮玉影；
际此日登高凭眺，沧桑增感慨，卅年依旧听潮声。

　　集山，原名樵山，长江中唯一一座四面环水可供游人观光探幽的岛屿，犹如中流砥柱，满山苍翠，宛若碧玉浮江。东汉末年，焦光隐居于此，汉献帝曾三次下诏书请他出山做官，但他不愿和腐败朝廷同流合污，拒不应召，他在山上采药炼丹，治病救人，后人为了纪念他，改樵山为焦山。相传定慧寺原名普济禅院，是江南较早的寺庙之一，清朝康熙皇帝南巡经过焦山时，亲自题写了寺名匾额。与一些名山大川相比，焦山并不高大突出，但它有其独特之处，那就是闻名遐迩的江南第一大碑林——焦山碑林，气势磅礴的摩崖石刻和碑刻艺术，使焦山成为蜚声海内外的书法之山。焦山碑刻，篆、隶、真、草、行诸体皆备，风格迥异，或苍古峭拔，纵逸奇深，或严整舒朗，浑然厚重，真可谓汇千年古刻之隽美，融百家书法之精神。有"碑中之王""大字之祖"之称的旷世奇碑——《瘗鹤铭》，就出自焦山。北有《石门铭》，南有《瘗鹤铭》，焦山碑林与西安碑林一南一北，各领风骚，有人说西安碑林是雄浑的黄河文化的象征，而焦山碑林则是清奇的长江文化的凝结。它所拥有的更

多的是人文个性的张扬。

焦山位于长江之中，自古以来就是军事要地，曾出现过"焦圌险要屯包港，元宋兴亡战夹滩"的壮烈场面。1842年，英军发动扬子江侵略战役。数千守卫焦山的清军在此英勇抵抗，沉重地打击了英军的嚣张气焰，在我国近代反帝斗争史上写下了光辉的一页。恩格斯在《英人对华新远征》一文中赞道："如果这些侵略者到处都遭到同样的抵抗，他们绝对到不了南京。"

古刹梵音，古碑荟萃，古刻纷呈，古树葱茏，给这座名山增添了无穷雅趣。

焦山公园东大门

李培隽

天外横云，东吴雄踞；
江中浮玉，紫气奉迎。

周　游

分万道霞，矗向青天擎砥柱；
借一襟翠，浮成碧玉抱江流。

焦山公园南大门（渡口）

蒋光年

古刹藏春，山擎万佛琉璃塔；
大江浮玉，碑刻六朝瘗鹤铭。

朱思丞

山色吞吴，翠岭高提史笔；
江声带蜀，碧涛大写英雄。

［清］廖　纶

长江此天堑；
中国有圣人。

［清］沈德潜

楼观沧海日；
江入大荒流。

［清］刘　墉

万叠江山工绝唱；
三秋水月证参禅。

［清］王文治

胜地千秋崇大隐；
名山万古仰高贤。

［清］郑　燮

秋老吴霜苍树色；
春融巴雪洗山根。

［清］阮　元

从古桑田沧海；
自然仙鹤梅花。

凌万顷以茫然；
障百川而东之。

［清］赵曾望

昔曾瘗冢，一碑尚存，书自古人纷议论；
试比卧龙，三诏不起，山因高士并为传。

孙游洲

春水绿连瓜步树；
夕阳红映蒜山楼。

李宗海

千寻凤阁攀云上；
五色龙江抱日流。

徐砚农

云影波光天上下；
瀛洲蓬岛水中央。

回看佛国青螺髻；
误入仙人碧玉壶。

高禾生

琳宇重光，字换笼鹅传八法；
碑林永室，铭留瘗鹤炳三山。

东来阁

［清］陈任旸

水天一色；
梅竹双清。

为爱凉风开北户；
因芟残叶见南山。

任　伊

槛外一带沧江，不古不今图画；
帘中数声啼鸟，非丝非竹笙歌。

〔清〕彭玉麟

鹰岛白浮空，月涌江流闲鹤梦；
象山青入座，潮来窗外有龙吟。

松寥阁

佚　名

云生江海交融处；
人在松寥最上层。

〔清〕陈鹏年

千年鹤钵依然立；
万丈龙宫夺得来。

山云漾起袈裟阔；
江月初生殿宇清。

拍板征歌，唱大江东去；
举杯邀友，待明月西来。

佚　名

三山锁京口；
此地镇长江。

〔清〕铁　良

新渚忽生波岛外；
旧题多在薜萝中。

陆润庠

欲除后悔先修己；
各有来因莫羡人。

御书楼

［清］彭玉麟

珍弆天章，照耀江山万古；
光昭云汉，仰瞻日月双悬。

风露满江秋，万顷晴波濯星斗；
云霞出海曙，九霄瑞霭曜乾坤。

文殊阁

［清］林绍年

江山如画；
鱼鸟亲人。

人间岁月如流水；
镜里云山似花屏。

枕江阁

［清］杨继盛

人莫心高，自有生成造化；
事由天定，何须苦用机关。

［清］吴　云

云连鹰岛白；
水抱象山青。

［清］彭玉麟

商舶夜飞江月白；
天门日射海涛红。

［清］爱新觉罗·弘历

领要得江山，鼎伏恰依仙隐处；
观空参水月，锡飞还傍鹤铭边。

吸江楼

徐铁孙

众山遥对酒；
孤屿共题诗。

夕阳楼

端方集句

夕阳无限好；
高处不胜寒。

［清］郑　燮

花开花落僧贫富；
云去云来客往还。

［清］周学澄集句

江流石不转；
云在意俱迟。

［清］嵩峋集句

去无所逐来无恋；
月自当空水自流。

［清］吴熙载

以诸花香而散其处；
令一孔毛生无限云。

东升楼

［清］吴家榜

红透云霞看日上；
青连天地觉潮来。

焦山碑刻

［清］赵曾望

得瘗鹤铭而拓之，见八法中第一真书，始知翰墨精华，任鬼忌神谋，不及山灵呵护；

问瓜牛庐谁继者，数两汉后无双国士，若论烟霞痼癖，唯公宾我主，庶几水乳交融。

壮观亭

[清] 李庭玉 集句

金山共此一江水；
王母来寻五色龙。

[清] 李庭玉

砥柱镇中流，此处好穷千里目；
海门吞夜月，何人领取大江秋。

听涛书房

沈茂才 集句

潮平两岸阔；
江静数峰青。

自然庵

[清] 王文治

洞门高士迹；
山院古禅心。

[清] 郑　燮

山光扑面经新雨；
江水回头为晚潮。

此地从来有修竹；
如师真可主梅花。

汲来江水煮新茗；
买尽青山当画屏。

［清］薛时雨

鹤去难回，留片石孤云，共参因果；
我来何幸，有英雄儿女，同看江山。

茗山亭

茗　山

真平等待人如己；
大丈夫以国为家。

焦山亭

茗　山

焦公隐居，三诏不起；
静老追远，千里而来。

回光精舍

陈壮度

寻碑寺外云生履；
看月江头光满衫。

玉峰庵

［清］陈任旸

白云既开，远山出如涌；
清风所至，流水织为文。

桂　苑

佚　名

桂花满地连云扫；
仙鹤无声带月归。

杨艳娇

玉自江中浮起；
花从月里移来。

叶子彤

月里移来，丹桂溢香闻四宇；
人间尽赏，焦山掬蕊占三秋。

海西庵

［宋］王安石

委质江山如许国；
寄怀鱼鸟欲忘形。

［清］朱应镐

秋壑春岩，百变云烟苍莽外；
渔帆雁阵，四围风景画图中。

海若庵

［清］沈德潜

境以沧江旷；
山因真隐高。

［清］郑　燮

楚尾吴头，一片青山入座；
淮南江北，半潭秋水烹茶。

别峰庵

［清］郑　燮

室雅何须大；
花香不在多。

烹茶活火还温酒；
洗砚余波好灌花。

漱石山房

［明］董其昌

画帘高卷迎新月；
缃帙闲翻对古人。

［清］陈任旸

伊谁鼓棹来游，云移帆影；
试起开窗凭眺，月卧浮图。

水晶庵

［清］林则徐

江月不随流水去；
天风直送海风来。

海云堂

茗　山

海涌莲花花涌佛；
云笼宝树树笼山。

石肯堂

［清］曾燠集句

水清石白，焦公之宅；
纸张山蔬，弥勒同龛。

［清］姚元之

海日初潮白；
秋烟断岸青。

枯木堂

［清］曾国藩

似闻陶令开三径；
来与弥勒共一龛。

焦山僧堂

［清］伊秉绶

龛收江海气；
碑出鱼龙渊。

焦公祠

［清］郑　燮

苍茫海水连江水；
罗列他山助我山。

行 宫

[清]爱新觉罗·弘历

四面波光动襟袖；
三山烟霭护壶洲。

人胜坊

[清]鲍 皋

天辟海门容大隐；
人从石室得长生。

三诏坊

佚 名

襟江带海回天地；
青壁丹崖照古今。

枕江阁

[清]彭玉麟

天堑演楼船，忆瓜洲星火，京口烽烟，曾向丛林听鼓角；
海门资锁钥，幸鲽伏鹣驯，蛟潜虬隐，如携樽酒对江山。

定慧寺

［清］刘　墉

万叠江山供绝唱；
三秋水月可参禅。

定慧寺大殿

佚　名

钟声传三千界内；
佛法扬万亿国中。

赵朴初

面面涌风涛，悉皆黄檗婆心，棒喝声高尘不动；
亭亭亘古今，常住普贤愿海，虚空界尽鹤归来。

定慧寺天王殿

佚　名

护法心殷，不改本来面目；
降魔力大，犹存旧日威风。

［明］吴拎谦

坐到无言，心事忽随流水去；
来非有约，闲情尝与白云还。

定慧寺伽蓝殿

茗 山

随缘饮食起居，座客莫嫌斋饭淡；
疏略应酬交际，山僧未识世情浓。

定慧寺门牌楼

佚 名

泉声鸟声钟鼓声，声声是幻；
山色云色草木色，色色皆空。

定慧寺钟楼

刀述仁

百八钟声返闻自性；
五千经藏直指人心。

定慧寺钟楼走廊

佚 名

积德虽无人见；
存心自有天知。

定慧寺鼓楼

佚　名

一道天鼓，可断妄想；
万遍佛号，能渡迷津。

北固山篇

　　北固山，镇江三山之一，坐落在镇江市区北面长江边上，高约58米，长约200米。山壁陡峭，形势险固，南朝梁武帝曾题书"天下第一江山"来赞其形胜。以险峻著称的北固山，因三国故事而名扬千古。山上亭台楼阁、山石涧道，无不与三国时期孙刘联姻等历史传说有关，成为游人寻访三国遗迹的向往之地。甘露寺高踞峰巅，形成"寺冠山"的特色。相传始建于东吴甘露元年（265），后屡废屡建，寺内包括大殿、老君殿、观音殿、江声阁等，规模虽不大，名气却不小。古往今来，来镇江的游客，都喜欢到此一游，寻访当年刘备招亲的遗迹。

　　北固山由前峰、中峰和后峰三部分组成，主峰即后峰，是风景最佳处。北固山与金山、焦山成掎角之势，三山鼎立，在控楚负吴方面北固山更显出雄壮险要。明代知府为了抗倭守城，将前峰与中峰凿断。前峰原为东吴古宫殿遗址，现已辟为镇江烈士陵园；中峰上原有气象楼，后为镇江中国画院；后峰为北固山主峰，北临扬子江（长江），三面悬崖，地势险峻，山上到处都是树木，名胜古迹多在其上。北固山有甘露寺、唐宋铁塔、北固楼多景楼、祭江亭、遛马涧、狠石、凤凰池、试剑石等诸多著名景点。在北固山下江畔，现又建成北固湾、北固湾牌楼、京口宝鼎、书画长廊、九曲栈桥等景点，吸引了众多游人。

［宋］截张福句

山从平地起；
水向远天飞。

［清］截沈德潜句

峰巅片石留三国；
槛外长江咽六朝。

［清］王文治

沉戈难得孙刘迹；
载笔犹传颜谢才。

［清］杜文澜

雄镇冠南徐，浪涌潮来，江海无边天外阔；
名山环北固，吴头楚尾，金焦两点望中收。

［清］康有为

江淘日夜东流水；
地耸英雄北固楼。

多景楼

［清］赵 楫

览胜一登楼，岸阔潮平，金焦两点；
携樽凭吊古，读诗论画，苏米千秋。

［清］阮　元

巴蜀西来，潮头几许；
金焦北固，鼎足三分。

［清］李彦章

天与雄区，欲游目骋怀，一层更上；
地因多景，喜山光水色，四望皆通。

孔祥霖

北固暂停槎，纵我双眸，看无边风月；
东瀛方用武，问谁只手，扶第一江山。

李宗海

宜雨宜晴，山光水色何多景；
如诗如画，儿女英雄共此楼。

金焦两点；
北固一尊。

孙龙父

江山如画；
风月无边。

蒋光年

壁翠山青，远岫西来雄若虎；
潮平风正，大江东去势如龙。

徐砚农

左右拥金焦，东去大江日夜流；
乾坤容俯仰，我来多景倚栏杆。

陈辉棣

北固凭栏，天下江山第一；
南徐入画，此间风景无双。

潘家麟

天堑视安流，依旧巍峨称北固；
地灵钟秀气，而今俊杰聚南徐。

曾文弢

形势拓南徐，对秣陵树色、瓜步江光，何处平分吴楚；
画图开北固，有米老庵存、卫公塔在，依然映带金焦。

张绍华

杯酒吊南朝，空余半壁残山，长向中流作砥柱；
梯云登北固，愿借一杯甘露，化为霖雨洒苍生。

蔡瑜卿

闲话六朝，看大江东去；
高歌一曲，正薰风南来。

［清］黄祖络

六朝山色收杯底；
千里潮声入枕边。

邹镜堂

我辈复登临，霸业已随征战尽；
大江流日夜，天风常送海涛来。

朱庚成

天堑安澜，听铜琶铁板，唱折戟沉沙，往事云烟，
任史册三分天下；

此楼多景，看雪浪红旗，忆雄师飞渡，今朝景物，
是人民一统河山。

北固楼

李宗海

对广陵烟树，望淮海平原，向往京华瞻万里；
听扬子江涛，指金焦胜境，登临北固话三山。

范　然

峻壁冠崇楼，万里江山，纵目如读元章画；
雄图开绝顶，千秋风月，骋怀每诵稼轩词。

徐 徐

气吞吴楚，看六代枭雄，此处曾留霸业；
浪涌乾坤，叹千秋骚客，斯楼独望神州。

登北固楼，指顾天下江山第一；
问东逝水，淘尽风流人物几多？

蒋光年

山映斜阳，维扬北顾江天丽；
花开柳陌，钟阜西腾日月新。

于文清

春水一湾，金焦在望；
琼楼百尺，少长咸来。

凌云亭

［清］杨棨集句

客心洗流水；
荡胸生层云。

马公愚

江山第一；
风景四时。

清晖亭

［清］赵曾望

为孙刘三分遗迹，轻将北府招来，人事几回，石亭铁塔皆称古；

爱萧梁六字嘉名，仍把南朝送去，我闻一笑，飞涛骇浪尚惊人。

甘露寺

［清］爱新觉罗·弘历

地窄天宽，江山雄楚越；

沤浮浪卷，栋宇自孙吴。

北固山房

［清］黄祖络

好景无边，有许多雉堞参差，螺峰绵亘；

层楼更上，直看到芜城月色，瓜步烟痕。

石帆楼

［清］罗志让

楼亦临江，终古与此中兀立；

石如解语，片帆从何处飞来。

镇江楹联集成（下册）·镇江名胜楹联精萃

平赞臣

秋色自西来，红树青山都入画；
大江环北固，抚今追昔一登楼。

陈金波

石作帆樯，千古长风吹不去；
楼临淮海，二分明月送将来。

凤凰池

［明］王　臣

山云欲到龙初起；
池水空清凤未还。

枕江楼

［清］赵曾望

塔影又邀江月上；
钟声遥接海潮来。

北固湾

范　然

往昔三分天下，东吴开霸业；
而今千古江山，北固展雄姿。

威震东方，吴王业奠三分鼎；

雄踞北固，华夏春回一统天。

临江亭

［唐］截储光羲句

潮生建业水；

风散广陵烟。

祭江亭

［清］赵　楫

此身不觉出飞鸟；

垂手还堪钓金鳌。

镇江南山风景名胜区是国家级森林公园，是自然景观优美、人文景观丰富的省级风景名胜区。南山群山连绵，气蔚为壮观，兼具幽深、古朴、素雅与明朗秀丽的特色，素有"城市山林"之称。南山三古寺——招隐寺、竹林寺、鹤林寺久负盛名。

招隐寺位于招隐山中。招隐山原名兽窟山，因南朝著名艺术家戴颙的隐居而得名。戴颙不仅擅长丹青，在雕刻上亦造诣颇深，更精通丝竹，会作曲，他的作品流传很广。招隐的佳山秀水诱发了他的音乐灵感，创作了许多乐曲，使之成为中国音乐史上一个不朽的名字。

招隐山中还有读书台和增华阁，为梁朝梁武帝长子昭明太子萧统读书和编纂《文选》之处。昭明太子性爱山水，聪慧好学，被立为太子后，在招隐寺读书，并于读书期间召集文学名流在增华阁编纂《文选》三十卷。《文选》是我国第一部韵文、散文合集，对后代文学有重大影响。

招隐寺周边还有听鹂山房、鸟外亭、虎跑泉、鹿跑泉、玉蕊亭等著名景点。近年，景区还陆续修（复）建了飞云阁、梅岭、芝兰堂、云锦茅屋等诸多新景点。

南山风景区另有纪念刘勰《文心雕龙》的文苑、竹林寺、鹤林寺、八公洞、米芾墓、伯先墓、莲花洞、善园、文心楼、文心书院等众多风景名胜及古迹。今后将继续修（复）建黄鹤山景区、竹林景区、招隐景区、九华山景区、八公洞景区、回龙山水库景区六大景区，游览面积 8 平方千米，陆地和森林覆盖面积 10 平方千米。

南山牌坊

［清］截笪重光句

南村烟树重重出；
北郭春潮渺渺流。

［明］截李梦阳句

日临河岳云俱色；
春入江城树自花。

招隐寺

蒋光年

一带岚山，萧寺戴公留胜迹；
数重烟树，莺声泉韵有清音。

招隐山

李调庵

花雨悄飞三径湿；
松风时送六朝秋。

招隐坊

佚 名

烟雨鹤林开画本；
春咏鹏唱忆高踪。

李调庵

读书人去留萧寺；
招隐山空忆戴公。

读书台

李正学

为寻招隐山来，看一片岚光，草长莺飞三月暮；
不见读书人至，剩千秋石案，梁空燕去六朝非。

赵玉森

妙境快登临，抵许多福地洞天，相对自知招隐乐；
伊人不可见，有无数松风竹籁，我来恍听读书声。

陶绍荣

处士何存，到此犹携听鹏酒；
高台依旧，登临不见读书人。

杨邦彦

萧梁逝水，往迹犹新，问谁大雅扶轮，再继元储不朽业；

沧海横流，人间何世，趁我余光秉烛，补读平生见书。

增华阁

李调庵

景仰古贤风，此地得江山之助；
熟精文选理，斯人与翰墨为缘。

李丙荣

我辈复登临，地老天荒，喜此山增华阁，同时重建；
元储饶著作，风微人往，与隔江文选楼，并寿千秋。

胡　容

胜地有传人，风景流连，绵缈深情扬子水；
大文能寿世，词华俊逸，嶙峋峻望戴公山。

苏涧宽

柑酒寄闲情，几人结队清游，共仰储君能好学；
沧桑经浩劫，有客登临凭眺，犹思隐士独尊贤。

张长庆

华雨忆缤纷，问几时玉蕊重开，频来避世；
海天当指顾，任终古石帆高挂，懒去乘风。

虎泉亭

李丙荣

一勺励清心，酌水谁含出世想；
半生盟素志，听泉我爱在山声。

听鹂山房

庄祖武

泉韵每清心，自有山林招隐逸；
莺声犹在耳，好携柑酒话兴亡。

云锦茅屋

丁小玲

云林鹂啭辛夷紫；
锦里人归踯躅红。

蒋光年

老树四围招士隐；
好花一路映山红。

玉蕊亭

李丙荣

杰构幸重兴，久仰宗风食先德；
仙葩渺何许，长留佳话在名山。

狮子窟

赵少亭

一尊坐揽林泉胜；
三洞游探石屋奇。

招隐寺大殿

蔡蔚霞

佛地本无边，看古刹几许沧桑，从此金轮销劫运；
清泉不能浊，愿出山依然莹洁，好凭宝筏渡迷津。

飞云阁

蒋光年

云树涵青，飞阁千寻开远势；
江天浮白，琼楼四面入晴岚。

丁小玲

入阁凭栏，第一江山先到眼；
流莺唼翠，六朝风物尽含情。

韩永军

一阁衔云，为留高隐千秋在；
群峰举日，相伴大江万古流。

芝兰堂

于文清

此地可流连，桃花春水清犹浅；
其间可啸傲，兰气蕙风远更幽。

倚松山房

蒋光年

叶绿空林，松风竹雨真诗境；
花红幽涧，云影岚光好画图。

梅林春坞

于文清

人去春无主；
我来梅正花。

竹林寺牌坊

［清］王文治

梵远惊天籁；
钟清趁簳音。

竹林寺大殿

［清］王文治

栽培竹树见经济；
供养烟云延岁年。

竹林寺五观堂

蒋光年

乐施利达众生界；
念想食存五观堂。

竹林寺净业居

［清］王文治

玉子半枰敲净几；
炉香一缕上藏书。

蒋光年

竹院风清修净业；
禅林月白绝尘缘。

抱江亭

［清］黄以霖

来时觉幽奥；
到此豁心胸。

李调庵

江流山色晴空外；
笠影钟声夕照中。

高禾生

修竹万竿，夜月影从簜外落；
斜阳一抹，秋山人在画中行。

蒋光年

汩汩浤浤，林公泉水半山咽；
疏疏密密，禅寺幽簜一片青。

文心阁

［南朝］截刘勰句

丹青初炳而后渝；
文章岁久而弥光。

［西晋］截陆机句

抱景咸叩，词章矩范；
怀向毕弹，文理菁华。

鹤林烟雨牌坊

蒋光年集句

红照日高，鹤栖峰下青莲宇；
紫凝霞曙，花发江城世界春。

于文清

鹂调莺声，戴家琴谱；
朝烟夕雨，米老画图。

鹤林寺大殿

蒋光年

鹤舞空山，胸罗贝叶三千卷；
龙潜古刹，心有灵犀一点通。

苏公竹院

蒋光年

行歌竹院宜题壁；
坐咏莲池好读书。

丁小玲

十三松影当门，记黄鹤来朝，凤凰结集；
数杵钟声绕水，过东坡竹院，茂叔莲池。

杜鹃楼

蒋光年

鹃啼林外数声磬；
花语楼前万木春。

丁小玲

鹃红也醉，蛙鼓也诗，楼起潜龙处；
云聚者山，墨翻者海，风来隐士家。

茂叔祠

董国军

不染不妖，花中君子；
明心明理，学界圣人。

鹤林寺

高禾生

神鹤已飞，寺外犹存米芾墓；
仙葩常在，阶前来赏杜鹃台。

蒋光年

古竹院前，千载杜鹃仍艳艳；
米家山上，五州烟雨自潇潇。

茂叔莲池苏子竹；
鹤林烟雨米家山。

鹤林阁

蒋光年

鹤舞丛林，秋雨一帘苏子竹；
龙腾杰阁，春烟半壁米家山。

范　然

杰阁飞楼，地踞雄州焕吴楚；
金戈铁马，天留壮气振山河。

鹤林胜境

范　然

胜地画图开，是仲若丹青、米家山水；
灵山诗文曜，有东坡绝唱、周子爱莲。

伯先墓

佚 名

巨手劈成新世界；
雄心恢复旧山河。

马家坟

许 沅

贞松劲柏，长护幽灵；
画荻丸熊，颇征苦志。

沈百先

玉洁冰清，贤贞恪守；
山环水抱，灵秀所钟。

张清源

春露秋霜，孝思不匮；
云蒸霞蔚，明德惟馨。

冷 適

风景重南郊，荫复松楸，胜境傍竹林禅院；
云軿返西竺，秀贻兰桂，丰碑建葱郁高阡。

米芾墓

叶震东

抔土足千秋，襄阳文史宣和笔；
丛林才数武，宋朝郎署米家山。

文心楼

蒋光年

三面岚光开画本，看花灿翠微、鸟飞亭阁，云树涵青、石泉隐碧，好个仙居境界，城市山林，大道高吟歌胜景；
一湖烟水动文心，喜书香萧寺、曲写广陵，莲塘摇滟、竹院寻幽，几多矩范词章，菁华翰墨，层楼更上赋新诗。

入阁凭栏，山林隐秀；
吐珠纳玉，人物风流。

于文清

树影婆娑，当日曾遮萧寺宅；
烟光缥缈，此山长惹米家云。

范　然

品茗山林，花鸟拓三千世界；
论诗高阁，楼台瞰十万人家。

丁小玲

文苑传刘氏词章，星垂大野；
心田纳米家墨点，山涌平湖。

杨正宏

文心立十载，太子书香藏万卷；
绮阁览三山，广陵天籁动千江。

善园"大爱镇江"牌坊

范　然

善德薪传，昭美千年史乘；
爱心律动，馨香万世风标。

弘慈融爱，铭石旌厚德；
抱义戴仁，惠化蔚新风。

蒋光年

乐心向善，乐善和风吹大地；
好物持施，好施青雨润神州。

大美人间，秀推京口；
暖心江左，善乃源头。

慈爱亭

于文清

慈怀如北水；
爱意比南山。

徐　徐

弘慈呈气象；
大爱见精神。

善园仁爱廊

蒋光年

亲情胜境；
慈善家园。

文心书院

蒋光年

文脉绵延，书声琴韵皆承六艺；
心田芳润，院落门庭毕萃群英。

六艺馆乐馆

蒋光年

泉韵清心，何须丝竹吹弹调；
琴声悦耳，犹带鹂莺啼啭音。

六艺馆书馆

董国军

山磨黛墨天开纸；
水染斜阳柳蘸金。

六艺馆数馆

丁小玲

持将玉尺，度量天地；
推演些微，辨证古今。

六艺馆昭明馆

丁小玲

披书明道，但使民氓归教化；
聚墨留云，且凭山鸟啭清明。

六艺馆射馆

徐　徐

檀司马量沙，兵机了得；
祖豫州击楫，士气如何？

六艺馆御馆

张涵宇

御雄兵，寒微奋起，鞭扬千里开疆域；
循陋巷，贤达长存，风过百川有豪英。

莲花洞亲子园八角亭

蒋光年

文脉千年，庆丰泉畔莲花洞；
风情万种，游乐场中亲子园。

张耀林

莲花洞前，小羊可乐；
石榴枝后，老马释怀。

市区其他景点篇

　　镇江不仅拥有驰名中外的金山、焦山、北固山、南山、茅山、宝华山、圌山等风景名胜，西津渡、梦溪园、伯先公园、宜园等景点亦星罗棋布。特别是近年来，市委、市政府坚持把发展文化产业作为转变经济发展方式、实现跨越发展的战略重点，集聚吸纳各类资本参与文化产业发展，加快了西津渡文化产业园、南山文化休闲园、中国米芾书法公园、文宗阁及"三山"风景区综合改造、"青山绿水"等重点工程建设。目前，米芾书法公园、象山公园、北固湾、金山湖、狮子山、银山公园、古城公园、桓王亭、百花洲、镜天园、北固楼、鹤林烟雨景区、中国天地石刻园、齐梁文化森林公园、扬中园博园、扬中太平文化广场等一系列建设工程都已成功建成。

梦溪园

萧　娴

一代司天监；
千秋说梦溪。

李宗海

沈酣于东海、西湖、南州、北国之游，梦里溪山犹壮丽；
括囊乎天象、地质、人文、物理之学，笔端谈论自纵横。

许图南

梦境迷茫缘卜宅；
溪流堙郁忆高谈。

朱庚成

老退深居，一笔岂期惊后世；
高风亮节，小园何幸得先生。

汪　玢

数卷奇文，物态天心匀翠墨；
一钩初月，南航北驾为苍生。

黄后庵

是科坛巨擘；
开海国先河。

陈辉棣

梦里溪山，八年小憩；
胸中宇宙，百代重光。

徐砚农

兴废本无常，喜梦里名园重建；
沧桑曾几度，愿眼前胜迹长新。

高禾生

脂水泽蒸民，赤县揭开化石史；
笔谈传奕世，朱方争谒梦溪园。

梦溪园苍峡亭

李培隽

笔谈在梦溪，超凡一世；
物格于诚意，泽惠众生。

梦溪园远亭

蒋光年

梦绕远亭宜纵笔；
溪流苍峡好深谈。

云台阁

祝瑞洪

来大码头，修道修儒修释，一生平安幸福；
登云台阁，乐山乐水乐城，满眼盛世风光。

范　然

杰阁俯苍溟，观九万里鹍运鹏抟，四海云澜生眼底；
大江横古渡，听三千年龙吟虎啸，五湖风月入胸怀。

蒋光年

万家灯火，飞阁流丹，天低吴楚无边绿；
满眼风光，层峦耸翠，潮涌金焦太古青。

于文清

高阁起云台，葱茏林木留嘉客；
大江开画境，浩渺烟波带古城。

丁小玲

先唐宋传名，曾半天楼阁，环渚芙蕖红万迭；
与金焦分翠，正山水林峦，画图烟雨景三千。

岚气西来，翠鬟霞光，天开图画；
大江东去，长虹帆影，春到人间。

徐 徐

朱甍临水，画阁浮云，再现旧时胜迹；
白浪绕城，青峰横廓，何如此处江山。

韩永军

古渡扬帆，山楼斜月清宵甄妙计；
青螺滴翠，玉带横天朝日替繁星。

董国军

杰阁临江，观水能穷千里目；
雄风拂槛，凌云直上最高楼。

西津渡

［唐］截戴叔伦句

大江横万里；
古渡渺千秋。

［清］赵曾望集句

路出寒云外；
江流宿雾中。

郭维庚

十丈狂涛奔北固；
一江残月渡西津。

杨正宏

西津潮远，樽前犹忆斜江月；
石塔霜清，客里自怜待渡人。

百姓戏台

蒋东永

天地舞台归百姓；
古今好戏看千年。

蒋光年

好戏连台，人世难逢开口笑；
清歌一曲，老夫聊发少年狂。

恒顺醋坊

文德忠

人生五味永居首；
醋意百年恒顺心。

正凤绣坊

高　扬

手里凤凰开锦绣；
心中经纬著文章。

唐老一正斋

蒋光年

唐家老铺，一德一心，悬壶济世；
祖训新规，正人正己，橘井流香。

都天行宫

佚　名

德泽社稷千秋颂；
神佑黎民百事兴。

佚　名

太守英名垂史册；
江淮感德刻民心。

太平泥叫叫

周文娟

泥叫太平祈盛世；
艺臻大美入非遗。

春顺和包子铺 三柱联

袁裕陵

下联：美香茶点，迎南北宾朋。
上联：构筑精工，兼中西风格；

下联：和融商介，喜左右逢源。

老码头面馆

胡红林

沸锅煮盖，别开生面；
淋醋泽肴，独运匠心。

游客中心

李培隽

百栈相连，古韵风情生蕴藉；
西津在望，新潮时尚入凡尘。

长廊水榭

周　游

掬风吟动潺湲皱；
浣月携归缥缈烟。

二翁亭

蒋光年

火烧赤壁，三国英雄藏故事；
诗赋算亭，二翁太守竞风流。

程越华

一算功成，史传三国；
孤崖诗就，亭记二翁。

味　园

蒋光年集联

岁月无情催客老；
人间有味是清欢。

留春阁

魏艳鸣

经春一味玲珑紫；
过眼千峰浩荡青。

避风馆

卜用可

门避雨风，别开清境；
窗悬山水，如对古贤。

需 亭

丁小玲

山一拳，虽小声名亦星聚；
亭百尺，无多人物自风流。

杨恒网、蒋光年

偕游沧海，三国孙刘藏故事；
重现旧亭，千年津渡诵英雄。

待渡亭

蒋光年

古渡千秋，难羁归客；
大江万里，好送行舟。

小山楼

蒋光年

潮平倚棹数声笛；
月上登楼万里秋。

钟　楼

黄绍山

辙过，留隋唐气象；
钟鸣，传贾市繁华。

小码头观音洞

［清］赵曾望

心在塔铃中，直须洞水西流，那日再来谈佛意；
手持杯珓掷，试问大江东去，甚风吹得到仙才。

茗　山

具无缘慈随类化身，紫竹林中观自在；
运同体悲寻声救苦，普陀岩上见如来。

救生会

祝瑞洪

普陀岩下，潮升潮落，义士乐施怀善德；
银岭峰前，帆去帆来，红船拯溺济苍生。

丁　欣

浪劈江天，浮沉一线开生路；
舟回津渡，仁义千秋说救星。

范　然

拯溺扶危，德昭天地；
救生行善，功盖山河。

救生博物馆

祝瑞洪

大江济困，此舟传载利川德；
千古救生，斯馆留存义士名。

紫阳洞铁柱宫

范　然

伟绩著名城，敷德流芳民载福；
神功昭铁柱，御灾捍患泽安澜。

蒋光年

青石板边，三神合聚紫阳洞；
普陀岩上，一树低垂铁柱宫。

尚清戏台

蒋光年

净丑旦生，扮靓千秋俊杰；
管弦丝竹，奏鸣万种风情。

英租界工部局

卢象贤

租界史摊开，以史为鉴；
颐和园翻过，辟园维新。

德士古火油公司

王庆农

想昔日风光，勿忘历史；
说洋油故事，常启后昆。

亚细亚火油公司

应绿霞

火遍亚洲，空留历史；
尘封油渍，见证沧桑。

南券门（西津渡街）

蒋光年

吴楚要津，千年古渡；
江河锁钥，七省通衢。

东券门（救生会）

蒋光年

觉路同登，白塔晴云浮紫气；
慈航共渡，红船浊浪救苍生。

西券门（待渡亭）

蒋光年

飞阁流丹，一眼千年留胜迹；
层峦耸翠，半亭三面有遗风。

东坡岭

蒋光年

丹崖茅屋宜高隐；
青壁闲田可卜居。

西津渡碑林

范　然

大江流墨韵；
古渡涌诗情。

吴越两山亭

赵绍曾

海国帆樯横岛屿；
江城楼阁涌波涛。

伯先公园

柳诒徵

朝晖夕阴，江山第一；
云车风马，国士无双。

伯先祠

郭礼徵

为无数权利，掷无数头颅，功不必自我成，甘心粉骨糜体，以诏来者；
揽第一江山，念第一豪杰，国庶乎有与立，从此蟠天际地，胥拜公灵。

柏文蔚

忆玄黄未判，与君相遇，共策中原，卅载溯前尘，
人往风微，忍泪频看吴季剑；

念苍赤何依，顾我犹存，莫酬初志，四方况多难，
马喑戈钝，强颜来拜武乡侯。

伯先公园翠绿茶社

刘嘉和

翠色满园，七碗茶香留上客；
绿荫遍地，四时花放吊英雄。

柳曾符

云开云合山头月；
潮起潮落渡口风。

寄奴居

杨积庆

躬耕垄亩，伤药久传寄奴草；
亲执耒耜，遗教曾贮丹徒宫。

寿丘山下，漕水似争西津渡；
刘裕宅边，松涛疑演北府军。

石淙精舍

范　然

石耸千丈如志抱；
淙悬万仞若德操。

蒋光年

石淙流韵，诗钞千首奇童子；
精舍藏真，功勋四朝杨一清。

徐　徐

南来北往，经宦海腥风，沙场血雨；
秋夕春朝，有石淙烟月，鸿鹤晴岚。

寿丘山普照寺

佚　名

亿千万劫山长在；
一百八声天未明。

江西会馆

［清］赵曾望

座中都是故乡人，喜一榻烟茶，好同话南浦烟云，
西山暮雨；
江上别开名胜地，近二分明月，试凭眺东流雪浪，
北固晴霞。

缦蓉楼

［清］赵曾望

谁为翔渚灵妃，倒三尺金尊，杯底吸来焦岭月；
我是倚楼旧主，仗一支玉笛，袖边吹起大江涛。

戴子开

金樽进酒，檀板征歌，请看如此江山，莫虚佳日；
画栋飞云，珠帘卷雨，呼出无边风月，补作中秋。

宗泽墓

易君左

大宋濒危擎一柱；
英雄垂死尚三呼。

佚　名

颁表八百年前，勋绩永昭明于日月；
锡垂万千载后，珠玑长炳耀乎乾坤。

五州山亭

［清］翁同龢

一亭尽揽山中趣；
幽室能观世外天。

五州山净因寺

蒋光年

卧看沧江，妙喜慈云功德院；
坐听空谷，翠崖法雨藏经楼。

净因寺法雨堂

蒋光年

五州环秀，暮鼓晨钟萦古刹；
一水奔流，慈云法雨济苍生。

净因寺藏经楼

蒋光年

楼耸五州，满眼风光尘世外；
经藏万卷，无穷奥妙梵音中。

桓王亭

笪远毅

业创东吴擒白虎；
志陵中夏射青狼。

黄鹏飞

凤引二乔，城屯京口；
龙骧六郡，基兆江东。

于文清

往事随风，天下英豪争霸主；
新亭证史，江东父老忆孙郎。

狮子亭

雷志强

狮子山中无异兽；
猴王行处绝妖踪。

古城公园

笪远毅

放舟北固，击楫中流而指北；
勒马南徐，挥鞭两翼且图南。

丁小玲

连营霜角，拍舰芦涛，空留剩千寻残堞；
立阵楼群，联珠夜火，尽来朝两晋花山。

镇江恒顺酱醋厂

苏涧宽

恒产恒心恒发展；
顺情顺理顺财源。

恒顺博物馆

蒋光年

中国醋都，名驰世界；
百年恒顺，惠泽众生。

三酉堂

杭祝鸿

三酉堂中，五味迎八方游客；
千秋桥畔，百花散十里清香。

酱　园

朱思丞

调出世间百味；
酵存楚匠千秋。

酉　亭

蒋光年

酱园酒海醋坊，三酉名天下；
味美色香品正，一心惠众生。

醋醋飘香亭

杭祝鸿

全球醋业，恒顺领军者；
中国醋都，镇江第一家。

龙涎亭

蒋光年

不忘初心，恒顺众生愿；
永怀梦想，领跑醋业先。

官酱园

孟广祥

醋做深，酒做高，酱做宽，香漫百年，有味文章诚做大；
号存老，法存古，德存厚，誉驰万里，无涯事业永存真。

曾小云

恒守古方，调凤髓龙肝，三甲子来夸此酱；
顺从天食，萃昔荣今宠，万重洋外耀吾园。

高　扬

镇江形胜，恒顺名扬，酱园百载馨遐迩；
岂止质优，尤崇德厚，醋味千秋韵古今。

润州法院启园

蒋光年

启迪人生，讴歌美德；
弘扬法治，感受公平。

跑马山公园法仪亭

蒋光年

怀揣明月，咏虚心翠竹；
笔蘸清风，写傲骨红梅。

韦岗战斗历史陈列馆

王玉鸣

铁军浩气垂青史；
将士丹心荐轩辕。

鲍荣龙

青史几行千古载；
江南一捷万年传。

吴晓虎

仗弓射日江南出；
举剑驱倭华夏还。

黄绍山

弹洞飞来堪勒石；
凯声犹在可听松。

韦岗初心园

王育春

犹记当年凋壮节；
不将今日负初心。

韦岗战斗纪念碑

王忠东

岭扼鸟途吞落日；
碑擎枪刺决浮云。

官塘宝平法治文化广场

张耀林

官山藏法宝；
塘泊映天平。

黄绍山

桐叶知秋风凛冽；
广场显剑气峥嵘。

胡益润

瑞气氤氲官塘驿；
清风煦拂秀山村。

邱建国

秀山美苑瑰宝地；
明法修身太平人。

宝塔路廉洁文化长廊百姓亭

左朝芹

揽月，促谈百姓事；
凭栏，共享一亭风。

名嘴讲名家故事；
宝亭传宝塔新风。

邱建国

须听话长话短；
勿论孰是孰非。

吴诚龙

礼让三尺乡邻睦；
孝先百善世代亲。

黄绍山

宝塔，镇古今邪气；
长廊，拥天地清风。

魏福英

廉德训言歌正气；
清风文字颂名贤。

郭明辉

黄山紫气传祯泰；
碧水清风引孝廉。

润州新时代文明实践中心

陈圣英

演千秋故事；
观万古风云。

张耀林

汲水等闲开智力；
移山劳顿种心田。

和平文体公园博爱家园

孙亚非

家山有爱，真情化冻；

春水无言，大德温心。

邱建国

宜文宜体和平路；

乐水乐山博爱园。

新金江渔文化馆

张耀林

出澜尽兴，寻渔舟唱晚；

入苑得安，育雁阵惊寒。

苏文生

别楫上岸，破茧成蝶为生态；

勠力脱贫，励志共德致小康。

和平文体公园休息长廊

黄绍山

一脉苍波，过尽渔舟无唱晚；

两行白鹭，已衔江火逐流霞。

康昌智

梅兰竹菊雨晴无碍；
春夏秋冬老少皆宜。

和平文化体育公园

朱爱林

金山水岸寻仙境；
古润城中见乐园。

孙亚非

舞拳论剑，小憩廊中看古画；
闲话漫歌，徐行湖上寄吾心。

镇江跑马山稼轩亭

黄绍山

剪疆春水，的卢不洗归槽愤；
弓月秋霜，龙匣难消挂壁鸣。

卜积祥

恨当年，万里神州空北望；
惊新貌，一番紫气正东来。

赵家驹

一揽江天，满眼风烟余半壁；
三浇酹酒，兼程帝里表全忠。

跑马山诗联文化园

许国其

水接海门铺远色；
山连钟阜识春风。

润州广场及跑马山象棋园

张耀林

八骏奔腾争作客；
三山邀约去登云。

润州广场

左朝芹

居三茅福地；
悦七里人家。

孙亚非

坐中一胜地；
行处满春风。

朱爱林

润州流芳地；
民众快乐园。

润州广场连理亭

蒋光年

花绽合欢树；
人歌连理亭。

李克俭

雅座闲吟客；
寿藤连理枝。

米芾书法公园瑞墨轩

王天性

到此谒前贤，最忆书列四家，画开一派；
造园成胜景，只期花香八节，美誉五州。

秦志法

颠乎狂乎，孤高人品创精品；
神也妙也，奇秀山光映墨光。

郭殿崇

书画越时空，艺赏心点刷风流，弘扬国粹；
园林垂典范，景阅目蜿蜒十里，旖旎千春。

蒋光年

瑞气绕轩，碑刻一廊多米帖；
墨香盈室，云烟半壁共长山。

缪旭东

瑞霭萦轩，恍见元章闲纵笔；
墨烟凝韵，但教法帖久横云。

绍兴米帖

戴高峰

心崇北宋无双笔；
墨醉神州第一廊。

李海章

集古以从新，墨韵浓时，传香四海；
倾情而奋力，笔锋到处，入木三分。

文德中

寻常巷陌非常帖；
第一江山独一人。

蒋光年

古邑丹徒，龙腾虎跃开新境；
长山米帖，凤翥鸾翔泛墨香。

新刻丹徒米帖

范胜利

集米帖大观，千秋堪醉丹徒月；
撷前贤群玉，四壁长抟骏迈风。

张应明

集米字大成，开盛世大观，千秋瑰宝；
览丹徒胜景，赏长山胜迹，一座名园。

汤一鸣

画意千寻邀素月；
书峰一座耸丹徒。

松桂堂馆

汪士延

法帖历沧桑，辗转东瀛归故里；
米书昭日月，叹观北宋有遗篇。

蒋光年

月朗风清，闲云出岫；
松苍竹翠，丹桂飘香。

群玉堂馆

文　伟

魏晋隋唐同一脉；
苏黄米蔡各千秋。

蒋光年

群玉满堂，清迈浑然臻妙境；
法书十卷，名贤佳作得天成。

英光堂馆

董生茂

英气停云，半榻松风披北苑；
光风霁月，一帘花雨眷南宫。

息　亭

杨遵贤

千座山峦排笔架；
万株林木举雄毫。

致　爽

乔中兴

致愿千般，来此顿消俗虑；
爽心一笑，凝神领略丹徒。

扬　清

苏振学

笔带癫狂，刷开一片新天地；
书臻境界，融入十分真性情。

宋高宗御碑亭

蒋东永

点秀云山，中华独步；
刷新翰墨，大宋一人。

清乾隆御碑亭

黄建中

大宋一家称，下笔千钧惊险绝；
丹徒千里望，披襟一笑揽苍茫。

墨池口

蒋光年

濡墨挥毫，气雄韵胜；
临池书帖，心旷神怡。

毛国迁

云绕长山天作画；
笔濡池口水生香。

海岳门

蒋光年

天开海岳流诗韵；
情满长山溢墨香。

舒贵生

十里长山，六朝文脉；
一园碑刻，万古书魂。

丹青舫

丁 欣

画里疏烟，每来染楼头山色；
园中奇石，曾去听笔底江声。

蒋光年

十日隋花，快霁一天清淑气；
满船米画，健帆千里起宏图。

垂虹亭

蒋光年

远岫万重，一江秋水垂虹影；
断云一片，万里风帆扬碧波。

十里长山生态园牌坊

蒋光年

旭日东升，云蒸霞蔚；
岚山北顾，竹翠松苍。

郁香亭

蒋光年

郁霭祥云浮岭岫；
香氛瑞气绕亭台。

一湾春水流诗韵；
十里云山入画屏。

彩云轩

蒋光年

追赏彩云满谷；
坐看明月一溪。

十里长山采摘园牌坊

蒋光年

采茶品茗农家乐；
摘李尝桃百果香。

闻捷诗歌馆

蒋光年

闻名遐迩，千秋光耀照诗史；
捷报飞扬，万马奔腾唱牧歌。

情满天山，大美新疆拓新境；
名扬四海，新生大地留大诗。

六角亭

殷　明

亭开无限山村景；
湖聚几行大地诗。

船　舫

殷　明

画绘岚山，牧歌时代；
舫迎旭日，诗写人生。

连廊亭

杨　镇

陕北江南藏画意；
天山雪域蕴诗情。

券　门

梅和清

闻韶起舞，人物牧歌京口；
捷足临风，文光射斗海门。

连　廊

吴　当

近水远山堪入画；
微风细草可吟诗。

连 廊

朱思丞

鸿笔几经风雨；
湖山自有春秋。

大 港

［清］王梦仙

碧水有情环岸曲；
青山无恙耸天空。

蒋光年

古邑宜侯地；
瑞山龙脉源。

赵 磊

临风峭峙，楞严寺畔报恩塔，岌岌高标，万里长江
称第一；

循径蜿蜒，龟瑞山头筑炮台，隆隆疾响，千年懋绩
竟连三。

运河广场"大运千秋"牌坊

范 然

万里洪涛，营成漕舸埭桥，波光帆影皆诗画；
千秋胜迹，缮就园林台榭，文采风流越晋唐。

秦凿京岘山，润溢周乎万世；
今治运河水，泽濡及于兆民。

许浑丁卯别墅

范　然

山雨发吟啸；
烟波得性情。

蒋光年

云水曾牵帆影过；
月庭今伴故人来。

丁小玲

吟湿一湾风月；
归耕半尺砚云。

徐　徐

流水小桥招隐士；
清风明月属诗人。

韩永军

故里迹犹在；
远山晴更多。

丁卯别墅看山楼

于文清

逸士多归棹；
诗人饱看山。

董国军

由燕裁云山作画；
因风摇柳水成文。

丁卯别墅宴客堂

蒋光年

酣饮多高趣；
醉歌无俗情。

丁小玲

江左云山，名流座上；
许家风色，碧玉樽中。

徐　徐

飞觞京口酒；
吟兴海门潮。

丁卯别墅溪亭

于文清

来访散人三亩宅；
归携高士一溪云。

宜　园

蒋光年

宜雨宜晴，真堪高咏；
多姿多彩，大可畅游。

宜文书院

蒋光年

宜业宜游文创地；
可觞可咏作家村。

宜　亭

蒋光年

宜人风景何言少；
醉客花香不在多。

宜园酒店

蒋光年

黛瓦粉墙，明清古韵；
高朋胜友，诗酒风流。

金陵厅

董国军

杯酒往来，俱是春秋佳日；
诸天欢喜，可无山水幽情。

宜有书房

董国军

有山有水有嘉木；
宜画宜诗宜读书。

宜有厅

于文清

书香茗味朝朝有；
月意风情事事宜。

茧和厅

丁小玲

品茗长怜佳境；
扫云屡得新诗。

徐　徐

接天云锦伊谁织；
如玉佳人书里来。

天下归元工作室

丁小玲

檐列画屏穿燕子；
月移水鉴倚梅花。

于文清

幽径香飘梅子雨；
小园人踏杏花风。

江苏网络作家村

朱思丞

并网开宏域；
存思著锦文。

宜创镇江

朱思丞

花木一庭，有深有浅；
嘉宾满座，宜创宜商。

徐　徐

帘幕数重，阑干几曲；
笔花香泛，书案月来。

心湖花影长廊

蒋光年

月移花影乱；
波动晚风凉。

儒里吟诗亭

蒋光年

半亩方塘千古韵；
无边光景一时新。

镇（江）大（港）铁路指挥部

王　川

长长江，大大港，长长大大，黄金水道；
平平路，坦坦轨，平平坦坦，钢铁巨龙。

华阳观

八宝华阳天下重；
三清大教世间尊。

尊道崇德；

敬天保民。

绍隆寺

［清］爱新觉罗·玄烨

上有真相龙脉；

下显奇异山峰。

慈云遍覆，法雨均施，愿弟子同登解脱；

慧日高悬，佛光普照，度群生早悟圆通。

寺古僧闲云作伴；

山深世远月为朋。

蒋光年

五峰秀出大江畔；

一寺深藏龙脉中。

绍隆寺龙地

静中观物动；

闲里看人忙。

绍隆寺玉佛殿

古刹深堂虔觐佛；

绍隆高岭赏飞云。

大雄宝殿

佛应西乾度众生，以印证菩提，故感天龙常拥护；
法流东土开文化，而震发聋聩，致令贤智尽归宗。

诸恶莫作，众善奉行，已了如来真实意；
四大本空，五蕴非有，是谓波罗蜜心多。

四叶三花，誓愿宏深传东土；
六根九品，莲花接引生西方。

有意烧香，何须苦朝南海；
诚心拜佛，此处即是西天。

永胜寺

寂照圆明，一念真因归妙觉；
色空澄澈，三祇道果会菩提。

求清不激皈依路；
脱俗为奇觉悟门。

华山张王庙

心　澄

妙证圆通，随类化身游法界；
静观自在，寻声救苦度群迷。

银山公园

笪远毅

地接沪宁，帆扬海外，八万里恭迎宾客；
天分吴楚，虎镇江东，三千年阅尽沧桑。

蒋光年

古邑宜都，三千年吴文化瑞祥圣地；
新城大港，八百里扬子江璀璨明珠。

于文清

高阁沐春风，宜雨宜晴宜啸咏；
大江散霞绮，好山好水好留连。

凭栏送目，无数峰峦江上起；
把酒临风，几重云树槛边来。

丁小玲

群岭西来，隔水邀圙山入座；
大江东去，披襟共明月传杯。

肖奇光

天下通顺，千船竞发镇江港；
市头殷阜，一派纷腾扬子潮。

黄鹏飞

大港连云，万里长江到此舒张脉搏；
银山翥凤，千秋古邑从来造化英雄。

赵金柏

青簋铭文，靓女诗心，层层叠叠幽山阁；
白银传说，黄公故事，瑟瑟粼粼映水天。

周文齐

泰伯奔吴，大道无私宜国是；
魏降语妙，师碑有字润华阳。

赵俊梧

戏水华鳞泳；
观山彩翼飞。

金港大道十字路口如意亭

赵金柏

有道东西南北；
无忧春夏秋冬。

天香阁

吕涌泉

慷慨捐躯，誓扫胡虏，经营复汉，力挽乾坤，天下
又承平，新旧党人齐俯首；

将军敌忾，诸季争先，女子同仇，夫人奋武，满门
皆忠义，中西豪杰共倾心。

圌山关

［清］赵曾望

壁立万仞；
关封三江。

伯先祠

于右任

天地有正气；
园林无俗情。

蒋光年

家国情怀，英雄气概；
江南化迹，太伯流风。

烟雨楼台

蒋光年

烟雨楼台，堪开胜境；
清幽寺观，可见风情。

赵金柏

瑞气绕圌山，问方国分封甚处？
铭文函大港，知润东肇始江南。

石破天惊，矢簠金文明史记；
云开雾散，吴侯故邑现烟墩。

山不高，水不深，孙家村落台形邑址；
史无记，册无载，吴国铜城范式遗存。

青铜铸造堪称一绝；
季札高风可谓无双。

经开区

赵金柏

得意春风阡陌笋；
神来巨笔古今图。

五峰山下高桥，横空出世；
扬子江边大港，吞吐乾坤。

大港赵氏宗祠

［清］赵曾望

秩秩斯干，鸟鼠攸去，风雨攸除，于豆于登，修其享祀；
明明我祖，既勤垣墉，既勤朴斫，有典有则，贻厥子孙。

傧尔笾，柔尔颜，敬慎威仪，云胡不喜；
齐乃位，度乃口，聪听彝训，其永无愆。

同人于宗，盖取诸萃；
约我以礼，是谓之文。

［清］赵佑宸

虽有周亲，不如我同姓；
谁谓宋远，率乃祖攸行。

八百年聚族于斯，宋室同传宗室表；
二千石分符到此，明州来拜润州祠。

儒里朱氏宗祠

佚 名

寝成孔安；
历代明经。

佚 名

乾坤三阙里；
古今两大成。

佚 名

支蕃古润，人传白鹿遗规；
派衍新安，世宗紫阳家法。

佚 名

一本生枝，莫以荣枯分彼此；
五伦达道，先顺忠孝报君亲。

佚 名

瑞协尼山，过五百年之期，同生庚戌；
典隆泮水，跻七十子而上，配享春秋。

佚 名

数行仁义事；
长存忠孝心。

殷氏宗祠东分祠

佚 名

勋记凌烟，唐朝盛典；
职居右武，宋室中兴。

佚 名

教以人伦，直来劳匡，开万古纲常之纪；
谋怡谏议，忠直明哲，耿千秋俎豆之光。

张氏宗祠

佚　名

日月行天，忠烈流芳百世；
江山磐石，英雄伟业千秋。

佚　名

紫气留千古；
丹心照万年。

佚　名

守孝不知红日落；
思亲常望白云飞。

席氏宗祠

木有本兮，根盘安定；
枝其沃也，花发上林。

佚　名

虞以上曰陶唐，承一脉渊源，周为杜、晋为籍、楚为席，由兹繁衍盈天下；

汉之初显安定，择各都形胜，唐迁汴、宋迁徽、元迁润，允矣欣荣卜上林。

殷氏祠堂

蒋光年

源远流长，书香府第；
才高德厚，贤达华章。

王氏宗祠

佚　名

衍祖宗一脉真传，曰忠曰孝；
教子孙两行正路，惟读惟耕。

王春明

玉兰花灿半庭院；
丹桂香飘五百年。

文昭武穆光宗祖；
嘉德懿行训子孙。

唐氏宗祠

佚　名

封鲁邑以从先，祀典特隆于宋国；
续江陵之遗绪，孙谋永翼于朱方。

解氏宗祠

佚　名

朝堂辅政，一代两名臣，铨部兵曹，咸抱卿材绳祖武；
琐闼输忠，百年三谔士，谏章议草，久贻直道裕孙谋。

佚　名

椒衍瓜绵，京邑东乡旧族；
蛟腾凤起，建炎南渡名家。

孙家塘孙氏宗谱

佚　名

虎节镇圌江，赤胆精忠，一塔横秋遥见中流砥柱；
龙泉昭润派，怀清履洁，五峰拓月，常看大海朝东。

佚　名

著述本儒宗，宋史班班溯清声，直见五峰临绝顶；
忠勋居国土，吴江赫赫标劲节，还如一塔现中流。

丁岗孙氏宗祠

赵金柏

本溯东吴脉绪；
永思白鹤流芳。

田桥贻穀堂

赵金柏

重道崇文，耕读传家滋厚德；
依山傍水，知行贻谷寄清风。

大港"阅书报社"

赵 声

纵环海奇观，开普通知识；
藉大江流水，涤腐败心肠。

句容篇

句容市位于镇江市西南部，是镇江市代管的县级市，气候宜人、交通便利。句容历史悠久，名胜古迹众多，人文昌盛，物产极其丰富，属全国百强县（市），经济发达，是著名的"鱼米之乡"。

句容的风景名胜众多，简列如下：

茅山：茅山是国家 AAAAA 级风景名胜区，著名的道教圣地。茅山景区的活动包括"福"文化宣传推介活动，吸引了大量游客前来参观体验。

赤山湖：赤山湖是国家级湿地公园，适合自驾游，湿地公园内植被丰富，空气清新，是观鸟爱好者的天堂。

宝华山：宝华山是省级自然保护区、国家森林公园，享有佛教"律宗第一名山"之美誉。宝华山拥有 1500 余年历史的隆昌寺，是国内最大的传戒道场。

九连尖：九连尖适合徒步旅行，难度较高但风景优美，是户外爱好者的好去处。

此外，句容市还有丰富的特产美食，如茅山老鹅、大刀豆腐、狮子头等，让游客在欣赏美景的同时也能品尝到当地的风味。

葛仙湖公园牌坊

李培隽

仁山智水清心地；
览圣思贤放意乡。

周　游

日月两丸，炼成灵妙千秋韵；
风烟万顷，捧出清纯一颗心。

大圣塔

蒋光年

圣塔溢光，塔影波光流日月；
葛仙修道，仙风神道绝尘埃。

卜用可

大圣塔高，金佛生辉开福地；
葛洪炉在，平湖浴日跳仙丸。

三台阁

肖良平

杰阁仙湖，紫气常萦福地；
长廊圣塔，祥光普照名城。

江以虎

共倚雕栏，四面湖山开画境；
同登杰阁，三台风雨漾诗情。

长 廊

张清廷

一湖闲看，三教楼台皆入境；
百姓常来，万家灯火每关情。

小 亭

孙亚非

湖天一色，坐听春水流诗韵；
心迹双清，来看云山入画图。

句容东西大街东门牌坊

黄绍山

虹贯丽天，城邑始铺霞彩路；
龙腾福地，羲和先到太平门。

李 斌

形胜东南，蔚然紫气生嘉瑞；
文昌句曲，灿若华阳照碧霞。

文德忠

今披铁甲，句曲龙腾真福地；
别有洞天，秦淮水润古源头。

胡红林

走马东西，三条九陌观花路；
闻鸡南北，十里千门起舞声。

朱思丞

翠叠门东，花木经心云织锦；
清流江左，烟霞载梦晚生潮。

吴本玲

新阳始旦，紫气盈门萦福地；
古木涸霞，青龙震位护斯民。

董国军

道走金坛，一痕青出遥天外；
山连铁瓮，九曲溪流碧嶂中。

徐行兵

遣兴东风，万朵繁花迎旭日；
怡神紫气，千年古邑见丰姿。

许 霞

东迎日出，江南胜地千秋福；
门纳云来，古韵名城四海辉。

鲜鱼巷牌坊

李 斌

一街烟雨，里巷常传慷慨事；
千载春秋，仙家多渡善良人。

戴永兵

道脉相承，商气至今繁古巷；
人心可得，高风依旧沐容城。

姚桂玉

十里尘街，终古繁华烟火色；
百年鱼市，至今热闹笑谈声。

丘 溪

老街火树银花，万花犹带六朝韵；
新巷流光溢彩，七彩同辉百姓家。

胡红林

一望吴山，垂名丹井翻千手；
欲辞淮水，闻道茅峰涌五云。

许　霞

烟火人生，新巷往来随客意；
繁华世味，老街谈笑蕴乡情。

黄绍山

铁拐料知，未必泥池无角鲤；
寒窗修炼，当于墨海化云龙。

周宜龙

句曲山高，岭上神仙施妙道；
秦淮水众，巷头邋遢卖鲜鱼。

张　震

仙乡福满，龙光远被八方去；
盛世才多，文气犹从四面来。

董国军

里巷纵横，今时长照昔时月；
天章灿烂，新学遥分旧学香。

四牌楼牌坊

丘　溪

历千载沧桑，名邑长留千古韵；
迎四方商旅，春风永驻四牌楼。

张清廷

四子登科，得句曲人文一脉；
三才立命，承金陵气象千年。

胡红林

千载流芳，葛洪初出神仙路；
六朝遗韵，牌匾已成孔子门。

何国衡

典范长存，攻书学子流芳远；
英才辈出，报国篇章逐页新。

潘丰平

德耀古今，牌坊彰显名城韵；
文惊天地，街市蕴含雅士风。

黄绍山

过四牌楼，亨衢尽是青云客；
寄三秋月，达巷犹存丹桂香。

吴本玲

百世流芳，石坊耸立彰先杰；
千秋遗韵，匾对昭扬励后人。

周宜龙

四座牌坊，古圣先贤争榜样；
千年福地，禅音道韵佑华阳。

致远门牌坊

丰洪颖

厚德千秋，福地儒风涵海岳；
嘉城一镜，仙湖圣迹印乾坤。

朱思丞

福地宏开，四面葱茏收眼底；
春风远致，一城锦绣尽诗情。

丁小玲

利乐群生，稼穑美华阳福地；
功行万象，诗书香句曲人家。

宋贞汉

句曲老街，一轴古时生色画；
华阳新貌，千张当代上河图。

黄绍山

月耀西门，俊杰凭高先折桂；
天和句曲，大鹏致远可凌云。

刘建平

精志图强，每逢宏景连绵涌；
敏行致远，但见群黎浩荡来。

许　霞

句曲新城，占尽烟霞迎胜迹；
华阳古巷，寻常世味写清秋。

刘　晓

弘景古今，灯火崇明融雅俗；
立心天地，城乡焕彩话人文。

胡红林

西接金陵，稚川云过化泉雨；
东联紫陌，弘景雁来扬信风。

赤山风景区

蒋光年

绛岭樵歌，地接金陵佳气合；
平湖渔唱，天连茅阜白云闲。

雪映赤山，峰峦竞秀三茅地；
云浮绿岛，泉水流清九曲溪。

葛仙观牌坊

杨世华

句曲名城，物华天宝；
葛仙故里，人杰地灵。

依观临湖，华阳圣境；
右儒左释，三教圆融。

文昌殿

佚　名

修世间最上乘道；
作天下第一等人。

钟　亭

佚　名

撞福撞时撞好运；
保安保吉保康宁。

鼓　亭

佚　名

一通正气连广宇；
三击运来保太平。

一湾亭

杨世华

一团和气临风笑；
四面春光印月圆。

葛仙大殿

佚　名

感应昭昭在方寸；
威灵赫赫显华阳。

佚　名

做个好人，身正心安魂梦稳；
行些善事，天知地晓鬼神钦。

佚　名

福庆天来，庆善庆功更庆民康物阜；
寿求德积，求仁求寿还求子孝孙贤。

佚　名

有求信众蒙恩以庇佑；
必应善人集福而平安。

茅山顶宫

[清] 康有为

龙虎排云出；
玉清炼丹来。

但见花开落；
不闻人是非。

佚　名

集神州脉气，风光无限；
容天地精华，气象万千。

茅山九霄万福宫

杨世华

视之不见求之应；
听则无声叩则灵。

九霄宫太元宝殿

佚　名

句曲称福地无双，伯埙仲篪，千古神仙根存友；
华阳列洞天第八，云车风马，九霄阊阖接扶摇。

太元宝殿内前柱

佚　名

斋戒肃衣冠，请看十万朝山陬筊，梯航趋地肺；
真灵崇业位，须识五千演道阴阳，橐龠寓天心。

太元殿

佚　名

三子订同心，华阳修道，句曲登仙，正是亲兄亲弟；
九重凭司命，逢凶化吉，作善降祥，恰能利国利民。

九霄宫道乐演示厅

佚　名

天香三炷招五鹤；
仙乐一曲彻九霄。

道祖神台

佚　名

道祖端坐三茅地；
紫气直透九霄天。

元符万宁宫

佚　名

秦汉神仙府；
梁唐宰相家。

三天门石坊

佚　名

修真句曲三峰顶；
得道华阳八洞天。

三天门正南

佚　名

仙乐彻九霄，祝一人之有庆；
天香招五鹤，祈四海之同春。

三天门正北

佚　名

翠岳捧仙台，华阳真气；
丹崖飞绀殿，河上玄风。

元符宫山门

闵智亭

星应斗牛，山接昆仑，襟太湖带长江，自然钟秀结地肺；
秦汉神仙，梁唐相师，垂科教广玄化，上清经箓出句曲。

佚　名

山高红日近；
峰古白云深。

杨世华

一壶天地并仙境；
万里风烟入画屏。

道祖广场东山门（西）

任法融

道教渊源，犹如云挂山头，行至山头云更远；
玄门奥义，恰似月映水面，拨开水面月还深。

乾元观

佚　名

白云仙子宅；
黄鹤道人家。

佚　名

道院乾坤大；
仙都日月长。

佚　名

洞中方七日；
世上已千年。

白云观

佚　名

建筑神仙府；
复兴古道场。

坤道院灵宫殿

佚　名

一心学道道无穷，穷中有乐；
万事随缘缘有份，份外无求。

元符万宁宫灵官殿

闵智亭

持身正大，见我不拜又何妨；
存心邪诳，任尔烧香也无益。

［清］曾国藩

自治人间事，此地是华阳故里；
处事为尘劳，先贤乃上界神仙。

截老子句

一生二，二生三，三生万物；
地法天，天法道，道法自然。

灵官殿

佚　名

命乘九天，福善祸淫无爽报；
权司三界，赏功罚过不差讹。

佚　名

纠察人间善恶，三眼能识天下事；
检举三界功行，一鞭惊醒世间人。

灵官殿内

佚　名

十万朝山非是别，忤逆子孙休见我；
一半进香也有功，孝顺儿女皆为你。

佚　名

东极慈尊，普放祥光而接引；
南丹真老，指观云路以超开。

佚　名

东海寿添新甲子；
南山星转旧春秋。

佚　名

福海波中，龙吐长生之水；
寿山顶上，鹤栖不老之松。

德祐观

［清］李　渔

天下名山僧占多，也该留一二奇峰栖吾道友；
世上好话佛说尽，谁识得五千妙论出我祖师。

三清殿

佚　名

事在人为，休言万般皆是命；
境由心造，退后一步自然宽。

佚 名

宝殿巍峨，金相庄严，祥云接驾三清境界；
天香缥缈，仙容恬淡，法磬遥传九府神宫。

印 宫

佚 名

黄鹤楼头留胜迹；
玉清殿内炼丹砂。

佚 名

萍水相逢，终是他乡之客；
关山难越，谁悲失路之人。

佚 名

拨转迷心，始觉天堂有路；
挽回真性，方知地狱无门。

佚 名

福地无双，夙推句曲；
洞天第八，数到华阳。

佚 名

道院清幽，踞千寻霞岭，清静无为逍遥自在；
云楼高峻，绕万顷烟波，茹素皈戒心性常明。

神台大门

佚　名

九座灵峰隐太极；
一篇道德藏玄机。

神台内

杨世华

山幽林静凝神气；
水秀泉清知道源。

文化长廊

杨世华

道通天地有形外；
山在虚无缥缈间。

馨裁亭

佚　名

善恶本殊途，看得分明，吉凶知所趋避；
邪正在一念，严为辨认，是非有以从违。

佚　名

善为至宝，一生用之不尽；
心作良田，百世耕而有余。

佚　名

古今来，许多世家无非积德；
天地间，第一人品还是读书。

杨世华

仙缘到此多无路；
福地原来别有天。

元符宫文化长廊

杨世华

青松幽映峰峦翠；
红日高悬涧水清。

花厅下祖宗坛

佚　名

曾子遗言，莫不慎终追远；
太乙说法，无非度亡生方。

仪鹄楼

佚　名

念可通神，五色云中扶辇下；
诚能格圣，九重天上降恩来。

斋　堂

佚　名

美味遍招方外客；
清香能引洞中仙。

佚　名

坐观西山石；
卧看南华经。

怡云楼

杨世华

扪萝路到青天外；
俯视岚浮香霭中。

佚　名

就地建瑶坛，凭一点至诚，即达华阳圣境；
斋忧通句曲，愿众人锡福，惟希泽遍凡区。

佚　名

心正格天，天必收灾，众姓俱无疹气；
意诚求圣，圣能降福，诸人愿有祥风。

佚　名

众姓投诚，共殿太平之醮；
名家蒙小，咸沾雨露之恩。

佚　名

秉烛焚香，讽真经而请福；
献花酌水，礼法忏以长生。

二圣殿

杨世华

一方共沐平安福；
四序均沾雨露恩。

佚　名

道统诸天，功启三皇五帝；
法周上界，心存万类群生。

接二弟以飞升句曲；
报双亲而悟道恒山。

佚　名

养性承天，仙教源流通圣教；
修真得地，华阳风景法嵩阳。

佚　名

职九天以司命；
访仙迹而去官。

佚　名

兄弟三人隐句曲；
德威万古照华阳。

佚　名

不孝父母，空向名山朝祖师；
无愧身心，可来福地见真仙。

宝华山大雄宝殿

佚　名

江流眼底，碧岩吐秀，最吉祥处，宝志宝华，峰峦叠翠现庄严，大刹承终南，一脉遵佛制行佛，俨然未散灵山会；

松风涛吼，清韵凌寒，澍甘露雨，观音观世，悲智双运饎普载，长车设方便，三乘有情度无情，共证圆通妙玄门。

心 澄

山长水远，路转林深，谁识得对镜无情比佛道；
草动风吹，云飞月驶，哪知是迷心逐物总归真。

莲山环宝华，涌现大千世界；
法水绕隆昌，总持止作二门。

戒 坛

［清］爱新觉罗·弘历

地控秣陵，金殿香浮华鬘动；
山蟠句曲，石坛月朗戒珠圆。

韦陀殿大门

佚 名

城水一池，洗尔世间俗垢；
峰花千朵，焕发自性香光。

西寮房

佚 名

菩萨驾慈航，寻声救苦施无畏；
众生沉迷海，转念回头得出离。

铜　殿

佚　名

有缘来古刹，普度群生登觉岸；
华山建律寺，昌隆正法育僧才。

丹阳篇

　　丹阳古称曲阿，是一座历史悠久、人文荟萃的文化之城，有 2400 多年建城史，是春秋时期德者延陵季子的封疆之地，也是南朝齐梁两代帝王的故里。凤凰山遗址见证了丹阳 6000 多年的文化史，葛城遗址证明了丹阳是吴文化的发祥地。西晋玉乳泉、北宋嘉山寺、明朝万善塔、西门老街等众多名胜古迹更是丹阳悠久历史的有效见证。董永与七仙女的故事广为流传，岳氏报本、陈东上书等动人故事名扬天下。丹阳人杰地灵，不仅孕育了春秋季子、齐梁帝王等历史名人，更诞生了马相伯、吕凤子、吕叔湘、匡亚明等近现代名家。

　　丹阳拥有着丰富的风景名胜。简列如下：

　　万善塔：位于丹阳市区东南角，是一座历史悠久的古塔，建于 1627 年，是丹阳的地标性建筑之一。

　　丹阳天地石刻园：这是亚洲最大的石刻文化游园，拥有近 8000 件中国历代石刻艺术品，展示了从西汉到民国的石刻文化。

　　中国（丹阳）眼镜城：是一个大型的眼镜交易市场，融合了休闲、餐饮、商务、影视表演等多种元素，提供了一种独特的商业和娱乐体验。

九里风景区：是一个以吴文化为背景、以季子庙为核心的祠庙建筑群，位于丹阳市延陵镇，充满江南水乡韵味和古吴文化气息。

丹阳八景：包括练水渔舟、石潭秋月、北山樵笛、简桥暮烟等，这些景点以其自然景观和历史文化背景著称。

万善公园万善塔

陈智勇

七层驰玉海，登临穷千里，一水涛影卷青罗，三峰烟痕凝碧阁；

八角落金飘，弹指奏九霄，五弦凤音传窈渺，六曲麟韵颂清平。

赵永东

一叶一花清世界；
万慈万善大菩提。

大浪淘沙，九曲潮千帆竞渡；
初心纵笔，三维画万里回春。

陈　辉

三千里大运河，包涵吴楚；
四百年擎天柱，独爱江南。

抱春堂

施毓霖

碧树斜阳，十里青山迎客座；
朱帘疏雨，一弯绿水绕名园。

寻踪舫

施毓霖

问乾隆今在何处；
看御舫仍留码头。

常春园

隔岸莺啼垂柳绿；
临池鱼唼落花红。

佚　名

隔岸莺啼垂柳绿；
临池鱼唼落花红。

品香楼

常春园

为爱清香欣入座；
邀同知己笑登楼。

茗香苑

施毓霖

啜新茗、览山色、听水声，悠然自得；
聚亲朋、叙友情、谈古今，乐在其中。

逍遥亭

陆纪生

临风把酒谈天地；
数典开怀说古今。

神龙廊

陆纪生

曲曲弯弯，任人信步；
幽幽静静，由客逍遥。

观渔石舫

余　忠

棹橹穿波欣碾浪；
凝神骋目乐观鱼。

万善公园

施毓霖

水陆俱陈，飞觞醉月；
杯盘交错，谈笑风生。

常春园

江水东流，浪淘尽千古英雄人物；
茅峰西屹，孕育出万幢烟雨楼台。

吉锁松

尊崇礼乐，九曲河畔九韶舞；
经历沧桑，万善塔前万木荣。

朱继红

湖光泛起千层色；
塔影深藏百世功。

刘江华

风雨运河，古塔送迎来往客；
烟尘堤路，晚晴拂过卷舒云。

钱安文

烟雨锁楼，放眼心居尘世外；
镜天垂柳，临窗人在画图中。

万象胸罗藏子史；
无尘眼界读乾坤。

张英来

美丽家园行万善；
文明城市纳千祥。

陈　瑶

书卷涵灵气；
层楼绕紫烟。

蒋国清

地雄吴楚，控南北咽喉，四百年高阁览月；
水接京杭，汇古今文脉，三千里大运通天。

蒋金兰

临池塔影胜文吟季子；
乐水溪声和韵觅知音。

戴通妹

千里运河，细说齐梁荣盛事；
百年善塔，聆听风美变迁诗。

万善公园石舫联

段世雄

善举何求亲友见；
乡愁自有故园知。

章晓兰

苍苔曲径疑空色；
瀑布幽岩竞妙音。

史新民

晓晨一境来回客；
日暮满桥过往人。

吕从坤

一廊春色燕裁柳；
万种风情月印湖。

韦朝霞

飞檐彩柱蓬莱境；
丽日清风万善园。

丹阳三义阁

佚　名

三人三姓三结义；
一君一臣一圣人。

佚　名

汉室赖三人，留得住百年社稷；
桃园尊一义，解不开万世肝肠。

佚　名

若敷粉，若涂朱，若点漆，谁谓心之不同如其面；
忽朋友，忽兄弟，忽君臣，信乎圣不可知则谓神。

云阳楼

蒋光年

三吴城邑，七省咽喉，丹凤朝阳盈瑞气；
万顷波光，千年嶂影，琼楼焕彩闹新春。

赵秀敏

阁楼护丹阳，雪送春归，迎春新启封缸酒；
风云环赤县，灯辉福到，接福恰逢追梦人。

余　忠

龙腾古邑，云阳福地千重秀；
凤翥新城，风美仙乡万户春。

陈　辉

两朝帝里雄关峙；
七省通衢邑路开。

十里春风迎万贾；
三吴碧浪起千帆。

朱　燕

舟楫不闻千里送；
江山更胜万城春。

张英来

楼瞻吴楚蓝天下；
梭织江河碧水间。

练湖书院

佚　名

文章浩瀚湖波涌；
事业空明练水浮。

佚　名

文章好似湖波漾；
书案犹如练水明。

正则画院

佚　名

练湖船如梭，横织波中锦绣；
万善塔似笔，倒写天上文章。

佚　名

六朝神道涵雾色，雄姿耸玉宇，魂萦千载，声蜚中外，堪称人间瑰宝；
九曲清流卷江潮，春雨润岚屏，帆影一行，浪揭古今，齐唱百里凤嘉。

鸣凤书院

陆纪明

来此地可探曲阿文脉；
仰斯人须作正则栋梁。

通泰桥联

佚　名

津吏从东方来，指旧碣上题通泰；
水程沿北郭至，越新河近傍朝阳。

佚　名

从万历年修造至今，卜吉仍逢己未岁；
有九曲水径行其下，横空永镇丑寅方。

通泰桥化雨亭联

通泰桥畔看流水；
化雨亭中话新风。

开泰桥联

横波激石，峙并雄关，遥挹凤凰山秀；
偃水长虹，跨当孔道，旁通香草河流。

束京口潮流百尺，虹腰高踞迎春以上；
枕曲阿塔影千层，雁齿迤趋萃秀而东。

萃秀桥联

常春园

桥头朗月，湖上清风，曾传李白歌佳酿；
塔影钟声，寺前银杏，重叙昭明话梓情。

茅峰横郭，练水近垣，千载古城钟秀色；
绿树迎风，浮屠耀日，万家楼阁沐朝阳。

人民公园钟亭

余　忠

钟铭盛世千秋乐；
政布春风万福来。

人民公园京剧社

陆纪生

品茗戏侃听仙曲；
昂首扬眉看幻云。

人民公园观鱼石渚

余　忠

石渚星罗临碧水；
春波影叠萃红花。

人民公园后山亭柱

张锁善

游客约来宽论世；
骚人相聚品吟诗。

丹阳公园爱山亭

佚　名

山以人传，遗爱独留千载迹；
亭堪眺远，放怀喜见万家春。

丹阳季子祠

佚　名

徐君墓挂千金剑；
孔子鞭书十字碑。

萧氏宗祠

［清］吉梦熊

汉则相，唐则元，试问三代下孰出乎右；
齐之高，梁之武，且看六朝中事济其昌。

丹阳市中学图书馆

吕叔湘

立定脚跟处事；
放开眼孔读书。

春风阁

陈智勇

故国翠烟千里路；
娇莺红雨一帘春。

建山兰陵亭

陈　瑶

萧家功绩千秋颂；
史册名篇万代传。

扬中篇

扬中市是江苏省辖县级市，由镇江市代管，位于镇江市东部扬子江中，由雷公岛、太平洲、西沙、中心沙四个江岛组成。扬中市多次获得"国家生态市""国家园林城市"等荣誉，拥有多个著名的景点，简列如下：

河豚塔：国内最大的异形钢结构城市雕塑，造型为一条金光灿灿的"河豚"，是扬中市的新地标，正在申报吉尼斯世界纪录。

扬中园博园：以"江魂绿岛，水韵芳洲"为主题，涵盖园林花卉、休闲旅游、自然生态、文化艺术和商贸交流，是一个综合性的展会公园。

太平禅寺：建于清康熙年间，拥有800多岁的古银杏树，是感受佛教文化的好地方。

长江渔文化生态园：是集长江渔文化、名贵鱼类繁育、养殖、科普展示和农业观光体验于一体的综合性度假胜地。

扬中滨江湿地公园：占地1100亩，拥有大面积的花园和湿地生态区，是休闲散步和观景的好去处。

除了上述主要景点，西沙岛、达贤庙、水师衙门遗址等也各具特色，丰富了扬中的旅游资源。

太平禅寺

佚　名

万派朝宗，梵宇新题增过客；
黄金布施，禅林后起有传人。

佚　名

证三乘贝叶真经，身心圆妙；
参九品莲花法座，功德庄严。

佚　名

十才聚会，菩萨摩诃萨，百福自庄严；
万德圆融，今际未来际，大愿悉成满。

琉璃瓦下深谈，贤德分明悟；
呗唱声中倒卧，是非混沌消。

梓阳园

蒋光年

桑梓情萦江岛；
艳阳光耀诗乡。

戴少华

柳烟堤外，晴光帆影江天阔；
梓苑篱前，疏竹闲云圖岭青。

郭廉俊

梓阳苑绿荫满目；
翰墨轩香气袭人。

祝亚星

竹柳成行，捻细晴光描梓里；
江河归海，冲开烟水出阳天。

国土公园牌坊

李名方

国土唯珍，不论东南西北；
公园胜境，无分春夏秋冬。

碑　亭

戴　曙

擎雨留珠炫异彩；
临波泼墨溢清香。

揽江楼

田向珊

大江浮白日；
明镜动芳洲。

孙春华

千年岛积三生幸；
万古江流一洗愁。

张家春

万里长江呼日出；
千年绿岛应潮生。

作者简介（以姓氏笔画和生卒年为序）

丁绍周（1821—1873），字濂甫，江苏丹徒人，道光三十年（1850）进士，官光禄寺卿。工山水，著有《蜀游草》。

丁小玲（1947—），女，浙江嵊州人，定居镇江。镇江市诗词楹联协会副会长，多景诗社副社长。著有《半丁集》。

丁欣（1958—），江苏溧阳人，网名江湖浪人。现为常州市诗词协会副主席、溧阳市作协副主席、溧阳市天目湖诗社社长。在全国各级各类诗联赛事中，获等级奖百余次。著有《丁欣诗选》《紫烟青霭作浮生》。

卜积祥（1943—），江苏镇江人，江苏省诗协会员，镇江市诗词楹联协会特聘研究员、润州区诗协诗词研究员，润州区"银发生辉"诗教分队成员。著有《铁马秋风》《铁马秋声》。

卜开初（1949—），江苏洪泽人。中华诗词学会会员、中国楹联学会会员、洪泽县春涛诗社社长、洪泽区楹联学会会长，著有《文学堂诗词选》《声律大观》。

卜用可（1968—），女，江苏扬州人。中国楹联学会对联文化研究院创作部主任，中国当代"联坛十秀"之一。获2016年度中国对联创作金奖。

刀述仁（1935—），1950年前曾任西双版纳勐海土司，由于年幼，由总头人刀承宗摄政。新中国成立后，曾在云南省历史研究所工作。1978年调云南省佛教协会工作，任云南省佛教协会会长、中国佛教协会副会长。不久调到北京任中国佛教协会专职副会长兼秘书长。

于右任（1879—1964），陕西三原人。早年为同盟会成员，长年在国民政府担任高级官员。中国近代书法大家。

于文清（1967—），字映碧，号香南，别署旧诗人，江苏镇江人。现为中华诗词学会会员、中国楹联学会会员、镇江市书法家协会主席、多景诗社社长。著有《江干小唱》。

马公愚（1890—1969），号冷翁，浙江温州人，教授，著有《书法讲话》《书法史》《公愚印谱》等。

丰洪颖（1982—），女，曾用名丰颖，中华诗词学会会员，多景诗社社员、句容市诗词楹联协会理事。

王安石（1021—1086），字介甫，号半山，封荆国公。临川（今江西抚州）人，北宋杰出的政治家、思想家、文学家、改革家，唐宋八大家之一。有《临川集》《临川集拾遗》等存世。

王臣，生卒年不详，字存节，能书授鸿胪序班，亦善篆。

王文治（1730—1802），字禹卿，号梦楼，江苏丹徒人。清乾隆二十五年（1760）探花，授翰林院编修。二十九年（1764）出任云南临安府知府。精于诗文书画和音律，与翁方纲、刘墉、梁同书齐名，合称"清四家"。著有《梦楼诗集》《快雨堂题跋》。

王仁堪（1850—1896），字可庄，清代闽县（今福州）人，清光绪三年（1877）状元，曾任镇江知府，主持兴修中泠泉。

王芝兰（1851—?），山东济南人，光绪六年（1880）进士，曾任丹徒知县。

王梦仙（1891—1916），江苏镇江谏壁人，大港赵逸贤之妻，南社女诗人。

王庆农（1942—），江苏泰州人，中学高级教师，中国楹联学会会员，江苏省楹联研究会理事，泰州市楹联研究会副会长。

王川（1947—），江苏镇江人，镇江市高等专科学校教师，中国美术家协会会员，中国作家协会会员，著有长篇小说《白发狂夫》等。

王天性（1955—），陕西洛南人，曾获陕西黄河魂征联一等奖和2002年度中国对联创作金奖。

王玉鸣（1957—），江苏句容人。松梅诗社副秘书长，镇江市"三国演义学会"副秘书长，黑龙江古体诗六社社长。著有《高中同窗诗文集》《鹤林吟竹》格律诗集等。

王春明（1973—），号大明居士，镇江大路人。镇江市诗词楹联协会会员。

王育春（1973—），江苏镇江人，中小学高级教师，任职于润州区教育局。中华诗词学会会员，江苏省楹联研究会会员，省、市、区诗协会员。

韦朝霞（1970—），女，江苏丹阳人。江苏省楹联研究会会员，丹阳市诗词楹联学会理事。

中心叟，明代日本来华使臣。

毛滂（1060—1125），字泽民，北宋崇宁初除删定官，后知秀州，有《东堂词》行于世。

毛国迁，笔名肖锚，网名江边散砾。江苏宜兴人。机械工程师（已退休）。中国楹联学会会员，江苏省诗词协会会员，江苏省楹联研究会会员。

文伟，号一散人，重庆人氏，当代"联坛十秀"之一，中国楹联学会对联文化研究院副秘书长，重庆市楹联学会常务理事。曾多次获征联赛事奖，作品被多个名胜古迹景点采用。

文德忠（1971—），江苏句容人。中华诗词学会会员，曾为句容市诗词楹联协会常务副会长，多景诗社社员。

心澄（1963—），江苏东台人。现任中国佛教协会副会长、江苏省佛教协会会长、镇江市佛教协会会长、镇江金山寺和焦山定慧寺方丈。著有《浮玉清韵》。

孔祥霖（1852—1917），山东曲阜人。孔子第75世孙，字少沾，号恫民。光绪丁丑进士，改庶吉士，授编修，历官河南提学使，兼署布政使。著有《强自宽斋遗稿》。

左朝芹（1972—），女，河北邢台人，现居镇江。中华诗词学会会员，江苏省楹联研究会会员，镇江市诗词楹联协会理事，润州区诗词楹联协会副秘书长，《江海诗词》栏目编辑、《润州诗词》副主编。

卢象贤（1963—），江西修水人。九江市诗词联学会名誉会长。首届国诗大赛探花，首届庐山国际诗词楹联擂台赛一等奖获得者、中华诗教先进个人。著有《黄龙山人诗词选》《黄龙山人七律》等。

叶子彤（1944—），澹月斋主，上海人。曾为中国楹联学会会长助理，中国楹联学会办公室主任，中国楹联学会学术委员会副主任、宣传出版委员会常务副主任。

田向珊（1922—），江苏扬中人。退休教师。

吉梦熊（1721—1794），字毅杨，号渭崖，江苏丹阳人。清乾隆十七年（1752）进士，曾任广东道监察御史、顺天府尹、太仆寺卿等。著有《研经堂诗文集》《丹阳见闻录》等。

吕叔湘（1904—1998），江苏丹阳人。著名语言学家，曾任中国社会科学院语言研究所所长，中国科学院哲学社会科学学部首批学部委员，俄罗斯科学院外籍院士等，主编《现代汉语词典》。

吕从坤（1958—），江苏响水人。现为中国楹联学会会员，丹阳市诗词楹联学会理事。

朱廷琛，字叔献，晚清丹徒人，因生活所迫混迹于十里洋场，书艺精到，故以卖诗文为生。

朱应镐，清末浙江绍兴人，光绪年间曾在福建做过丞、簿、尉之类的小官。留心掌故，善联语，著有《楹联新话》。

朱庚成（1922—2002），江苏宝应人，雕塑家，能诗善画。多景诗社创始人之一，镇江中国画院院长、中华诗词学会会员、江苏省诗词协会理事、镇江市诗词协会副会长、多景诗社名誉社长、松梅诗社顾问、美国纽约四海诗社名誉顾问。

朱爱林（1953—），江苏泗洪人，居镇江。江苏省楹联研究会会员，江苏省、镇江市、润州区诗词楹联协会会员，润州区"银发生辉"诗教分队成员。著有《红盾诗雨》。

朱继红（1973—），江苏丹阳人。中国楹联学会会员，江苏省诗词协会会员，丹阳市诗词楹联学会副会长。

朱燕（1977—），女，江苏丹阳人。江苏省楹联研究会会员。

朱思丞（1983—），江苏邳州人。先后在基层部队、军事院校、公安机关、政协机关工作，中华诗词学会会员，解放军红叶诗社培训部导师、江苏省楹联研究会编辑委员会副主任、江苏省诗词协会公众号执行主编，镇江市诗词楹联协会副会长兼秘书长。在《人民日报》等发表论文80余篇，在海内外百余种报刊发表诗词千余首。曾参加第12届中华诗词"青春诗会"，获首届"刘征青年诗人奖"、"谭克平杯"青年诗词奖、"小康中国·美好江苏"全国诗歌大赛一等奖、第五届国际诗酒文化大会全球征文金奖，以及连续三届当代军旅诗词奖等百余种奖项。

任法融（1936—2021），俗名任志刚，中国道教协会前会长，原籍甘肃天水。

刘勰（465—?），字彦和，南朝梁东莞莒人，世居京口。早孤，笃志好学，不婚娶，依沙门僧祐，与共居处十余年，遂博通经论。梁武帝天监初，起家奉朝请，后为临川王萧宏记室，任东宫通事舍人，迁步兵校尉。为昭明太子萧统、沈约等所重。晚年出家，改名慧地，未几卒。曾整理定林寺经藏。著有《文心雕龙》。

刘墉（1719—1804），字崇如，号石庵，山东诸城人，乾隆进士。由编修累官至东阁大学士，加太子少保。善书法，著有《石庵诗集》。

刘晓（1964—），安徽太湖人，退役军官。中华诗词学会会员，中国楹联学会会员，江苏省作家协会会员，南京市书法家协会会员，南京市楹联家协会副主席，出版《晓风吟草》《指间诗选》《荷风晓语》多部著作。

刘建平（1954—），山东牟平人，现为南京市楹联家协会副主席，江苏省楹联研究会顾问。

米芾（1051—1107），名一作黻。宋太原人，后徙襄阳，又徙丹徒。字元章，号鹿门居士、海岳外史，世称米襄阳。以恩补浛光尉，历知雍丘县、涟水军，以太常博士知无为军。徽宗时召为书画学博士，擢礼部员外郎，出知淮阳军。举止怪异，有洁癖。能诗文，擅书画，精鉴别。书法得王献之笔意，尤工行草。画山水人物多以水墨点染，自成一家。有《宝晋英光集》《书史》《画史》《宝章待访录》等。

江以虎，中国楹联学会、江苏省诗词协会等会员，曾任泗阳县诗联协会副会长（兼秘书长）、宿迁市诗词楹联协会理事（副秘书长），在全国诗词、楹联赛事中屡获殊荣,部分作品被相关景点和单位镌刻悬挂或馆藏。

许沅（1873—?），江苏丹徒人，字秋帆。14岁就读于上海中法学校汇英书院。后考入南洋同文馆，复转入金陵大学。23岁毕业后，辅佐张謇创办西学堂于南京文正书院。戊戌政变后，在杭州设方言学社。

许图南（1912—2001），名荫鸿，别号舍北，祖籍江苏江宁，中迁兴化，定居镇江。曾为江南诗词学会理事、镇江市诗词协会和松梅诗社顾问、多景诗社名誉社长。有《郑板桥事迹考》《许图南诗词选》等传世。

许国其（1946—），江苏常州人。镇江市诗词楹联协会特邀研究员、松梅诗社社员，镇江市老年大学壮心诗社成员。

许霞（1976—），女，句容人。江苏省诗词协会会员，江苏省楹联研究会会员。

阮元（1764—1849），字伯元，号芸台，江苏仪征人。清乾隆进士，官湖广、两广、云贵总督，体仁阁大学士。

孙龙父（1917—1979），祖籍江苏泰州，后居扬州。书法家。扬州师范学院副教授，著有《"扬州八怪"略论》等文。

孙春华（1929—），江苏扬中人。退休干部。中华诗词学会会员。

孙亚非（1955—），女，江苏镇江人。现为镇江市诗词楹联协会理事，多景诗社、松梅诗社、壮心诗社社员。

严金海（1946—），江苏常州人。中国楹联学会会员，中华对联文化研究院研究员、舣舟诗社社员、南风词社理事。

苏绅（999—1046），字仪父，一作仪甫，原名庆民，泉州府同安县人。宋天禧三年（1019）进士，历宜、安、复三州推官，以及大理寺丞、太常博士、国史馆修撰、翰林院学士、尚书礼部郎中等职。

苏轼（1037—1101），字子瞻，眉州眉山人。北宋文坛领袖。其诗豪健清雄，超旷简远。词开豪放一派，为宋代四大书法家之一，画亦有名。著有《东坡全集》。

苏涧宽（1878—1942），字硕人，号考槃子、考槃隐者等。江苏镇江人。蒙古族。能诗文，工书法。著有《考槃刻印偶存》《信好轩诗钞》《信好轩印存》等。

苏振学（1970—），山东淄博人。中国楹联学会会员、中华对联文化研究院研究员、山东省楹联艺术家协会副秘书长。作品在西安、南京、杭州、开封等名胜地区镌刻悬挂并入编《百家联稿》等。

杜文澜（1815—1881），字小舫，浙江秀水人。官至江苏道员，署两淮盐运使。有干才，为曾国藩所称。文澜工词，著有《宋香词》《曼陀罗华阁琐记》《古谣谚》《平定粤寇记略》《词律校勘记》等。

李渔（1611—1680），字笠鸿、谪凡，号笠翁，浙江兰溪人，戏曲理论家、作家，著有《闲情偶记》等。

李彦章（1794—1836），字兰卿。福建侯官（今闽侯）人。嘉庆进士。曾在苏州和广西思恩为官，有惠政。他娴诗工书，精鉴藏，擅楹对，为宣南诗社成员。联作以名胜题咏为主。有《榕园楹帖》传世。

李髯，（1846—1903），即李树屏，字小山，号梦园。出生于蓟州穿芳峪村。清末诗人。

李丙荣（1867—1938），字树人，江苏镇江人，李恩绶之长子，近代文史学家。清末民初，镇江刊刻文献和修复古迹，多半由他经办并作序记。

李调庵，生卒年不详，字耆卿，祖籍丹徒，父为盐商，住吕四镇，后迁居如皋城内苏家巷。民国历任交通银行清河、扬州、江宁分行行长及江苏省银行行长。1922年，韩国钧就任江苏省长，因"军费滥支、历年亏欠，财政有破产之势"，调李任省财政厅厅长，以整理财政。在任数年，颇著劳绩，获授三等嘉禾奖章。

李宗海（1904—1995），江苏兴化人，书法家，诗人，长于楹联。中华诗词学会会员，江南诗词学会副会长，中国书法家协会会员，镇江市书协主席，多景诗社前社长、名誉社长，镇江市诗词楹联协会、松梅诗社顾问。著有《北游诗词草》《甲寅唱酬集》《李宗海先生诗词楹联选》。

李名方（1934—2007），江苏扬中人。曾任扬中市副市长。中华诗词学会理事、扬中市诗词学会常务副会长、扬中市诗词协会顾问。出版有《李名方文集》《历代帝王诗词选》等。

李海章（1944—），江苏射阳人。中国楹联学会会员，江苏省楹联研究会理事。著有《中国近现代史联话》《古今名人联话》《张謇楹联辑注》等书十部。多次在海内外各种诗联大赛中获奖。事迹收录于《中国当代楹联艺术家大辞典》等多部图书，联作载于《中华当代获奖对联大观》等各类书刊。

李克俭（1949—），笔名李北，安徽界首市人，居镇江。中华诗词学会会员，江苏省楹联研究会会员，镇江市诗词楹联协会特聘研究员，江苏大学梦溪诗社学生辅导员，《润州诗词》主编。著有《望云斋存稿》等。

李俊和（1953—），吉林梨树人。中国书法家协会会员，中华诗词学会会员，中国楹联学会名誉理事，吉林省楹联家协会副主席、评审委员会主任，中国楹联全国最高奖"梁章钜奖"获得者。出版有《李俊和获奖诗联墨迹选》《勖修堂实用楹联大观》等。

李培隽（1956—），祖籍扬州，出生于镇江。中国文联国内联络部原巡视员，中国楹联学会会长，中国书法家协会会员，中国书法家协会硬笔艺术部委员。出版《中国古代圣贤箴言系列硬笔碑版字帖·事业篇》等硬笔书法字帖30多本，著有《文履墨痕——李培隽诗词联墨集》。

李斌（1975—），江苏句容人。句容市诗词楹联协会会员。

李正学（1971—），山东莱芜人。教授。九三学社社员，现任洛阳师范学院新闻与传播学院院长、洛阳市政协常委、九三学社洛阳市委副主委。

杨继盛（1516—1555），字仲芳，号椒山，追谥忠愍。直隶容城（今河北容城）人，明代著名谏臣。嘉靖二十六年（1547）丁未科进士，官至兵部员外郎。著有《杨忠愍文集》。

杨棨（1787—1862），清江苏丹徒人，字羡门，号蝶庵。道光拔贡生。著有《京口山水志》《蝶庵诗钞》。

杨邦彦（1857—1936），字振声，号艮斋，江苏镇江人。受到革命思想的熏陶，后入明治大学经纬学堂师范科。在日本他加入了同盟会。1905年回国后，担任镇江府中学堂监督，又被推为丹徒县教育会会长，城厢自治议事会议长。1913年夏，他出任丹徒县知事。参加修纂《续丹徒县志》，任总干事。

杨积庆（1926—2000），笔名柳向春，江苏镇江人，镇江市高等专科学校教授，从事清诗研究及镇江地方古籍的校注。有《吴嘉纪诗笺校》传世。

杨遵贤（1946—），江西宁都人。中华诗词学会、中国楹联学会、江西作家协会会员，在省内外报刊发表作品四百万字。部分作品曾获奖，或入选丛书。著有《鸟语动听》《春天的色彩》等。

杨正宏（1953—），江苏镇江人。现为镇江市诗词楹联协会理事，市老年大学作协理事，壮心诗社成员。

杨世华（1964—），江苏句容人。现任中国道教协会副秘书长，句容市道教协会会长、茅山道院住持，江苏省政协常委、中国道教正一派授箓大师。编著有《茅山道教志》《葛洪研究二集》《茅山道院历代碑铭录》《第一福地茅山道院》《福地句容》等，发表诗词、楹联一百多首（副）。

杨镇（1967—），江苏镇江人。中华诗词学会会员，中国书法家协会会员，镇江市书法家协会副主席，镇江市润州区文联副主席、镇江市诗词楹联协会特聘研究员。

杨恒网（1978—），西津渡文化旅游有限责任公司总经理。

肖良平（1964—），字雪峰，号湘西布衣。湖南洞口人，现任中国楹联学会书记、常务副会长兼法人代表，书画艺术委员会主任兼秘书长，中国书法家协会会员，中华诗词学会会员，中华海内外对联书画家协会常务理事等。

肖奇光（1944—），湖南湘乡人。中华诗词学会会员、中国楹联学会会员。曾任首届"中国百诗百联大赛"楹联初评委，第三届和第四届楹联复评委。

吴拙谦，字汝亨，号文台。临川（今江西进贤县）人。官至按察佥事、盐法副使。明隆庆四年和汤显祖同年中举，隆庆五年辛未（1571）进士。

吴熙载（1799—1870），原名廷扬，字熙载，后以字行。江苏仪征（今江苏扬州）人。包世臣的入室弟子。善书画，尤精篆刻。

吴云（1811—1883），字少甫，号平斋、退楼、愉庭。归安（今浙江吴兴）人。官至苏州知府。工画山水及枯木竹石，著有《两罍轩彝器图释》。

吴亚卿（1945—），浙江德清人。中国楹联学会书法艺术委员会委员，浙江省楹联学会第一副会长。著有《未立斋联语》等。

吴诚龙（1949—），江苏镇江人。中华诗词学会会员、《诗刊》子曰诗社社员、闻捷研究会会员、镇江市诗联协会特聘研究员、松梅诗社社员、壮心诗社社员、市作家协会会员。出版《吴诚龙诗词散文集》。

吴晓虎（1962—），江苏镇江人，江苏省楹联研究会会员，江苏省书法家协会会员，镇江市诗词楹联协会会员，润州区诗词楹联协会理事。

吴当（1963—），镇江市政协二级巡视员，镇江市诗词楹联协会副会长。

吴本玲（1977—），女，句容人。江苏省诗词协会会员，江苏省楹联研究会会员。

邱建国（1972—），江西武宁人，居镇江。中华诗词学会会员，江苏省楹联研究会会员，镇江市诗词楹联协会特聘研究员，《润州诗词》责编。

何国衡（1949—），江苏睢宁人，现居南京。中学高级教师，已退休。中国楹联学会会员，中华对联研究院研究员，江苏省楹联研究会办公室副主任，《江苏楹联》编辑。

余沛森（1922—2010），江苏丹阳人。中学高级教师。一名斐，别号枕流。中国民主同盟盟员。丹阳市诗词楹联学会会员。

余忠（1947—2022），号云阳逍遥子，网名诗坛沧浪客，江苏丹阳人。中华诗词学会会员，中国楹联学会会员，丹阳市诗词楹联学会第一至三届副会长、第四届顾问。著有《余忠诗文集》等。

邹宝偲，生卒年不详，字镜塘，江苏丹徒人。侨居杭州，从师俞樾，诗人兼书画家。

应绿霞，女，浙江嵊州人，现居宁波。中国楹联学会理事，中国楹联学会对联文化院教育部主任，浙江省诗词与楹联学会常务理事兼楹联部副部长，春光诗社名誉社长。楹联作品悬挂于五台山、云台山、商丘古城、云龙书院、安福寺等全国数十处知名景点。数百次在全国征联征诗征赋赛事中获奖。

冷遹（1882—1959），原名晓岚，字御秋，江苏丹徒人。南社社员，军事家、政治家，中国民主政团同盟（中国民主同盟前身）创始人，民主建国会（中国民主建国会前身）创始人。武昌起义时，是革命军将领，1949年后曾任江苏省副省长等职。

闵智亭（1924—2004），河南南召人。1941年2月入华山出家修道，宗奉全真华山派。新中国成立后，先后住西安八仙宫和华山玉泉院。2003年当选为全国政协第十届常务委员，并任全国政协民族宗教事务委员会副主任委员。

汪玢（1925—2011），字玢如，徽州婺源人。江苏工学院（今江苏大学）教授，多景诗社顾问。有《南窗韵语》《诗词典藻例解》等数十种著作、译作行于世。

汪士延，中华诗词学会会员，中国楹联学会会员，南京市高淳区诗词楹联家协会名誉主席。

沈德潜（1673—1769），字确士，号归愚，长洲（今江苏苏州）人，清乾隆进士，曾任内阁学士兼礼部侍郎，工诗，古体法汉魏，近体诗宗盛唐，创诗学之格调说，在当时与王士禛、赵执信、袁枚并峙于诗坛。有《沈归愚诗文全集》传世。

沈秉成（1823—1895），字仲复，自号耦园主人，浙江归安（今浙江湖州）人。咸丰六年（1856）进士，授编修，迁侍讲，充武英殿总纂、文渊阁校理等，升苏松太道，河南、四川按察使，广西、安徽巡抚，任两江总督等要职，有政声。光绪十六年（1890）创办南京水师学堂、经古书院等教育机构，著有《蚕桑辑要》（在镇江刊刻）。

沈百先（1896—1990），名在善，字百先，浙江湖州人。1915年考入河海工程专门学校，毕业后赴美留学并获硕士学位，回国后在河海工科大学、国民政府导淮委员会等单位任教任职，并先后任中国水利工程学会一至六届董事、七至九届会长和国民政府水利部政务次长。晚年赴美国定居。著有《水资源工程概论》《中华水利史》等。

张家春（1925—2024），原名陈明春，字及人，别号"天涯浪客"。江苏扬中人。曾任绿洲诗社秘书长、副社长、《扬中诗词》主编、镇江市诗词协会理事。曾为中华诗词学会会员、中国老年书画研究会会员、江苏省诗词协会会员。有《浪客诗文集》《论语新读》《容斋选读》。

张绍华（1926—），河南唐河人，曾任武汉师范学院美术系主任等职，现为湖北江汉大学艺术系副教授。

张锁善（1938—?），江苏丹阳人。中国楹联学会会员，原丹阳市前艾中学校长，曾被授予"全国联坛百杰"称号。

张英来（1947—），江苏丹阳人。中国楹联学会会员，江苏省诗词协会会员，丹阳市诗词楹联学会会员。

张应明（1960—），湖北大悟人。会计师。湖北省大悟县粮食局干部。大悟县诗词楹联学会副秘书长，湖北省楹联学会、中国楹联学会书法艺术委员会委员。

张耀林（1962—），江苏溧阳人。中华诗词学会会员，江苏省楹联研究会会员，镇江市诗词楹联协会特聘研究员，润州区诗词楹联协会常务副会长兼秘书长。

张志强（1971—），河北滦平人，中国楹联学会会员。

张震（1976—），笔名箫声客，句容人。江苏省句容高级中学教师，江苏省楹联研究会会员。

张清廷（1977—），江苏句容人，网名苏无吟。

陆机（261—303），字士衡，吴郡吴县（今江苏苏州）人。西晋文学家、书法家，与其弟陆云合称"二陆"。曾历任平原内史、祭酒、著作郎等职，著有《陆士衡集》。

陆润庠（1841—1915），字凤石，号云洒、固叟，元和（今江苏苏州）人。同治十三年（1874）状元，历任国子监祭酒、山东学政。后任工部尚书、吏部尚书，官至太保、东阁大学士、体仁阁大学士。辛亥后，留清宫，任溥仪老师。卒赠太子太傅，谥文端。

陆纪明（1945—2012），扬中人，曾任丹阳市政协常委和文史委员会副主任，中国楹联学会会员、江苏省诗词协会会员、丹阳市诗词楹联学会副会长。著有《烟云集》。

陆纪生（1942—），江苏丹阳人。丹阳市诗词楹联学会会员，退休教师。

陈鹏年（1663—1723），湖南湘潭人，字北溟，又字沧洲。清康熙三十年（1691）进士，授浙江西安知县。累擢为江宁知府、苏州知府，官至河道总督，卒于任。卒谥恪勤。有《道荣堂文集》《喝月词》《历仕政略》《河工条约》等。

陈任旸（1841—1911），字寅谷，号耐叟，江苏宜兴人，清末秀才。在镇江焦山办理红船救生三十余年，为公众所推崇，著述有《京口三山志》等。

陈辉棣（1906—1996），江苏泰州人。多景诗社社员。

陈从周（1918—2000），原名郁文，笔名梓室，浙江绍兴人。同济大学建筑系教授，出版有散文集、诗词集等。

陈树德（1934—），祖籍四川乐山。江苏省楹联研究会顾问。曾获中国楹联全国最高奖"梁章钜奖"。

陈凤桐（1939—），江苏铜山人。江苏省楹联研究会顾问，曾任连云港市文联副主席、书协主席。主编有《连云港古今楹联选》。

陈智勇（1949—2012），字若愚，江苏丹阳人。中华诗词学会会员，中国楹联学会会员，江苏省诗词协会理事，丹阳市诗词楹联学会第一届、第二届会长。编有《历代诗人咏丹阳》《少阳集注》《叶金斋诗词钞》等。

陈圣英（1963—），女，镇江人。中华诗词学会会员，镇江市诗词楹联协会会员。作品发表于《诗词月刊》《多景诗词》《润州诗词》等刊物。

陈瑶（1970—），女，江苏丹阳人。中华诗词学会会员，中国楹联学会会员，多景诗社社员，丹阳市诗词楹联学会副会长，师从熊东遨先生。

陈旭升（1971—），甘肃庄浪人，中国楹联学会会员。

陈辉（1985—），号雪斋，江苏丹阳人。中国楹联学会会员，江苏省诗词协会会员，镇江市诗词楹联协会理事，丹阳市诗词楹联学会常务副会长。有《雪斋近吟》。

英朴（生卒年不详），曾为浙江督粮道。

范胜利（1947—），山西新绛人。中国楹联学会会员，新绛县楹联诗词学会会员。

范然（1949—），江苏扬中人。曾任镇江市历史文化名城研究会副会长、市诗词楹联协会会长等。著有《中国古渡博物馆西津渡》等多部专著，是《江苏地方文化史·镇江卷》的主要撰稿人之一。

林小然，广西岑溪人，中国楹联学会会员，广西楹联学会理事，岑溪市楹联学会会长。

林则徐（1785—1850），福建侯官人（今福建省福州），字元抚，又字少穆、石麟，晚号俟村老人、俟村退叟、七十二峰退叟、瓶泉居士、栎社散人等。是清朝后期政治家、思想家和诗人，是中华民族抵御外辱过程中伟大的民族英雄，其主要功绩是虎门销烟。官至一品，曾任江苏巡抚、两广总督、湖广总督、陕甘总督和云贵总督，两次受命为钦差大臣；因其主张严禁鸦片、抵抗西方的侵略、坚持维护中国主权和民族利益，深受全世界中国人的敬仰。

林绍年（1845—1916），字赞虞，福建闽县（今福建福州）人。清同治十三年（1874）进士，授翰林院编修。1916年病逝于福州故里。

杭祝鸿（1965—），江苏扬中人，曾任镇江市政府秘书长，现为江苏恒顺集团党委书记、董事长。

易君左（1899—1972），本名家钺，湖南汉寿人。毕业于北京大学，后留学日本。回国后任教上海中国公学，后任《民国日报》社长、安徽大学教授等。有《易君左自选集》《中国文学史》等传世。

罗志让（1818—1890），字耦廉，江苏丹徒人，曾官知县，工诗。著有《亿堂诗钞》。

周瘦鹃（1895—1968），现代作家，文学翻译家。原名周国贤。江苏苏州人。著有散文集《行云集》《花花草草》《花前琐记》《花前续记》等，翻译、集印《欧美名家短篇小说丛刊》。

周文齐（1948—），江苏镇江人，镇江新区大港中学退休教师。镇江市诗词楹联协会会员。

周游（1953—），江苏无锡人。南京大学博士，江苏省楹联研究会会长。曾获中央电视台等主办的"诗词中国"大赛一等奖。多次出任全国诗联大赛评委，多副联作刻挂于名胜景点。

周文娟（1966—），女，江苏镇江人。镇江市政协副主席，镇江市书法家协会顾问，镇江市诗词楹联协会名誉会长。

周宜龙（1976—），江苏句容人。镇江市作家协会会员，句容市诗词楹联协会理事，句容市诗歌协会监事、理事。

郑燮（1693—1766），字克柔，号板桥，人称板桥先生，江苏兴化人，曾在焦山读书隐居。乾隆元年（1736）进士，官至山东范县（今属河南濮阳）、潍县县令，政绩显著。"扬州八怪"代表人物。

郑雪峰（1967—），字寒白，辽宁关城人。中华诗词学会会员。出版有《来鸿楼诗词》。

赵楫（1795—1854），江苏丹徒人，字子舟，道光十六年（1836）进士，钦点翰林院庶吉士，授职编修，充武英殿协修。转山东道监察御史，升天津河间兵备道，授中宁大夫。道光十九年（1839）科考，同考官；道光二十三年（1843）四川乡试副主考。其文辞书法，一时推重。著有《律赋新编》。

赵佑宸（1827—?），字粹甫，浙江鄞县（今浙江宁波）人，咸丰进士，改庶吉士，授编修，曾任镇江知府、江宁知府、江南盐巡道等职，官至大理寺卿。著有《平安如意室诗钞》等。

赵曾望（1847—1913），字绍庭，号姜汀，江苏丹徒人，清同治九年（1870）优贡生，入北京为内阁中书，后去官南归，从事著述。1911年创海门吟社，被推为社长。著有《江南赵氏楹联丛话》等。

赵玉森（1868—1945），字瑞侯，后改号醉侯。江苏丹徒人，曾任上海复旦公学教授。诗作甚丰，诗风豪放。1985年其孙赵同在出版其诗选。

赵声（1881—1911），字百先，号伯先，曾用名宋王孙、葛念慈等。江苏丹徒人。1903年2月，东渡日本考察，与黄兴结识，同年夏回国，任南京三江师范教员和长沙实业学堂监督，积极宣传革命思想，曾撰写七字唱本《保国歌》。决定在广州起义并担任总指挥。

赵朴初（1907—2000），安徽太湖人。卓越的佛教领袖、杰出的书法家、著名的社会活动家、伟大的爱国主义者。有《滴水集》《片石集》《赵朴初韵文集》等传世。

赵家驹（1949—），江苏镇江人。

赵俊梧（1950—），镇江人。

赵金柏（1956—），镇江人，江苏省谱牒与家族研究会理事，江苏省美术家协会会员，镇江市诗词楹联协会理事，镇江市历史文化名城研究会会员，《圌山诗联》执行主编。编著《赵声年谱长编》《楹联润东》等。

赵永东（1969—），江苏丹阳人。中国楹联学会会员，江苏省诗词协会会员，江苏省楹联研究会会员，镇江市诗词楹联协会理事，丹阳市文联副秘书长，丹阳市诗词楹联学会会长，《曲阿诗综曲阿词综》等书主编。

赵秀敏，女，生于内蒙古呼伦贝尔，现居深圳。中国楹联学会特聘讲师、广东省首批"楹联名家"之一、深圳市长青诗社常务副社长、深圳市楹联学会秘书长。出版个人作品集《我心若动即开花：陶然居对联文稿》《一念花开：陶然居诗联文稿》。

茗山（1914—2001），法名大鑫，俗名钱延龄，江苏盐城人，19岁出家。1949年以后任焦山定慧寺、南京栖霞寺、句容隆昌寺住持。长期担任中国佛教协会副会长，江苏省佛教协会会长，镇江市诗词楹联协会、多景诗社顾问。工书法、诗词、楹联，有《茗山文集》传世。

胡红林（1971—），网名月儿明＼竹溪，江苏句容人。中华诗词学会会员，中国楹联学会会员，句容市诗词楹联协会副会长兼秘书长，多景诗社社员。

胡益润（1945—），江苏扬州人，居镇江。江苏省楹联研究会会员，市、区诗词楹联协会会员，润州区"银发生辉"诗教分队成员。著有《不倒翁诗词选》。

柏文蔚（1876—1947），字烈武，安徽寿县人。近代著名革命家。后任国民党中央政治委员会委员兼国民政府委员。

柳诒徵（1880—1956），字翼谋，晚号劬堂，江苏镇江人。著名图书馆学家、历史学版本目录学家。辛亥革命时任丹徒县临时议会副议长。历任南京中央图书馆馆长、国史馆纂修，曾执教于清华大学、南京高等师范学校等多所著名高校。1948 年当选中央研究院院士，1950 年任上海文管会委员。著有《中国文化史》《国史要义》《柳诒徵文集》等。

柳曾符（1932—2005），字申耆，江苏镇江人，柳诒徵之孙，复旦大学教授，中国书法家协会会员。

段世雄（1975—），陕西华阴人。中国楹联学会会员，丹阳市诗词楹联学会理事。

施毓霖（1923—2007），江苏句容人。工诗，好楹联创作，有《二曲轩诗联编》出版。

祝瑞洪（1956—），江苏扬中人。1982 年毕业于南京大学哲学系，先后在镇江市宣传广播电视及城建部门工作，近 20 年一直从事镇江市历史文化街区保护修缮和文史研究工作。

祝亚星（1980—），女，号半叶，江苏扬中人。多景诗社、随社社员。有《忘味集》出版。

姚元之（1773—1852），字伯昂，安徽桐城人。清代官员、书画家。

秦志法（1940—），江苏武进人。原任江苏省委宣传部副部长，系江苏省书法家协会会员、江苏省老年书画研究会常务副会长、中国楹联学会顾问、江苏省楹联研究会会长。

袁枚（1716—1798），字子才，号简斋、随园老人。浙江杭州人，清乾隆年间进士，曾任江宁等地知县，擅诗文，有《随园诗话》《子不语》《小仓山房诗文集》等。

袁裕陵（1950—），江苏南京人。现为南京市楹联家协会名誉主席、江苏省楹联研究会驻会名誉副会长兼学术委员会主任。

钱安文（1964—），江苏丹徒人。供职于丹阳市市场监管局。中国楹联学会会员，丹阳市书法家协会副主席，丹阳市诗词学会理事。

徐砚农（1914—1989），字公豪，后以字行，浙江嘉兴人，寄居上海。幼承家学，工诗词，精研篆刻，与朱其石等交善。

徐徐（1949—），字西隅，号若木，江苏镇江人。多景诗社副社长，曾任镇江市诗词楹联协会副会长、秘书长。有《犹贤斋诗》《镇江小史》刊行。

徐行兵（1968—），江苏句容人。中华诗词学会会员，江苏省楹联研究会会员，句容市诗词楹联协会理事，句容市拾贝诗社社长。

殷明（1968—），丹徒人。江苏省诗词学会会员，镇江市诗词楹联协会理事，丹徒诗词楹联协会副会长兼秘书长。主编有《诗韵丹徒——当代丹徒诗词选》。

爱新觉罗·玄烨（1654—1722），清康熙帝，曾开馆纂辑《康熙字典》《古今图书集成》《明史》《全唐诗》等。

爱新觉罗·弘历（1711—1799），清乾隆帝，在位六十年，曾开馆纂修《四库全书》，并命撰《大清会典》《大清一统志》及各省统志等。

翁同龢，字叔平，号松禅。咸丰六年（1856）进士。官至协办大学士、户部尚书，参机务。光绪戊戌政变后，罢官归里。

高禾生（1912—1994），江苏镇江人，新中国成立后以教师为业，酷爱诗词创作，曾为中国楹联学会江苏分会常务理事、江南诗词学会理事、多景诗社社员。著有《西湖百咏》《京华揽胜诗草》《揽胜诗草》。

高扬（1960—），江苏仪征人，中国楹联学会会员，江苏省楹联研究会理事。

郭礼徵（1875—1953），又名鸿仪、鸿诒。安徽亳县（今说亳州）人。光绪十七年（1891年）中秀才。光绪二十七年（1901）捐得候补知县。创建大照电灯公司，艰苦经营30余年，为镇江经济的发展做出了贡献。

郭维庚（1927—2005），笔名韦根，安徽亳州人。长期从事文化艺术工作，民间文学专家，曾任镇江市文化局局长，市诗词楹联协会、多景诗社顾问，著有《脸谱故事》等。

郭殿崇（1940—2003），江苏响水人。历任徐州师范大学宣传部部长、南京艺术学院党委副书记兼纪委书记，副教授。中国楹联学会副会长、江苏省楹联研究会副会长、《江苏楹联》主编、中华诗词学会会员、江苏省诗词协会常务理事。

郭廉俊（1957—），江苏扬中人。扬中市文联主席，扬中梓阳书画院院长。

郭明辉（1957—），江苏镇江人，江苏省楹联研究会会员，镇江市老年书画协会理事，润州区诗协会员、润州区"银发生辉"诗教分会成员。

黄祖络（1837—1903），字幼农，庐陵（今江西吉安）人。光绪十五年（1889）任镇江道台，筹划恢复北固山名胜。

黄以霖（1856—1932），字伯雨，江苏宿迁人。幼时天赋敏慧，及长，文通古今，喜爱碑帖字画，挥笔如神。

黄后庵（1909—2003），江苏兴化人。书家，学人，多景诗社社员。

黄鹏飞（1949—），字翼然，号半坡，别署坡公佛一，江苏镇江人，华东石油地质局退休干部。中华诗词学会、中国楹联学会、中华辞赋社会员。有诗联赋选集《半坡拾叶》。

黄绍山（1954—），山东烟台人，居镇江。中华诗词学会会员，江苏省楹联研究会会员，镇江市作家协会会员，洛阳诗词学会副会长，镇江市诗词楹联协会特聘研究员、润州区诗词楹联协会诗词研究员。

萧娴（1902—1997），女，字稚秋，号蜕阁、秋子、枕琴室主。贵州贵阳人，久居南京，书法家，善诗文，一生撰联300余幅。

梅尧臣（1002—1060），字圣俞，宣州宣城（今属安徽）人。初试不第，以荫补河南主簿。皇祐三年（1051）始得宋仁宗召试，赐同进士出身，为太常博士。以欧阳修荐，为国子监直讲，累迁尚书都官员外郎，故世称"梅直讲""梅都官"。曾参与编撰《新唐书》，并为《孙子兵法》作注。有《宛陵集》传世。

梅和清（1949—），江苏镇江人，中华诗词学会、中华诗词家联谊会会员，江苏省诗词楹联协会会员，镇江市诗词楹联协会常务理事、特邀研究员，丹徒区诗协常务理事、老干部诗词协会副会长兼秘书长。著有《梅和清诗词集》《书斋吟稿》《京润吟草》。

常春园（1925—2002），名芳，号馨斋，江苏徐州人。曾任江苏省诗词协会会员，丹阳市沁芳诗社主编，丹阳市书协副理事长。有《春园流芳》。

眭涛（1947—），江苏丹阳人，中华诗词学会会员，多景诗社社员。

笪重光（1623—1692），字在辛，号君宜，又号蟾光、逸叟、江上外史，江苏省句容人。顺治九年（1652）进士，官御史，巡按江西，以劾明珠去官。罢官归乡，隐居茅山之麓，学导引，读丹书，潜心于道教。笪重光工书善画，精古文辞，有《画筌》《书筏》行世。

笪远毅（1946—），江苏镇江人。江苏大学副教授。毕业于复旦大学中文系。历任镇江师范专科学校中文系主任、副校长，江苏大学教师教育学院书记兼院长、人文社会科学学院书记兼院长，江苏省语言学会副会长，镇江历史文化名城研究会副会长。

康有为（1858—1927），原名祖诒，字广厦，号长素，广东南海人。清光绪年间进士，官授工部主事。近代著名政治家、思想家、教育家、社会改革家、书法家和学者。曾担任孔教会会长。主要著作有《康子篇》《新学伪经考》。

康保兴（1948—2024），镇江市煤炭工业公司退休员工。

章晓兰（1957—），女，江苏丹阳人。中国楹联学会会员，丹阳市作家协会会员，江苏省镇江旗袍沙龙丹阳分会会长。

彭玉麟（1816—1890），字雪琴，湖南衡阳人，授兵部右侍郎，加太子少保，有廉直名。

董其昌（1555—1636），字玄宰，号思白、香光居士，松江（今上海松江）人。明万历进士，官至南京礼部尚书，书画家，擅山水，著有《容台文集》等。

董汝河（1946—），河北枣强人。国家二级编剧，中国戏剧家协会会员，中国楹联学会会员。曾任张家口市文联协会部主任，张家口市戏剧家协会主席，张家口诗词协会副会长，张家口市楹联学会副会长等。

董国军（1972—），自号昆阳子，别号燕鸥堂，河南叶县人。现就职于江苏大学迎松书院，为镇江市诗词楹联协会副会长、多景诗社副社长兼秘书长，中华诗词发展基金会诗人之家会员。著有《岘堂诗稿》《近体诗写作十二讲》（合著）等。

蒋金兰（1949—），江苏丹阳人。江苏省诗词协会会员，丹阳市诗词楹联学会顾问，著有《兰子诗词》等。

蒋光年（1961—），字文光，号丘溪居士，江苏溧阳人，诗联书画家。现为中华诗词学会理事，中国楹联学会理事，江苏省楹联研究会副会长，镇江市诗词楹联协会副会长，镇江诗书画院院长，《多景诗联》主编。著有《蒋光年诗书画选集》《蒋光年诗文集》《蒋光年诗联书法作品集》《丘溪吟草》等，主编《诗联入门》《镇江诗词一百首》《当代诗人咏镇江》《镇江诗词楹联作品集（1949—2022）》等。

蒋国清（1962—），江苏丹阳人。中国楹联学会会员。

蒋东永（1972— ），江苏无锡人。中国楹联学会会员，江苏省楹联研究会理事，无锡市楹联学会副会长。

韩永军（1953—），女，江苏镇江人。中华诗词学会会员，江苏省诗词协会会员，江苏省楹联研究会会员，曾为镇江市诗词楹联协会副会长，多景诗社社员。

程越华，女，笔名越兮等，国家二级作家。著有长篇小说《未央》及诗集《驿路梦痕》等4部、大型戏曲剧本《洪福会》（昆曲）等多部、学术论文《北宋宰辅任职泰州考》等数十篇，合著《当代中国城市发展丛书泰州》。曾获首届江苏省"十佳青年诗人"和"十佳女诗人"称号。

储光羲（约707—约763），唐润州延陵人，祖籍兖州。玄宗开元间进士，任冯翊、汜水、安宜、下邽等县尉。后隐居终南山，复出任太祝，世称储太祝，迁监察御史。明人辑有《储光羲集》。

舒贵生（1962—），湖北英山人。中国楹联学会理事。江苏省楹联研究会副秘书长，《江海诗词》副主编。有《啸风集》。2006年被江苏省诗协评为首届"江苏十佳青年诗人"，2008年获中华诗词学会颁发的全国诗词最高奖第二届"华夏诗词奖"。

释宗仰（1865—1921），俗姓黄，本名中央，江苏常熟人。他幼年颖悟绝伦，博览群籍，尤工诗古文辞。20岁时，依常州三峰寺药龛法师出家，法名印楞，嗣后受戒于金山江天禅寺显谛法师，师赐名宗仰，他则自署"乌目山僧"。1914年为金山江天禅寺首席大和尚。

曾燠（1760—1831），字庶蕃，号宾谷，江西南城人，清乾隆进士，累官至两淮盐运使，著有《赏雨茅屋集》等。

曾国藩（1811—1872），名子城，字伯涵，号涤生，谥文正，湖南湘乡人。晚清重臣，湘军的创立者和统帅者。官至两江总督、直隶总督、武英殿大学士，封一等毅勇侯。

鲍皋（1708—1765），字步江，号海门，江苏镇江人。一生沉溺于诗，不事科举。著有《海门集》。

鲍荣龙（1964—），江苏镇江人。中华诗词学会会员，江苏省楹联研究会会员，中华当代文学学会会员，江苏省、镇江市、润州区诗词楹联协会会员。

慈舟（1915—2003），俗姓史，名源，法名月济，江苏兴化人。12岁出家，曾为镇江市佛教协会会长、金山江天禅寺方丈、宝华山隆昌寺住持等。

嵩峋，生卒年不详，字祝山，同治六年中举，曾任扬州、安庆等地知府，擅长诗文书画，著有《有不为斋诗集》。

廖纶（1810—1889），字养泉，号橘叟，平昌县江口镇人。曾任金匮、无锡两县县令，主办正阳盐务，继任海州州官。著《大中讲义》《鞭心录》《两汉读书论断》等。

端陶斋（1861—1911），托忒克·端方，字午桥，号午亭、陶斋，满洲正白旗人。官至直隶总督、北洋大臣。宣统三年起为川汉铁路、粤汉铁路督办，入川镇压保路运动，为起义新军所杀。著有《陶斋吉金录》《端忠敏公奏稿》等。

缪旭东（1973—），江苏泰兴人，现为中国楹联学会会员、中华对联文化研究院研究员、江苏楹联研究会理事。

潘思牧（1756—1846），字樵侣，为"京江画派"重要画家，善画，工诗。

潘家麟（1908—1994），字玉书，江苏淮安人。曾为江南诗词学会理事、多景诗社社员。有《心远庐诗草》。

潘一之（1956—），江西宜春人。中国楹联学会中华对联文化研究院研究员，宜春市楹联学会副会长。

潘丰平（1967—），句容市崇明小学教师。

薛时雨（1818—1885），字慰农，一字澍生，晚号桑根老农。安徽全椒人。咸丰三年（1853）进士。官杭州知府，兼督粮道，代行布政、按察两司事。著有《藤香馆集》。

戴叔伦（732—789），唐代诗人，字幼公（一作次公），润州金坛（今属江苏）人。曾任新城令、东阳令、抚州刺史、容管经略使。著有《戴叔伦集》。

戴曙（1923—），江苏扬中人。离休干部。中华诗词学会会员。

戴通妹（1948—），女，江苏丹阳人。丹阳市诗词楹联学会会员。

戴少华（1959—），江苏扬中人。中华诗词学会会员，中国书法家协会会员，扬中市人民政府原副市长，扬中市人大常委会副主任。

戴高峰（1959—），湖南岳阳人。教师，中国楹联学会会员，岳阳市楹联学会理事，岳阳县楹联学会首任会长。楹联作品在全国各类大赛中获等级奖、优秀奖300余次，被中华楹联报收入大赛精英录。著有诗文集《星星雨》《金钥匙》《清水联稿》《杏坛随笔》《楹联写作入门》。

戴永兵（1970—），江苏句容人。中华诗词学会会员，江苏楹联学会会员，多景诗社社员。句容市作家协会副主席，句容市诗词楹联协会副会长。

魏福英（1951—），女，江苏镇江人。镇江市诗词楹联协会会员，老年大学壮心诗社成员。

魏艳鸣，女，安徽寿县人，军旅十年，现居南京，曾获安徽医科大学学士、南京大学硕士学位。江苏省楹联研究会常务副会长兼秘书长。八获中国对联创作奖，两获金奖提名。出版个人诗联集《燕鸣春风》《燕剪春风》。

镇江焦山公园大门楹联赏评

蒋光年

我们到一些景点的时候，经常会看到一些楹联，这是我们中国独有的一种文化现象。如果景区没有楹联，就失去了灵魂。古人说："无文景不意，有景景不情。"用楹联、匾额配之书法，对景色形象加以润饰，便能达到"寸山多致，片石生情"的艺术境界。

焦山公园东南两大门，各新增加了两副楹联。现和大家一起欣赏领悟楹联是如何以其深邃的意境、高雅的情调，充实景观的内在生命意蕴，共同感受中国传统文化的智慧和魅力。

焦山公园东大门

天外横云，东吴雄踞；

江中浮玉，紫气奉迎。

此联为中国楹联学会会长李培隽撰书，现悬挂于焦山公园南大门。

镇江焦山东大门是焦山唯一可以从水陆两路进出的

大门，地处大江湿地，风景优美，为焦山平添了几分自然和谐的秀色。该联采用八言联语："天外横云，东吴雄踞；江中浮玉，紫气奉迎。"上联写从远处看焦山，只见蓝天白云横亘，衬显出东吴胜境焦山的雄踞壮美；下联展开艺术想象，形象地将焦山比喻为"江中浮玉"，用拟人化手法，描写东来的紫气恭敬地迎接游客。此联以"天外横云"对"江中浮玉"，一远一近，一高一低，极具视觉冲击力和焦山特色。以"东吴雄踞"突出镇江早在三国时就是吴国国都，且一直是东吴雄踞之地。以"紫气奉迎"突出焦山东大门紫气东来形势风光特点，以及焦山大江东去礼敬嘉宾的开阔胸怀。

全联对仗工稳，时空感强、大气磅礴，一气呵成，具有强烈的艺术冲击力。

焦山公园东大门

分万道霞，矗向青天擎砥柱；

借一襟翠，浮成碧玉抱江流。

此联为中国楹联学会顾问、江苏省楹联研究会会长周游所撰，中国楹联学会顾问、中国书法家协会理事宗家顺书写，现悬挂于焦山公园东大门。

山不在高，有仙则灵。焦山即因隐士而得名，它虽不算特别高大巍峨，但因是万里长江中的一座四面环水可供游人观光探幽的岛屿，犹如中流砥柱，且满山苍翠，又宛若碧玉浮江。山上就有"中流砥柱"石刻大字，苍劲有力；还有宋书法家赵孟奎所写的"浮玉"，苍劲秀丽。

本联紧紧扣住焦山特点，分别从纵向和横向两方面写出了焦山的雄壮和秀美。上联以"分万道霞，矗向青天擎砥柱"，来突出焦山在江中呈砥柱中流之势，将万道霞光分开，直向青天，可谓形象生动、气势雄伟。下联以"借一襟翠，浮成碧玉抱江流"，来突出焦山为"江中浮玉"这一特色。

联语特色明显，语言清新不落窠臼，形成了很好的艺术表现力和感染力。一是上下联对仗工稳贴切，如"万道霞、一襟翠""擎砥柱、抱江流"等，工整且精妙；二是色彩丰极鲜明，如"霞、翠""青、碧"，悦目怡心；三是炼字精到，特别是动词，如"分、借""矗、浮""擎、抱"等，精雕细琢却自然妥帖，无斧凿痕迹。另外，全联逻辑严密，承接顺畅，使得层次分明，特别是还综合运用了比喻、拟人等手法，轻松驾驭文字，增强了表达效果。

全联虽短短 22 字，但自然贴切、有文采有气势，焦山之美、之特色已跃然纸上！

焦山公园南大门（渡口）

古刹藏春，山擎万佛琉璃塔；

大江浮玉，碑刻六朝瘗鹤铭。

此联，为中国楹联学会理事、江苏省楹联研究会副会长兼书法艺委会副主任蒋光年撰书，现悬挂于焦山公园南大门。

联中古刹指焦山定慧寺，藏春指藏着春色及藏在春色里，突出焦山山裹寺特色。焦山山顶耸立着标志性建筑万佛塔，原塔始建于元代，明朝时毁于倭寇，现塔设计建成于 1999 年，为具明清江南风格的琉璃塔。

镇江有五塔，各具特色。金山慈寿塔为木塔，宋王安石《金山》诗："数重楼枕层层石，四壁窗开面面风。忽见鸟飞平地上，始惊身在半空中。"北固山有铁塔，古诗云："长江好似砚池波，提起金焦当墨磨。铁塔一枝堪作笔，青天够写几行多。"鼎石山僧伽塔为砖塔，清龚自珍《己亥杂诗》："九州生气恃风雷，万马齐喑究可哀。我劝天公重抖擞，不拘一格降人才。"就吟成于此。西津渡有元代过街石塔，塔旁有金陵渡小山楼，唐张祜《题金陵渡》诗云："金陵津渡小山楼，一宿行人自可愁。潮落夜江斜月里，两三星火是瓜洲。"焦山万佛塔是新建的琉璃塔，塔下别峰庵为郑板桥读书处，有郑板桥《题自然庵画竹》："静室焦山十五家，家家有竹有篱笆。画来出纸飞腾上，欲向天边扫暮霞。"另有"室雅何须大；花香不在多。"楹联和"难得糊涂""吃亏是福"拓片。

大江浮玉，特指焦山四面环江，为江中一块美丽的碧玉。而"焦山碑林"，特别是"瘗鹤铭"，又是焦山的一张靓丽明片。以"六朝瘗鹤铭"对"万佛琉璃塔"很工稳。

此联以"古刹藏春"对"大江浮玉"，既抓住了焦山的主要特色，又显得大气和文气。更以山顶"万佛琉璃塔"和山下"六朝瘗鹤铭"这两个最具代表性的人文景观相对仗，使游人在进入大门前就对焦山的主要景点有了一定的了解，也为导游讲解提供了解说词。

焦山公园南大门（渡口）

山色吞吴，翠岭高提史笔；

江声带蜀，碧涛大写英雄。

此联为镇江市诗词楹联协会副会长兼秘书长朱思丞撰联，市书法家协会副主席郑为人书写，现悬挂于焦山公园南大门。

联中"山色吞吴、江声带蜀"化用焦山关庙名联"江声犹带蜀；山色欲吞吴。"此联运用了一个典故，即发生在镇江的吴蜀联姻的故事，这段联姻成就了三足鼎立的天下大势。山色吞吴，是写镇江；江声带蜀，是说长江从蜀地而来。斯人已逝，但他们的故事依然流传，镇江见证了那段波澜壮阔的历史，所以叫翠岭高提史笔。

下联最后一句"碧涛大写英雄"，对应高提史笔而来，同时一语双关：一方面，切应三国时期的英雄人物；另一方面，点明镇江是英雄之城，尤其是焦山可歌可泣的英雄故事。南宋爱国名将韩世忠曾在这里堵击金兵。近代1842年鸦片战争期间，英国军队侵入长江时，遭到焦山炮台守军英勇的抵抗和沉重的打击。但因寡不敌众，最终焦山军民1500多人全部捐躯。这种英勇的悲壮斗争，得到了恩格斯的热情赞扬，他在《英人对华新远征》一文中称颂道："如果这些侵略者到处遭到同样(镇江)的抵抗，他们绝对到不了南京。"

此联重点突出焦山是座英雄山，镇江是座英雄城。不仅写了镇江的历史，写了焦山的故事，而且写得大气厚重，立意深远，充满正能量。不但为山水增色，又成为游人凭史吊古的寄托。

扫一扫

《镇江楹联集成》附录五种

后 记

  《镇江楹联集成·镇江名胜楹联精萃》，经过近一年来对资料的搜集整理编排，终于如期付梓。

  我们这次精选了古今数百位联家的近千副名胜楹联，分镇江篇、金山篇、焦山篇、北固山篇、南山篇、市区其他景点篇、句容篇、丹阳篇、扬中篇等九个部分编排。因有些作者查不到姓名，只能以"佚名"标识；有些作者其简历不详或难以找到出处，故文后只能附上部分作者简介。文中只对清代及以前作者加以时代标识。这次编委主要由市政协文史委、市文广旅局及市诗词楹联协会等有关方面人员组成。书中彩页照片由市文广旅局、金山网和市诗词楹联协会提供。在广大编委的共同努力下，在江苏大学出版社的大力支持下，本书得以如期出版，在此一并表示感谢！

  因时间仓促，本书难免有遗珠，还望广大读者及专家见谅并赐教。

编 者

2024 年 10 月